AU PAYS

DU PÉTROLE

AU PAYS DU PÉTROLE

2975

PREMIÈRE SÉRIE IN-QUARTO

AU PAYS DU PÉTROLE

2975

PREMIÈRE SÉRIE IN-QUARTO

E. PARÈS

Au pays du Pétrole

Aventures de deux Français
dans
l'Amérique du Nord

DOUZE GRAVURES

LIMOGES
EUGÈNE ARDANT & Cie
ÉDITEURS

PREMIÈRE PARTIE

LA SUCCESSION
D'ICHABOD CREIKFOORTH

PREMIÈRE PARTIE

LA SUCCESSION D'ICHABOD CREIKFOORTH

I. — SUR LE PAQUEBOT

Le navire venait de rompre ses dernières amarres ; il glissait lentement encore, mais fier et majestueux, sur les flots agités, à peine colorés par les derniers reflets du soleil couchant.

Il venait de quitter le Havre et naviguait en destination de New-York.

C'était un de ces splendides steamers de la Compagnie transatlantique française, un de ces énormes caravansérails mouvants, qui, depuis quelques années, labourent toutes les mers de leurs doubles hélices.

Grâce aux perfectionnements sans cesse apportés, la navigation semble aujourd'hui plutôt une partie de plaisir qu'une entreprise pleine de dangers ; grâce aux précautions prises, grâce à une sage prévoyance, à une surveillance de tous les instants, les sinistres sont moins à craindre en mer que les accidents sur la terre ferme.

Un steamer n'est pas plus un bateau qu'un wagon n'est une voiture : cela marche, cela fend les flots, il est vrai, mais au grand préjudice de la couleur locale, du pittoresque : deux choses chères encore au cœur de bien des gens. Si le chemin de fer a tué la diligence, le steamer a tué le véritable navire, où tout, de la cale aux sommets des mâts, infectait le suif et le goudron ; où les matelots juraient, où le capitaine tempêtait ; où l'on avait l'imprévu des coups de mer terribles, emportant mâture et voilure, des calmes plats, qui allongeaient indéfiniment le voyage ; où les passagers, enfin,

9

étaient traités avec autant de soin — quelquefois avec moins de soin — qu'un simple colis...

C'était, il faut en convenir, très pittoresque, mais fort désagréable.

Nous avons changé tout cela. Les navires aujourd'hui ne marchent plus guère qu'à la vapeur et peuvent se rire des vents et des calmes plats; l'infecte cabine, encombrée de ballots et de colis, souvent odorants, a été remplacée par d'élégants et confortables réduits; le *carré* est devenu un grand salon avec livres et journaux; la salle à manger, enfin, toujours abondamment fournie, est digne du *grand hôtel* : il y a donc progrès.

Aussi les passagers sont-ils gais et de bonne humeur : on plaisante, on rit, on fait de la musique, on danse parfois, et l'on fait trois toilettes par jour, tout comme à Paris, si bien que le voyage du Havre à New-York est devenu une véritable partie de plaisir.

Mais c'est assez nous occuper du navire; voyons un peu les hommes.

Il y en avait de toutes les nations : Allemands émigrants, Anglais froids et méthodiques, Américains bruyants, Français étonnés... de se trouver là. Ces passagers avaient pris possession de l'arrière; ils s'examinaient, se tâtaient, ébauchaient des amitiés éternelles... qui devaient durer tout juste autant que la traversée.

A l'écart, cependant, se tenaient deux jeunes hommes. Le plus âgé pouvait avoir vingt-cinq ans; le plus jeune, vingt-trois. Rien qu'à l'aisance exquise avec laquelle ils portaient leurs costumes de voyage, à la manière dont ils rejetaient la tête en arrière, à l'impertinence avec laquelle ils lorgnaient tout ce qui passait à leur portée, on pouvait les reconnaître pour des Parisiens pur sang.

Peut-être avaient-ils pris trop au sérieux ce voyage d'une dizaine de jours à peine; peut-être avaient-ils l'air par trop naïf avec leurs casques de liège, leurs immenses *complets* à carreaux de couleurs, leurs lorgnons et les jumelles marines qu'ils portaient en sautoir. En tout cas, c'étaient de charmants cavaliers, chez qui tout trahissait une origine aristocratique. L'un, le plus âgé, était blond comme les blés; l'autre, brun comme un méridional, et cette particularité faisait encore valoir le genre de beauté qui caractérisait chacun d'eux.

— Étrange, mon cher, étrange!... dit tout à coup le jeune homme brun, en jetant son cigare éteint par dessus le bord. Ce que c'est que la vie pourtant?... hier, nous nous promenions encore sur l'asphalte des boulevards parisiens et aujourd'hui nos pieds foulent le pont d'un navire!... Avoue, mon cher, que c'est bien bizarre...

Le jeune homme blond sourit, en haussant imperceptiblement les épaules.

— Il n'y a rien d'étrange, rien de bizarre dans tout cela, dit-il, et si nous voguons aujourd'hui sur le sein de Thétis, comme tu pourrais le dire, c'est que nous le voulons bien.

— Quel positivisme! Oui, la volonté est le plus beau privilège de l'homme libre, et même de celui qui ne l'est pas. Mais quels hasards baroques ont conduit notre volonté?

— La mienne?...

— La tienne d'abord; mais la mienne ensuite, puisque j'ai voulu te suivre. Ah! c'est tout de même un bien brave homme que ce digne oncle *Jabote Craquefort!...*

— Ichabod Creikfoorth! rectifia le jeune homme blond, en souriant doucement.

— Passons! c'est toujours un bien brave homme, disais-je, de s'être souvenu de toi et de t'appeler pour recueillir, de son vivant, sa splendide succession... Naïf que j'étais! je croyais que les oncles d'Amérique n'existaient plus que dans les légendes dorées et les drames des boulevards.

— Eh bien, sage Aristide, tu te trompais. Mon oncle existe réellement, si réellement, cher ami, que j'espère bientôt pouvoir te présenter à lui.

— Heureux mortel!

Le jeune homme blond secoua doucement la tête.

— Je ne souhaite la mort de personne, encore moins celle d'un parent, fit-il; et cette fortune fabuleuse, qui me tombe pour ainsi dire du ciel, je l'attendrais volontiers de longues années encore, si je ne la devais obtenir qu'au prix de la mort de mon oncle. Pauvre oncle Creikfoorth! je ne le connais pas, mais ma mère m'en a bien souvent parlé; je sais que, parti de rien, il ne doit qu'à son courage et à sa persévérance l'immense fortune qu'il possède aujourd'hui. Et c'est à l'heure où il pourrait en jouir que la maladie le terrasse, que la mort le guette!... Pauvre oncle Creikfoorth!...

— Voilà une sensibilité qui fait honneur à ton caractère. Combien d'autres à ta place se seraient réjouis, félicités d'un pareil bonheur! Et que faisait ce digne monsieur Creikfoorth?

— Du pétrole.

— Hein!...

— C'est l'exacte vérité; il s'est enrichi en découvrant d'abord, en exploitant ensuite, une des plus riches sources de pétrole qui existent en Pensylvanie.

— Et l'origine de sa fortune remonte?...

— A une trentaine d'années environ.

— Et ce millionnaire vous a laissés si longtemps dans une situation assez gênée, sans s'inquiéter de vous? car, si je ne me trompe, à la mort de ton père, ta mère ne possédait guère plus d'un millier d'écus de revenu, dont la majeure partie a été consacrée aux frais de ton éducation.

— C'est vrai.

— Il eût pu se souvenir de vous plus tôt.

— En Amérique, ami, chacun vit pour soi, chacun n'a qu'une seule préoccupation, un seul mobile, où tendent tous ses efforts : faire fortune... Mon oncle n'est pas arrivé à la position qu'il occupe aujourd'hui sans luttes, sans déboires, sans de grandes préoccupations ; bien souvent il a risqué tout son avoir sur une seule chance, et, ruiné la veille, le lendemain il se remettait à l'œuvre avec une plus âpre énergie, une expérience plus grande. Comment veux-tu que, dans cette lutte incessante, il ait pu, je ne dirai pas songer à nous, mais seulement s'inquiéter de nous ? Il nous savait relativement heureux et cela lui suffisait.

— Soit, je t'accorde cela. Mais quel *vertigo* s'empare aujourd'hui de lui ? Il ne veut pas, j'imagine, faire de toi, déjà reçu docteur en médecine, ou peu s'en faut, un vulgaire marchand de pétrole ?...

— Aujourd'hui la lutte est terminée : usé, meurtri, désillusionné, n'ayant plus rien à attendre de la fortune, le vaillant combattant a peur de son isolement, soif de soins, d'affection ; et, sa moisson faite, il veut en partager le produit avec les siens.

Le jeune homme brun resta un moment pensif.

La nuit avait abaissé sur les flots ses voiles opaques, que ne trouait aucune étoile, aucun rayon lunaire. Le navire voguait, entouré de toutes parts d'une épaisse muraille de ténèbres. La solitude s'était faite sur le pont, abandonné aux hommes de quart ; le silence était profond, troublé seulement par les rauques soupirs du vent, par le clapotement des vagues contre les flancs d'acier du navire, par les éclats sauvages et stridents de la machine.

Au loin, bien loin, on apercevait les feux rouges et verts de quelques voiliers, courant au plus près, pour entrer en Seine.

Les deux jeunes hommes se trouvaient donc seuls, bien seuls.

— Etrange ! répéta après un moment de silence le jeune homme brun, qui paraissait affectionner cette locution ; il y a du roman dans tout ceci... Depuis deux ans déjà que je te connais, tu as pu lire dans ma vie comme dans un livre ouvert, et je ne sais rien de la tienne. Ne serait-il pas temps de combler cette lacune ?

— Tu as raison. La nuit est belle, quoique noire comme une soute à charbon ; en bas on rit, on chante : nous pouvons donc causer sans craindre d'être dérangés.

Ils s'assirent tous deux sur un de ces élégants bancs de cannes qui, à bord des navires, ont maintenant remplacé le classique rouleau de cordage.

Nous allons résumer ce qu'Hector Lassalle, le jeune homme blond, raconta à Aristide Bonneau, le jeune homme brun.

II. — Les saltimbanques

— Il y a dans la vie, commença Hector Lassalle, des événements, des hasards que plus d'un, comme toi, qualifieraient d'étranges. C'est à un de ces événements que, pour ainsi dire, je dois le jour.

Mon père avait de douze à quatorze ans — tu vois que je prends les choses de haut — quand la petite ville qu'il habitait fut mise en émoi par un fait inouï et pour ainsi dire sans précédent dans les annales de la commune : un de ces cirques appelés américains venait de s'établir sur le champ de foire, avec ses voitures peintes et dorées, ses chevaux et ses éléphants.

Tous les enfants, tous les oisifs de la petite ville étaient là, s'extasiant, admirant bouche béante. Mon père, comme tu le penses, était au premier rang avec d'autres gamins de sa connaissance. Il assista à la construction de l'immense baraque de toile, suivit par les rues les écuyers, les écuyères, caracolant en grand costume, et il rentra chez lui tout émerveillé, se promettant bien d'assister à la première représentation, qui avait lieu le soir même.

Mon grand père était médecin ; il ne faisait pas de brillantes affaires, bien qu'il fût le seul praticien de B*** ; car, charitable, dévoué, il appartenait à tous, ne marchandant aux pauvres ni ses soins ni ses remèdes. Ses clients le savaient bien et n'étaient pas sans abuser de sa générosité. Mais que lui importait ! son modeste patrimoine suffisait amplement à ses besoins et à ceux de sa famille, et, quand on lui reprochait de se laisser si facilement duper, il répondait en riant :

« Le médecin, comme le prêtre, ne doit pas marchander ses soins ni son dévouement. J'ai pu être trompé bien des fois : mais que de misères aussi j'ai soulagées ! Croyez-moi, il vaut mieux être taxé de trop de bonté que de trop de rigueur ».

— C'était un bien digne homme !

Mais, pour en revenir à nos saltimbanques, mon grand-père avait promis à celui qui plus tard devait être mon père de le conduire à la première représentation. Tout ce que B*** comptait de notabilités s'était donné rendez-vous au cirque ; la soirée promettait d'être des plus brillantes.

On commença par les exercices que tout le monde connaît : dislocations de clowns, voltiges sur des chevaux nus, combats d'athlètes, jeux de gymnasiarques, d'équilibristes, etc. La galerie était transportée et applaudissait à tout rompre.

Tout à coup, il se fit un grand silence.

Le *barnum* de la troupe venait d'apparaître à l'entrée de la piste, tenant par la main une délicieuse fillette de six ou sept ans à peine.

« Mesdames et messieurs, dit-il, après les trois saluts de rigueur, miss Alicia va avoir l'honneur d'exécuter devant vous les exercices les plus périlleux sur la corde raide. Je réclame toute votre attention pour ce travail qui n'a jamais été exécuté par un enfant de cet âge... »

Le *barnum* salua, miss Alicia salua, et le public, enthousiasmé par la gentillesse de la petite funambule, applaudit à tout rompre.

Les valets, les clowns avaient tendu une énorme corde, qui traversait tout le cirque à la hauteur des piliers soutenant la toiture. Effrayé d'une telle élévation, mon père ferma involontairement les yeux, et quand il les rouvrit, la gracieuse funambule, souriante et légère comme un sylphe, était déjà au milieu de la corde.

Pendant quinze minutes, elle resta là, marchant à reculons, en avant, avec ou sans balancier, poussant devant elle une brouette pleine de fleurs qu'elle jetait au public; bref, exécutant tous les exercices du fameux Blondin (1), dont nous saluerons bientôt la patrie.

Mon père, les yeux fixes, hagards, ne pouvait s'arracher à cette contemplation émouvante; quand il voyait l'enfant, toujours souriante, marcher à pas comptés, ou bien bondir et tourbillonner, perdue dans un nuage de gaze et de dentelle, il sentait une sueur froide lui mouiller les tempes, le vertige, s'emparer de tout son être.

« Assez! assez!... » criait le public.

A cette époque, la police n'avait pas encore imposé aux acrobates le filet qui, s'il n'empêche pas les chutes, les rend toujours moins périlleuses, et, de cette hauteur de quinze mètres environ, toute chute devait être mortelle.

« Assez! assez! » répétait-on de tous côtés.

L'enfant était arrivée à une des plates-formes disposées aux deux extrémités de la corde. On pouvait croire que, cédant aux désirs du public, elle se retirerait; mais non, bientôt elle reparut la tête enveloppée, cette fois, d'un épais bandeau.

Un cri de stupeur s'échappa de toutes les poitrines; le tumulte recommença, des protestations indignées s'élevèrent de tous côtés.

A cette époque, surtout en province, on n'était pas blasé comme aujourd'hui sur ce genre de spectacle.

Ces cris, ce tumulte, effrayèrent-ils l'enfant? ainsi que le prétendit le Barnum, c'est là ce que je ne saurais dire; mais, tout à coup, on la vit chanceler, et perdre l'équilibre, en appelant à l'aide.

(1) Célèbre acrobate qui, entre autres travaux restés légendaires en Amérique, exécuta ses exercices les plus difficiles sur une corde raide tendue au-dessus des chutes du Niagara.

Vainement elle tenta de se rattraper à la corde : aveuglée par l'épais bandeau qui lui entourait la tête, elle ne put la saisir, et on la vit tomber et rebondir au milieu de la piste.

En un instant, la piste fut pleine de monde.

Mon grand-père n'avait pas été le dernier à s'y précipiter.

« De la place ! cria-t-il, en voyant les spectateurs se presser, se bousculer pour approcher de l'infortunée. Retirez-vous donc si vous ne voulez pas étouffer cette enfant... »

Docile, la foule s'écarta; mon grand-père avait déjà examiné la pauvre petite créature.

« Eh bien, demanda le *barnum* inquiet, elle est donc morte?

» Non, répondit mon grand-père; mais son état est grave, très grave. La jambe gauche est brisée, et je ne suis pas sûr qu'il n'existe pas de lésions internes ».

Le barnum allait répondre, quand, écartant brusquement la foule, un enfant âgé d'environ treize ou quatorze ans, vêtu d'une défroque de *clown*, la face encore barbouillée de farine, se précipita vers la petite fille en pleurant.

Mon grand-père voulut le repousser.

« C'est son frère », dit le barnum.

» Mais ses autres parents, son père, sa mère?... »

« Ils sont orphelins. Ah ! c'est une vraie fatalité !... je n'ai pas de chance avec cette famille, qui m'a coûté plus d'argent que ces malheureux enfants n'en gagneront dans toute leur vie. Il y a un an à peine, le père s'est tué en franchissant le *pont de la mort;* trois mois après, sa femme succombait aux suites d'une fluxion de poitrine, et aujourd'hui c'est un des enfants qui s'estropie à jamais peut-être... »

« Que comptez-vous en faire?... » interrompit mon grand-père.

« Je ne puis la soigner dans mes voitures... il existe sans doute un hôpital dans cette ville?... »

« Non », répondit sèchement mon grand-père.

« Comment faire alors?... Je pars demain... la traîner avec nous, ce serait la tuer... Que faire? encore une fois, que faire ? »

« Rassurez-vous, Monsieur, répondit mon grand-père; cette enfant ne sera pas abandonnée, je me charge d'elle ».

« Monsieur, comptez sur ma reconnaissance éternelle. D'ailleurs vous ne perdrez rien, vos soins vous seront largement payés... »

« Mon grand-père l'interrompit d'un geste :

« Je ne suis pas un médecin comme un autre, dit-il en souriant. Gardez vos dollars; mais, en échange, promettez-moi de me laisser l'enfant. »

Le barnum réfléchit un moment.

« Soit, dit-il, sauvez-la et elle vous appartiendra. D'ailleurs, continua-t-il, comme pour acquit de conscience, il est peu probable qu'elle puisse jamais reprendre ses exercices ».

Voilà comment Alicia Creikfoorth — le barnum, en échange d'une attestation en règle, avait remis à mon grand-père toutes les preuves de l'identité de la fillette — voilà comment, dis-je, la petite funambule entra dans notre famille. Mon grand-père la soigna avec un dévouement tout paternel, aidé, dans cette douce tâche, par sa digne femme. Dieu leur avait refusé une fille : ils s'en dédommagèrent en aimant, en soignant la petite abandonnée, comme si elle leur avait appartenu réellement.

Mais il faut abréger; la fin de cette simple histoire se comprend facilement.

Alicia grandit sous le toit de mes grands-parents, que mon père quitta bientôt pour terminer ses études dans un grand lycée. Dès lors, elle fut la joie, le rayon de soleil qui illuminait le modeste intérieur. Plus on la connaissait, plus on l'aimait; les gens de B*** même, assez formalistes pourtant, ne l'appelaient plus la petite *bohémienne*, mais bien *la pupille du docteur Lassalle*.

Et quand mon grand-père mourut, survivant à peine de quelques mois à son épouse adorée, il mit dans la main de son fils la main d'Alicia, en lui disant :

« Je te la confie ; ne l'abandonne jamais... »

Mon père promit; il aimait ardemment, saintement, celle qui, enfant, avait partagé ses jeux, jeune fille, s'était associée à toutes ses joies, à toutes ses douleurs, et, à l'expiration de son deuil, la petite funambule devint madame Lassalle.

Je fus le seul fruit de cette union.

De mon oncle Ichabod Creikfoorth, le petit clown, mon père n'avait eu que de rares nouvelles. Il savait seulement que, mécontent de son *barnum*, Ichabod avait quitté le cirque pour s'engager comme matelot sur un *steamboat* du Mississipi ; puis, que, se lançant dans les aventures, il avait découvert une source de pétrole qui promettait de l'enrichir rapidement.

Mais j'entre dans une ère néfaste. Mon père, avocat distingué, avait quitté la province pour chercher gloire et fortune à Paris... Hélas ! les événements trompèrent son attente. Meurtri, désillusionné, fatigué de la lutte, il succomba bientôt, nous laissant, ma mère et moi, presque sans ressource.

Mais j'étais un homme alors, et je travaillai courageusement. A vingt-deux ans, mon volontariat fait, je parvins à me faire recevoir interne à la Pitié, et j'étais sur le point de passer mon examen de docteur, quand nous reçûmes cette lettre éloquente dans son laconisme même :

« Je touche peut-être à ma dernière heure. Venez avec votre fils ; tout ce que je possède vous appartient.

» ICHABOD ».

Ma mère souffrante ne pouvait m'accompagner ; je résolus de partir seul...

— C'est alors, interrompit Aristide Bonneau, que je t'offris de t'accompagner. Oh ! ne m'en sois pas reconnaissant... Orphelin, riche, mais ennuyé des splendeurs de la capitale — style antique — je ne pouvais mieux faire que de mettre à ton service mon dévouement, ma bourse et ma vieille expérience...

— Merci ! dit Hector, en serrant énergiquement la main que lui tendait son ami.

— Mais, reprit Aristide, la nuit s'avance, mon bon, et ton histoire, passablement romanesque, m'a furieusement creusé l'estomac. Donc, je propose, pour attendre le jour, une aile de volaille arrosée de quelques verres de vieux bordeaux.

— Adopté !...

Et les deux jeunes hommes, le cigare aux lèvres, s'éloignèrent bras dessus, bras dessous.

Malheureusement, ils n'avaient pas remarqué trois individus, à la tournure correcte, mis comme de parfaits gentlemen, qui, tapis dans l'ombre, derrière les écoutilles du grand salon, n'avaient pas perdu un mot de leur conversation.

— By-God ! dit, dans le plus pur anglais, un de ces gentlemen, que vous semble de cette histoire ?

— Il nous semble, Archibald Loyton, répondit un des hommes, qu'il y a là un bon coup à tenter.

— Bien répondu, Nichols ! Et toi, Goliath ?...

— C'est bien chanceux...

— Allons donc ! reprit celui qu'on appelait Nichols. J'estime que nous serions bien sots de laisser là ces millions de dollars qui pourraient nous appartenir avec un peu d'adresse.

— Et en frisant légèrement le gibet...

— Éternel trembleur ! fit Nichols, en haussant dédaigneusement les épaules. Gentlemen, c'est la fortune qui s'offre à nous, ne soyons pas assez simples pour la laisser s'échapper...

Une solide poignée de main scella le pacte, et les trois coquins disparurent à leur tour.

III. — LE PAYS DU PÉTROLE

Il existe à quelques centaines de lieues de New-York, au centre de l'Etat de Pensylvanie, une vaste contrée connue sous le nom de *Pétrolie*. En effet, c'est le paradis du pétrole, l'immense réceptacle où se trouve cette huile minérale qui, aujourd'hui, entre pour plus d'un tiers dans l'éclairage universel, dans le chauffage, dans la production de la force motrice.

C'est la terre de feu.

Il y a quelque vingt ans à peine, les immenses richesses que recèle le sol de la Pensylvanie, n'étaient même pas soupçonnées. Des rives du lac Erié à celles du Susquehanna, c'était une solitude, troublée seulement par quelques hordes errantes, élevant leurs tentes de peaux bariolées partout où le pâturage était vert, le gibier abondant, les rivières claires et poissonneuses.

Cependant, quelques esprits aventureux avaient remarqué une sorte de tourbe grasse, gonflée comme une éponge d'un liquide huileux. Les anciens s'en servaient pour cuire leurs aliments, se chauffer, s'éclairer même.

Il n'en fallut pas davantage : le pétrole était découvert aux Etats-Unis.

Alors ce fut une fièvre d'agio, d'émigration, en tous points semblable à celle qui s'empara des esprits lors de la découverte de l'or en Californie. Subitement la Pensylvanie se peupla de mineurs rudes et énergiques, de spéculateurs avides, de déclassés de toutes les nations. Partout on construisit des cabanes, on bouleversa la terre et les rochers, on creusa des puits ; le prix des terrains monta presque sans transition de cinq cents pour cent ; encore n'en trouvait pas qui voulait...

Puis, à la fièvre, à l'effervescence des premiers jours, succéda une exploitation régulière, sagement réglée, qui rendit plus de mille pour cent aux heureux *Pétroliens*.

Aujourd'hui, la Pétrolie compte des villes importantes (quoique construites en bois comme jadis San-Francisco), des railways, des services de steamboats sur ses fleuves et ses rivières. D'un autre côté, ainsi que nous le disions plus haut, la population s'est considérablement accrue, depuis qu'un travail sagement réglementé a remplacé les tâtonnements hasardeux, les folles spéculations des premiers jours ; et, comme les Américains sont avant tout amis du *confortable*, à la suite des travailleurs, des représentants de tous les corps de métier, sont venus planter leurs tentes dans ces parages désolés ; si bien qu'aujourd'hui, la Pétrolie peut rivaliser de richesse, de mouvement, avec n'importe quel Etat de l'Union.

Voilà comment les villes se fondent dans la libre Amérique.

Tandis que les ouvriers, les petits négociants, habitent les cloaques infects d'Oil-City (1), de Corry, de Pittrole-City (2), vivant dans une atmosphère tellement imprégnée d'émanations pétroliennes qu'à chaque instant on craint de voir l'air s'embraser, les heureux de ce monde, les riches spéculateurs ont construit dans des sites ravissants, au bord des rivières limpides, sous les ombrages des arbres géants, de gracieuses et confortables villas, qui contrastent d'une façon saisissante avec ces cités noires, puantes, où se remuent pourtant des millions de dollars.

C'est dans une de ces habitations que nous allons maintenant introduire le lecteur.

La maison était bâtie au pied d'une colline verdoyante, au bord des flots bleus du Susquehanna. Construisant plutôt une habitation temporaire qu'une demeure définitive, l'architecte avait visé bien plus à l'effet qu'à la solidité. Rien n'était plus coquet, plus léger à la fois, que cette bonbonnière aux murailles où les briques émaillées se mariaient en dessins fantastiques et originaux, aux balcons de cèdre finement découpé, au toit de shingles (3), supporté par une infinité de colonnettes sveltes et élancées. Un immense jardin, où croissaient pêle-mêle les plantes du sud et les essences du nord, l'environnait de tous côtés, tandis qu'un petit môle, défendu par une balustrade à jour, s'avançait jusqu'au fleuve où se balançaient à l'ancre deux ou trois bateaux de plaisance.

Les cuisines, les logements des domestiques avaient été relégués au fond du jardin, afin que rien ne blessât la vue dans cet Éden champêtre.

Certes, le propriétaire de cette coquette demeure ne pouvait être qu'un homme de goût, un artiste : et pourtant ce propriétaire n'était autre que l'ex-saltimbanque, l'ex-matelot, Ichabod Creikfoorth, enfin !

Comment, parti de si bas, sans amis, sans instruction, le petit clown était-il parvenu à ce point culminant de la fortune et de la considération?...

C'est que, dans la libre Amérique, il en est autrement que dans notre vieille Europe. Là, pas de ces préjugés sociaux qui étouffent l'inspiration, paralysent le génie; là, un homme vaut un homme : le batelier, le bûcheron de la veille sera le président du lendemain; le garçon qui vous sert à table, qui cire vos bottes, peut devenir député, général!...

Audace et persévérance! voilà la devise de l'Américain.

En quittant le directeur du cirque ambulant, Ichabod s'était enrôlé en qualité de chauffeur sur un de ces énormes steamboats qui remontent le

(1) Huile-Ville.
(2) Pétrole-Ville.
(3) Petites planchettes de bois affectant la forme des tuiles chinoises, souvent employées pour couvrir les maisons de campagne.

Mississipi de Baton-Rouge à Saint-Louis. Il avait dix-sept ans alors. Brusquement mis en contact avec ce monde extérieur qu'il ne pouvait soupçonner, alors que, pauvre clown, il ne connaissait d'autre univers que la tente du manège, l'enfant avait bien vite senti ce qui lui manquait : l'instruction ; il avait compris que, sans ce levier puissant, il ne serait jamais rien, et déjà il brûlait de devenir quelque chose.

Rien n'est tenace comme un Américain ; Ichabod devait le prouver. Il résolut de s'instruire, de travailler *seul*...

Ses journées appartenaient à celui qui le payait, mais ses nuits lui restaient? Accroupi dans l'immense chambre de chauffe du steamboat, un livre sur ses genoux, il étudiait à la lueur rouge des fourneaux, comme jadis son compatriote Abraham Lincoln étudiait dans sa cabane de bois, devant un grand feu de sapin...

Plus tard, ayant abandonné la navigation, il entra comme domestique chez un homme de loi, et put ainsi achever des études si laborieusement commencées.

Dès lors, il vola de ses propres ailes. Tour à tour, on le vit commisvoyageur, comédien, homme d'affaires dans un quartier populeux de Boston ; mais aucun de ces métiers ne le conduisait à la fortune qu'il avait rêvée. Alors l'esprit errant du saltimbanque reprenant le dessus, un beau jour il s'associa à un montreur de curiosités, de phénomènes monstrueux, avec lequel il parcourut les principales villes de l'Union américaine. Malheureusement encore le succès ne couronna pas tant de persévérance : ruinés par un concurrent mieux fourni en monstres de toutes espèces, les deux associés durent vendre la baraque et se séparer.

C'est ce moment, alors que ruiné, désespéré, le malheureux Ichabod croyait devoir renoncer à la lutte, que la fortune choisit pour le combler de ses dons.

Il venait d'acquérir avec ses dernières ressources une misérable ferme, située sur un des bras du Susquehanna, quand l'étonnante nouvelle de la découverte du pétrole se répandit comme une traînée de poudre de l'Érié à New-York.

Ce fut une révélation. Derrière la ferme concédée à Ichabod, s'étendaient de vastes terrains incultes, marneux, où souvent, dans les jours d'orage, on voyait briller des lumières étranges.

— Là doit être l'huile minérale, se dit-il, après avoir réfléchi. Je le saurai demain...

En attendant la nuit, il fabriqua avec une longue tige de fer une sorte de sonde ; puis, quand il jugea l'heure venue, seul, une lanterne cachée sous son grand manteau, il sortit sans bruit.

Le matin, quand il rentra, il était fixé.

— Ma fortune est faite ! dit-il.

Et, sautant sur son maigre bidet, il s'élança à toute bride vers la ville la plus proche, où il prit la diligence pour New-York.

Une heure après son arrivée dans la *Cité Empire*, il frappait à la porte du propriétaire des terrains vagues, vieux grigou, avare et peu scrupuleux, qui vivait seul avec sa sœur, non par affection pour elle, mais parce qu'elle lui épargnait les dépenses d'une servante et d'une dame de compagnie.

Au coup de marteau d'Ichabod, il tressaillit et cacha vivement dans son secrétaire les dollars, les aigles d'or qu'il comptait avec une satisfaction manifeste.

— Molly, dit-il, regardez qui vient.

Une minute après, il était dans le petit parloir où Ichabod l'attendait déjà.

La conversation fut courte entre ces deux hommes. *Times is money* (1) est le proverbe américain par excellence. D'une part, Ichabod exposa le désir qu'il avait de se rendre acquéreur des vingt ou trente acres de terrain qui avoisinaient sa demeure ; de l'autre, master Schipson à qui ces mêmes terrains n'avaient jamais rien rapporté, se montra très disposé à les vendre.

L'accord fut conclu à raison de douze dollars (2) l'acre ; puis Ichabod reprit :

— Faites préparer l'acte de vente ; je viendrai ce soir le signer avec deux témoins et vous solder en même temps.

Les deux hommes se serrèrent la main, riant sous cape, et persuadés, chacun dans son for intérieur, qu'il avait dupé l'autre.

Ichabod sortit. Où allait-il ? tout simplement à la recherche de la somme qui lui était nécessaire, non seulement pour solder son acquisition, mais encore pour l'achat du premier matériel, les frais des premières fouilles.

Une telle confiance peut paraître de la témérité, plus même : de la folie... Mais l'Américain était sûr de lui-même et se dirigeait, sans l'ombre d'un doute, vers la demeure d'un de ses anciens compagnons d'aventures, qui, lui, avait fait fortune en dirigeant un journal spécialement consacré aux annonces.

Ichabod, sans s'amuser aux préliminaires, lui expliqua brièvement le motif qui l'amenait chez lui, et lui demanda cinquante ou soixante mille dollars pour quelques temps seulement.

— Je suppose que vous êtes fou, master Creikfoorth ! s'écria le spécula-

---

(1) Le temps est de l'argent.
(2) Le dollar vaut un peu plus de cinq francs.

teur, qui fit un tel bond sur son fauteuil de cuir, qu'il renversa son encrier sur les épreuves qu'il corrigeait.

— Nullement, master Plifton, répondit Ichabod, sans se déconcerter.

Et, avec une lucidité merveilleuse, il lui fit part de sa découverte, mais en taisant prudemment le nom de son petit domaine ; il lui parla des bénéfices énormes qu'il pourrait retirer de l'exploitation du pétrole. A mesure qu'il parlait, le front de John Plifton s'éclaircissait, ses yeux brillaient de plaisir et de cupidité. Une heure après, un acte d'association était signé et déposé chez un homme de loi, et le soir même le vieux Schipson touchait son argent.

Hélas ! toute médaille a un revers : huit jours après son journal lui donnait les détails suivants :

« Une nouvelle source de pétrole, d'une richesse fabuleuse et dépassant
» de bien loin tout ce qu'on a vu jusqu'à présent, vient d'être découverte
» dans les propriétés de MM. Creikfoorth et Plifton. L'huile minérale,
» abondante et d'une qualité réellement supérieure, se trouve presque à
» fleur de terre ; ce qui simplifiera beaucoup l'exploitation. Les travaux
» sont déjà en bonne voie d'exécution et promettent un rendement inouï.

» Allons, le monde n'est pas encore prêt à manquer de lumière, et c'est
» la libre Amérique qui tiendra le flambeau !... »

— Damnation ! je suis joué ! rugit l'avare, en froissant son journal de colère.

Voilà comment Ichabod Creikfoorth, l'ancien clown, l'ancien matelot, devint le millionnaire que nous connaissons.

IV. — COMMENT ICHABOD CREIKFOORTH REÇUT SON NEVEU

C'était le soir, un beau soir d'octobre 187... On était à cette heure où la nuit n'existe pas encore et pourtant où le soleil, drapé dans une voile pourpre, que traversent mille rayons d'or, s'incline lentement derrière les collines de l'ouest.

Ses reflets teignaient splendidement les eaux paisibles du Susquehanna ; au loin, un steamboat, aux cheminées monumentales toujours couronnées d'ondoyants panaches, semblait une tache noire sur un lac de vermeil ; de grands troupeaux de bœufs, de chevaux à demi-sauvages, avaient brisé leurs entraves et barbotaient dans le fleuve, qui leur montait jusqu'au poitrail, tandis que leurs gardiens couraient affolés sur la rive, essayant, à force de coups et de cris, de les arracher à cette dangereuse tentation de l'eau fraîche.

Il s'élança à toute bride vers la ville. (page 21)

Rien n'est beau comme octobre, quand les arbres ont encore leurs frondaisons diaprées de mille couleurs, depuis le vert intense jusqu'au rouge vif, alors que les collines ondulent leurs croupes chargées d'une riche végétation, que la brise arrache aux fleurs leurs derniers parfums, que, près de s'endormir, la nature prodigue ses sourires, ses mille séductions, comme pour mieux faire sentir ses charmes.

Telles devaient être les pensées de l'oncle Creikfoorth, tandis que, nonchalamment couché sur un lit de repos sous sa vérandah, il regardait d'un œil avide la route qui se déroulait à ses pieds.

L'ombre s'étendait de plus en plus. Autour de lui, pas un bruit humain, pas un chant d'oiseau. Seuls, la voix murmurante des eaux, le frémissement de la brise dans le feuillage des grands arbres, berçaient doucement le sommeil de la nature.

— La nuit s'avance, Jack, dit tout à coup l'oncle Creikfoorth, en se redressant péniblement, et personne ne vient...

— Patience, massa, répondit un domestique nègre, qui, penché sur la balustrade, écarquillait ses gros yeux pour mieux voir sur la route ; massa savoir attendre... Tom parti avec chevaux et voiture pour Sumbury ; tant que lui pas revenir, vous pas désespérer...

— C'est vrai ! murmura le millionnaire, qui retomba lourdement sur sa couche. J'avais pourtant calculé qu'il arriverait aujourd'hui... me serais-je trompé?...

— Non, massa, vous pas trompé... Jeune maître venir... ¡

— Attendons.

L'oncle Creikfoorth pouvait avoir soixante ans ; ce n'était pas l'extrême vieillesse encore ; mais les préoccupations d'une jeunesse besogneuse et toute d'aventures, le travail incessant de l'homme mûr, avaient de bonne heure brisé son corps de fer, blanchi ses cheveux, sillonné son front de rides profondes. La goutte le retenait cloué sur ses coussins une partie de l'année ; il souffrait horriblement et semblait arrivé au dernier terme de sa carrière.

La volonté, une volonté forte, tenace, le soutenait seule.

Tel est ordinairement le sort réservé à ces hommes qui, jetés de bonne heure dans les luttes de la vie, prodiguent sans compter leurs forces et leur jeunesse. Ils se croient invincibles, parce qu'ils ont résisté aux plus cruelles privations, aux plus terribles angoisses ; mais viennent les années, et ces colosses aux pieds d'argile s'affaissent, tombent comme des enfants.

La nature surmenée reprend toujours ses droits.

— Jack, reprit Ichabod, après un nouveau silence, sonne pour qu'on me transporte dans ma chambre.

— Le voilà, massa ! cria le nègre au même instant. Moi entendre voiture !

Ichabod aussi prêta l'oreille.

Quelques secondes après, une voiture, traînée par deux vigoureux trotteurs, passa sur la route avec la rapidité d'une flèche. Le concierge, averti par le roulement, avait déjà ouvert la grille, et l'équipage, décrivant un demi-cercle parfait, vint s'arrêter court en face du perron.

Jack regardait toujours.

— Voilà jeune maître, massa ! cria-t-il avec joie.

Deux hommes mis avec une élégance correcte et suffisamment munis d'ombrelles, de lorgnettes, de guides, pour qu'on ne pût se méprendre sur leur qualité de voyageurs, sautèrent lestement à terre et gravirent non moins lestement le perron éclairé par des candélabres que portaient les domestiques nègres.

— Elle est bien la baraque ! murmura un des voyageurs, avec un sourire ironique.

— Chut ! fit vivement son compagnon en mettant un doigt sur ses lèvres ; on pourrait nous entendre...

Recommandation superflue : aucun des domestiques ne comprenait le français.

Ils s'arrêtèrent à la porte d'un salon luxueusement meublé et éclairé par d'innombrables bougies. Assis dans un grand fauteuil, l'oncle Ichabod semblait rayonnant.

— Hector ! cria-t-il en tendant vers le plus âgé des voyageurs ses mains tremblantes. Enfin ! je vous vois !...

— Mon oncle ! répondit le jeune homme.

Et d'un bond il fut dans les bras du vieillard, qu'il étreignit et embrassa à plusieurs reprises.

— Là !... là ! assez, mon enfant ! murmura Ichabod en essayant de reprendre sa respiration. Toujours impétueux, ces Français !.. Ah ! si vous saviez comme je vous attendais, comme je comptais les minutes, les secondes !... J'avais tant peur de ne pouvoir vous embrasser... je suis si vieux !...

— Pouviez-vous douter de moi ?...

— Qui sait ?... J'ai eu de grands torts envers votre mère, envers votre père... Enfin le passé est le passé... Toujours travaillant, toujours luttant, heureux un jour, désespéré le lendemain, je n'avais pas le temps d'aimer. Mais du jour où, cloué par les infirmités sur mon vieux fauteuil, l'esprit dégagé des mille projets, des mille calculs du spéculateur, j'ai retrouvé un peu de calme ; votre pensée à tous ne m'a plus quitté, j'ai rougi de mon égoïsme... vous le voyez, c'est presque une confession que je vous fais...

— Mon oncle !...

— Laissez-moi continuer. Alors, dis-je, j'ai pensé à vous. Il était trop tard pour votre père ; mais pour votre mère et vous, il était temps encore

Je vous ai appelé, vous serez mon fils et récolterez ce que j'ai semé.

— Et rendez-moi cette justice que je n'ai pas hésité à répondre à votre appel. Votre lettre à peine reçue, la voici d'ailleurs, continua Hector en fouillant négligemment dans son portefeuille bourré de papiers, votre lettre à peine reçue, je prenais le train du Havre et m'embarquais pour New-York.

— Et je vous en remercie encore une fois, mon enfant, mon fils, murmura le vieillard attendri. C'était si triste, voyez-vous, de me sentir mourir et de n'avoir personne pour recueillir mes dernières volontés, pour me fermer les yeux...

— Mon oncle ! s'écria Hector avec un attendrissement qui, s'il n'était pas réel, était du moins admirablement simulé, mon oncle, ne me parlez pas ainsi, vous me brisez le cœur... Vous nous resterez de longues années encore...

— Je suis bien près de ma fin, Hector !... Mais n'attristons pas un si beau jour par de telles paroles. Vous êtes ici chez vous, et...

En même temps, il regarda le deuxième voyageur.

— Monsieur Aristide Bonneau, interrompit Hector, en découvrant son ami qui salua. C'est un de mes meilleurs compagnons de jeunesse, un parent presque.

— Qu'il soit donc le bienvenu. Hector, votre appartement est prêt ; j'ai douze chevaux dans mes écuries, deux yachts sur le fleuve, un parc giboyeux : tout est à vous. Mes domestiques ont reçu l'ordre de vous obéir comme à moi-même ; ma bourse enfin vous sera toujours ouverte ; ne craignez pas de l'épuiser...

— Que vous êtes bon, mon oncle...

— Ne parlons pas de cela. Mais je vous quitte : les longues veilles m'épuisent. Patrick va vous conduire à la salle à manger. A demain donc ; nous causerons plus longuement.

Et, adressant un sourire affectueux aux deux jeunes hommes, il sortit, appuyé sur l'épaule de Jack.

Précédés d'un domestique portant un candélabre, Hector et son ami passèrent dans la salle à manger.

Sur une table resplendissante de cristaux, de porcelaines chinoises et japonaises, le souper était servi à l'américaine, c'est-à-dire avec une profusion inconnue en Europe, où, avec raison peut-être, on préfère la qualité à la quantité.

Les mille clartés qui tombaient des lustres, et s'échappaient des candélabres, faisaient resplendir les grandes pièces d'orfèvrerie, et arrachaient des éclairs brillants aux facettes des cristaux.

Soit qu'ils fussent embarrassés devant ce luxe anormal, gênés par la

présence attentive des domestiques qui les servaient, ou assaillis par de
grandes préoccupations, les deux jeunes hommes touchèrent à peine aux
mets placés devant eux, et n'échangèrent pas quatre paroles pendant toute
la durée du repas. Au dessert seulement, ils demandèrent quelques bouteilles de *claret* (1) — en Amérique on ne boit ordinairement pas de vin en
mangeant — et, les domestiques congédiés, ils parurent plus tranquilles.

— Enfin ! murmura Hector, nous voilà donc au cœur de la place ! Quelle
fortune !... quel luxe princier !...

— Pince-moi, mords-moi... fit Aristide en se tâtant, que je m'assure que
tout cela n'est pas un songe, une féerie éblouissante qui s'évanouira bientôt
et nous laissera plus que jamais plongés dans notre misère...

— Chut ! parlons français... Non, my dear, tout cela est réel, bien réel;
tout ce luxe nous appartiendra si nous le voulons fermement. Mais il faut
jouer serré, se tenir toujours sur le qui-vive, prévenir les moindres événements et surtout nous faire bien venir de tout le monde, depuis celui qui
commande ici jusqu'au dernier des chiens de garde...

— Heureusement que nous possédons leurs papiers. Mais, c'est égal,
hâtons-nous... le sol est miné sous nos pieds, et il n'y a que les morts qui
ne reviennent pas...

— Tu les crains donc ?...

— Je ne sais... mais j'en reviens toujours là ; il eût mieux valu les tuer !...
fit Aristide d'une voix sombre.

— Que peuvent-ils sans papiers, sans argent, sans rien qui puisse constater leur identité?... Le bonhomme a donné en plein dans le panneau : si
les autres se présentaient demain, il les traiterait d'imposteurs...

— Qu'importe !...

— Goliath les surveille.

Ils peuvent tromper sa surveillance. Enfin, nous ne pouvons plus reculer;
appliquons-nous donc à bien jouer nos rôles, et, puisque le bonhomme
nous a ouvert sa bourse, puisons-y largement : cela nous constituera un
fond de réserve en cas d'événements imprévus. D'ailleurs quand nous
connaîtrons mieux les êtres, quand nous saurons où est le fameux coffre-
fort, il nous sera facile d'y pratiquer d'abondantes saignées...

Le repas était terminé, et nos deux coquins, un peu ivres, mais raides et
guindés, se firent conduire à leur appartement.

Laissons-les et retournons à New-York assister au débarquement des
passagers du paquebot.

(1) Vin de Bordeaux.

V. — A New-York

Celui qui n'a pas vu New-York ne comprendra jamais quels développements inouïs peut atteindre l'industrie humaine. Paris est déjà une ville merveilleuse, Londres est plus grand que Paris : eh bien, ces deux capitales du monde civilisé sont dépassées par cette cité moderne : New-York !...

Bâtie sur un îlot — l'île de Manhattan — la ville, reliée à la terre ferme par des ponts d'une exécution hardie, appartient à la fois à la civilisation actuelle et à la civilisation passée. Les quais de bois, noirs, affaissés, où se pressent des navires venus de tous les coins du globe, où se trouvent les sombres bureaux, les maisons des vieux armateurs, basses, branlantes, enfumées ; les tavernes infectes, suintant le vice par tous les pores, où les matelots, les portefaix hurlent, se battent, se grisent pour la plus grande gloire de la vieille Amérique : voilà le vieux New-York

Plus loin, au contraire, des avenues splendides, bordées de constructions imposantes, ornées de colonnes, de sculptures ; de larges places décorées de fontaines, de statues ; des parcs immenses, rendez-vous des privilégiés de la fortune ; des théâtres, des palais, des églises, des squares verdoyants, des faubourgs plus grands que des villes : c'est la cité moderne.

Le 7 octobre 187... dix jours juste après son départ du Havre, le paquebot transatlantique, fièrement pavoisé du pavillon étoilé, entrait dans l'immense baie de New-York.

Il avait quitté le Havre à la nuit tombante ; les brumes du matin se dissipaient à peine, quand il s'arrêta en face de la *Cité Empire*. Le ciel était toujours d'une sérénité admirable. Grimpés sur la passerelle, les passagers pouvaient contempler, à demi-estompés dans les brouillards, que le soleil levant pompait lentement, les plages basses de Long-Island, à bâbord ; les rivages pittoresques du Connecticut, à tribord.

L'immense baie était pleine de murmures et d'animation ; partout des vapeurs rapides, des voiliers élancés, des bateaux de pêche, aux grandes voiles ; sur les rivages couverts de blanches maisonnettes, que dominaient des phares nombreux, le bruit, l'agitation étaient extrêmes : on eût dit le réveil d'une ruche immense.

Les passagers étaient rendus à destination.

Parmi ceux qui se pressaient au débarcadère, on remarquait naturellement nos deux français ; mais, cette fois, ils n'étaient pas seuls : trois gentlemen à la tournure aristocratique, aux manières aisées, les accompagnaient.

Archibald Loyton, Nichols Godvolke et John Hyllyars, que ses amis appelaient Goliath, sans doute à cause de sa taille gigantesque, de sa vigueur peu commune, avaient fait la connaissance de nos amis à la table du paquebot. Souples, insinuants, possédant les usages de la meilleure société, prodiguant leur or avec une folle insouciance, ils n'avaient pas tardé à conquérir toutes les sympathies de nos deux français.

Ils se disaient fils de riches propriétaires des environs de Nashville, dans le Tennessée, et racontaient comment, ayant trop usé de la vie à Paris, dépensé trop largement les dollars paternels, ils se voyaient forcés de retourner dans leurs familles, d'expier par quelques mois de dure pénitence leurs folies et leurs prodigalités.

Tout cela était dit en riant, avec des airs de millionnaires.

A bord, une confidence en vaut une autre. Nos amis n'avaient pas caché leurs projets, leurs espérances, et Aristide, un peu humilié par l'apparence fastueuse de ses nouveaux compagnons, avait négligemment, et comme par mégarde, laissé voir le contenu de sa valise : une dizaine de mille francs environ.

En apprenant que les deux français se rendaient en Pétrolie, Archibald Loyton s'était écrié :

— Il est fâcheux, très fâcheux, gentlemen, que nous ne puissions vous accompagner jusque là. Personnellement, je ne connais pas Monsieur Creikfoorth ; mais mon père est en relation d'affaires avec lui. C'est un très digne gentleman.

— Très digne ! appuyèrent ses amis.

— Au moins nous donnerez-vous une journée à New-York?... La ville, que nous connaissons admirablement tous trois, vaut la peine d'être vue... même après Paris...

— Soit ! répondirent Hector et Aristide ; mais un jour seulement.

— Entendu...

En débarquant, la stupéfaction d'Aristide fut grande. Nourri des plus poétiques et plus pompeuses descriptions de New-York, il s'attendait à rencontrer, à chaque pas, merveille sur merveille, excentricité sur excentricité, et voilà qu'il n'apercevait que des quais de bois, auxquels, il est vrai, s'appuyaient de magnifiques vaisseaux ; des maisons basses, noires, aux fenêtres étroitement grillées ; un peuple tranquille, se livrant à ses petites affaires sous l'œil bienveillant du policemen et des douaniers.

Où donc étaient les revolvers, les *bowie knifes* ?

— Ça New-York ! dit-il avec un dédain mal dissimulé ; j'ai la berlue, ou mes auteurs étaient diablement enthousiastes. C'est sale, c'est laid, ça ressemble à tous les ports de commerce connus et inconnus...

Archibald, qui avait fait charger les bagages sur les *cars* de noirs porte-faix et leur avait donné l'adresse d'un hôtel connu de lui, s'approcha aux dernières paroles du sceptique parisien :

— En effet, tous les ports de commerce se ressemblent, dit-il : wagons, charrettes, docks, quais, grues, etc., tout cela existe forcément, plus ou moins beau, ce qui n'est rien; plus ou moins étendu, ce qui est tout; car la richesse se révèle, non dans le luxe du matériel, mais dans son importance. Attendez et vous changerez d'avis.

— Soit !

Quelques minutes après, les voyageurs entraient dans le Broadway. Cette rue immense, qui traverse entièrement New-York, apparaissait large, toute fourmillante de voitures, de cavaliers ; toute bordée de maisons à l'architecture capricieuse, représentant parfois ces immenses cubes de pierre si régulièrement percés dont s'honore Paris, parfois aussi des façades ornées du fronton grec. On y voyait des palais, des hôtels fouillés, sculptés, décorés d'arabesques, de statues, de balcons... et cet ensemble dominé par les coupoles, les clochetons, les aiguilles des églises.

Des rues nombreuses et régulièrement espacées coupaient à angles droits cette artère géante.

Un jour radieux versait à profusion ses rayons de feu, qui faisaient flamboyer, comme des plaques de vermeil, les millions de glaces des magasins et des fenêtres. Dans cette conflagration d'or et de lumières, de sombres parties s'accusaient en larges plaques noires qui faisaient ressortir plus nettement les mille détails qu'éclairait un soleil de feu.

Cette fois, Aristide ne trouvait plus que New-York ressemblait à une sous-préfecture de troisième ordre.

— Eh bien ! que vous en semble? lui demanda Nichols Godvolke avec un sourire railleur.

— Superbe ! fit-il.

Puis, voulant racheter cette exclamation involontaire, il ajouta avec une légère pointe de chauvinisme :

— Mais ça ne vaut pas Paris.

On le laissa dire.

Vouloir visiter en détail une ville comme Paris, Londres ou New-York en un seul jour, serait de la folie ; mais on peut au moins jouir des grands ensembles. C'est ce que comprirent les Américains. Tour à tour, ils promenèrent leurs hôtes, à pied d'abord, en voiture ensuite, à travers le Broadway, les gigantesques avenues qui déversent leurs flots de peuple dans l'artère immense, puis les squares merveilleux, les théâtres, les banques, les temples et les églises... On avait déjeuné sommairement dans un petit hôtel. Vers quatre heures, nos amis invitèrent le cocher qui les conduisait à trotter vers l'hôtel où, le matin même, les bagages avaient été déposés.

— Et ce soir, dit Archibald avec un charmant sourire, nous irons à l'Opéra écouter de célèbres artistes, presque tous vos compatriotes.

Quoique brisés, harassés, anéantis par cette journée de courses incessantes sous un soleil implacable, Aristide et Hector acceptèrent la proposition de l'Américain.

L'hôtel où ils étaient descendus, un des moins luxueux de New-York, était cependant coquet et confortable. Le service de la table et des chambres était fait par des nègres dont la race fourmille dans la Cité empire, et qui, depuis l'émancipation, ont accaparé presque tous les emplois domestiques.

Nos amis dînèrent à table d'hôte. De même que les Anglais, les Américains sont de grands mangeurs et regardent peu à la qualité pourvu qu'ils aient la quantité ; aussi la table disparaissait sous une multitude de mets empruntés à tous les pays ; mais dans les carafes du plus pur cristal, on n'apercevait que de l'eau, d'une limpidité parfaite, il est vrai, mais de l'eau seulement. Nos amis qui ne faisaient partie d'aucune société de tempérance, se firent apporter, pour arroser leur plantureux repas, quelques bouteilles de *claret*.

Au dessert, nos jeunes hommes se trouvèrent seuls à table.

— Du champagne ! du champagne, messieurs, fit Archibald, et chacun sa bouteille.

— Hurrah !... All right !... crièrent nos amis en apercevant les bouteilles casquées d'argent, à l'étiquette bien connue, qu'un *waiter* (1) portait avec respect sur un plateau d'argent. Hurrah ! pour la libre Amérique !...

Et des flots mousseux pétillaient dans les coupes de cristal, et on riait, on chantait même — chose horrible en Amérique. La gaieté des Français était sincère ; les Américains, au contraire, ne riaient que du bout des lèvres et se parlaient fréquemment à l'oreille.

— Il est temps de partir, dit tout à coup Nichols en se levant brusquement ; nous allons commander la voiture et régler la dépense.

Ils sortirent tous trois.

— Eh bien ! dit tout à coup Aristide à Hector, comment trouves-tu nos nouveaux amis ? Charmants, n'est-ce pas ? Quel dommage qu'ils ne puissent nous accompagner, car la vie chez ce digne *Craquefort* doit être d'une monotonie désespérante.

— Ce sont de vrais gentlemen, répondit Hector. Mais je ne sais ce que

(1) Nègre.

j'éprouve, continua-t-il en portant la main à son front; je me sens accablé de sommeil; une torpeur étrange s'empare de tout mon être; je ne vois plus...

— Nous avons trop fêté le champagne, trop couru sous le soleil, fit Aristide, en bégayant. Mais ce n'est rien, l'air frais de la nuit dissipera tout cela.

Dans le salon voisin, les trois Américains, froids et corrects comme s'ils parlaient de choses indifférentes, avaient une conversation bien autrement instructive.

— Est-ce fait? disait Nichols à l'oreille d'Archibald.

— Oui, j'ai versé quelques gouttes de laudanum dans leurs verres. La musique, les lumières, le bruit, les achèveront. Ils sont à nous...

— Et demain, quand Goliath ira les réveiller pour le départ, nous roulerons dans la direction d'Harrisburg, ricana Nichols. Mais surtout, achevat-il en se tournant vers le géant, ne les perds pas de vue une seule minute.

— Soyez tranquille, je leur ferai voir du pays! répondit Goliath avec un sourire sinistre.

VI. — Comment Aristide et Hector, s'endormant a New-York, ne se réveillèrent qu'a Washington

Le jour allait paraître.

Les premiers rayons du soleil, tamisés par d'épais rideaux, éclairaient à peine d'une lueur douteuse la chambre de nos amis, quand John Hylliars, que ses complices appelaient Goliath, entra brusquement.

— Debout, gentlemen! dit-il, debout! le train part dans une heure.

Peine perdue! Hector et Aristide ne l'entendaient pas. Ils dormaient d'un sommeil de plomb.

Goliath sourit et, avisant sur une table une carafe pleine d'eau, il aspergea d'une douche copieuse et glacée le visage des dormeurs, qui se réveillèrent aussitôt.

— Le train va partir, reprit Goliath; il est temps de vous préparer.

— Diable! fit Aristide, en s'habillant prestement, il n'y a pas de temps à perdre. Mais, où sommes-nous donc ici? Je ne me souviens plus de rien... que s'est-il passé?

En même temps, il s'approcha d'une glace; mais il recula épouvanté : son visage était pâle et défait, ses yeux avaient perdu tout éclat, sa parole était devenue pâteuse et embarrassée.

3

— Peu de chose, dit Goliath, répondant à sa question; vous vous êtes endormis au théâtre, et nous avons été obligés de vous faire transporter ici.

Le front d'Hector se rembrunit.

— Joli début!... murmura-t-il.

— Oh! reprit l'Américain, c'est bien compréhensible. Il faut être bâti à chaux et à sable, ou Yankee pur sang, pour s'accommoder de prime abord à la vie de New-York. A peine débarqués, au lieu de vous reposer, vous avez couru la ville, à pied, sous un soleil torride, dîné à table d'hôte, assisté à une représentation théâtrale... c'est, croyez-moi, plus qu'il n'en faut pour abattre un homme... les premiers jours; après on s'y fait...

— Vous soulagez ma conscience d'un poids terrible, estimable Yankee, murmura Aristide. Donc nous n'étions pas gris... donc l'honneur est sauf...

Tout en causant, les deux amis s'étaient habillés tant bien que mal. Quoi que Goliath dît touchant l'habitude, ils sentaient qu'ils ne se feraient jamais à une telle vie. La tête leur pesait comme du plomb, leurs membres avaient perdu toute élasticité; c'était à peine s'ils pouvaient rassembler quatre idées.

Aussi Goliath n'eut-il aucune peine à les entraîner. Une voiture attendait à la porte, déjà chargée des bagages; Goliath y fit monter les deux amis, et, après avoir donné ses ordres au cocher, prit place à leurs côtés.

La voiture filait déjà au grand trot; moins d'un quart d'heure après, elle s'arrêtait devant une gare monumentale.

Hector et Aristide, encore abrutis, envahis par une somnolence invincible, faillirent perdre la tête, entourés qu'ils étaient d'une foule nombreuse criant, hurlant, assiégeant les portes de la station. L'Américain, citoyen libre, est son maître partout; aussi le public, fort mélangé, ne se gênait-il nullement, et, en vertu du vieil adage : « Aux premiers les meilleures places », se bousculait, sans souci des voisins.

Les coups de coude, et même les coups de poing, pleuvaient comme la grêle au mois de mars.

Mêlés à la foule, de nombreux picks-pokets se livraient tranquillement à leur honnête industrie, explorant les poches des voyageurs, coupant les chaînes de montres, les bretelles des sacoches, malgré les policemen aux yeux inquisiteurs, malgré les énormes affiches ainsi libellées : BEWARE THE PICK-POKETS (1) qui s'étalaient partout.

Les machines hurlaient, sifflaient avec un bruit strident.

— Nous ne pourrons jamais nous en tirer! murmura Aristide à l'oreille d'Hector.

(1) Prenez garde aux voleurs.

— Heureusement que notre bon ami Hylliars est là.

L'Américain était là en effet. Dépassant ses amis de la tête, il allait de l'avant, lancé comme un boulet, leur ouvrant un large passage dans la foule, qui s'écartait pleine de respect devant sa vigueur athlétique.

Ce fut lui qui les installa commodément dans un wagon, qui fit enregistrer les bagages, qui leur recommanda de veiller à tous et à tout.

— Les filous ne manquent pas ici ! dit-il en riant ; aussi prenez garde à vos valises.

— Et les bagages ?

— Je m'en charge.

— Que de reconnaissance nous vous devrons ! dirent les deux Français.

— Vous vous êtes confiés à moi ; il est donc de mon devoir de vous épargner jusqu'à l'ombre d'une contrariété, de vous décharger de tout ennui, fit-il avec un singulier sourire. Et puis je présume que, à Paris, vous en eussiez fait tout autant pour moi.

Pour toute réponse, ils tendirent leurs mains au géant, qui les secoua à l'américaine, c'est-à-dire de façon à leur désarticuler les épaules.

Cependant le train, remorqué par deux machines : une en tête, l'autre en queue, s'était mis en marche, brûlant les rails avec une vélocité infernale.

Le wagon était plein à déborder. De jeunes miss rieuses, émancipées, caquetaient gaiement avec leurs frères, leurs cousins, leurs fiancés même ; des dames, froides et gourmées ; des gentlemen flegmatiques ; des clergymen respectables et respectés contemplaient distraitement le paysage, ou s'abîmaient dans la lecture du *New-York Hérald*, tandis que de vrais Yankees, voyageant pour leurs affaires, parlaient bruyamment lin, coton, cuir, bourse, pétrole, tout en lançant, à chaque minute, sur le parquet ciré d'énormes jets de salive infectée de tabac.

Il est défendu de fumer dans les compartiments ordinaires, les fumeurs ayant des wagons spéciaux ; mais les braves Américains ne se privent pas de tabac ; ils le prennent sous une autre forme, voilà tout.

Étourdis par cette faconde bruyante et peu instructive, les deux Français cédèrent à la fatigue qui les étreignait toujours et s'endormirent profondément.

— Dormez, mes chers amis ! dormez ! murmura Goliath, avec son étrange sourire. Puisse le sommeil vous accorder d'heureux songes, car le réveil sera terrible !

Pour se mettre à l'unisson de ses compagnons, il fourra dans sa bouche une énorme chique, et, dépliant un journal, parut se plonger dans une lecture intéressante.

L'aménagement et la disposition des wagons sont tout autres sur les lignes de l'Union américaine que sur les lignes européennes. Nous en reparlerons plus loin avec plus de détails.

Le convoi filait toujours, brûlant les stations de peu d'importance, s'arrêtant dans les villes, franchissant les fleuves et les rivières sur des ponts hardis, serpentant comme un long reptile au milieu des collines et des montagnes. A chaque arrêt, une partie des voyageurs descendait; d'autres montaient et les compartiments étaient toujours au complet.

Nos amis continuaient à dormir. Il fallut que Goliath les réveillât pour leur faire prendre quelque nourriture.

— Où sommes-nous ? demanda Hector en se frottant les yeux.

Goliath jeta un nom au hasard, puis reprit :

— Ça, déjeunons.

— Vous avez apporté des provisions ? demandèrent Hector et Aristide.

— Oh ! seulement une volaille froide, des huîtres et quelques bouteilles de vieux bordeaux.

— Excellente idée ! approuva Hector. Mais dites-moi, je croyais qu'en Amérique, un wagon-cuisine suivait le train, et que, sans se déranger, on pouvait se faire apporter la carte et déjeuner tout aussi bien qu'au café Riche ou chez les frères Provençaux ?

— C'est vrai ; mais pour la ligne du Pacifique seulement, où les stations sont éloignées les unes des autres, mal approvisionnées, presque toujours. Mais ici où la ligne est bordée de villes, de stations importantes, où on peut descendre presque à chaque instant, de telles précautions contre la famine seraient puériles. On se contente de vendre des fruits, des biscuits, des rafraîchissements et des journaux.

Tout en parlant, Goliath avait ouvert sa valise, coupé et distribué sa volaille sur de minces tranches de pain. Les deux Français firent largement honneur à ce repas improvisé ; puis, après avoir échangé quelques paroles, feuilleté les pages d'une revue illustrée, ils retombèrent dans cette somnolence léthargique à laquelle Goliath, stylé par ses dignes amis, n'était pas étranger.

De temps à autre, les employés, grâce aux passerelles qui existent des deux côtés du train et font communiquer entre eux tous les wagons, pénétraient dans les compartiments et se faisaient montrer les tikets. Dans ces occasions, avec une extrême obligeance, Goliath, plutôt que de réveiller ses amis, répondait pour eux et pour lui.

Le train filait toujours avec une allure infernale. Il dépassa Trenton, sur la Delaware, Philadelphie, fondé par Williams Pen, le chef de la secte des Quakers, Baltimore, situé au fond de la baie de Chesapeake, et, brûlant les stations intermédiaires, s'arrêta à Washington, la capitale de l'Union américaine.

Nos deux amis, pendant ce long voyage, n'avaient fait pour ainsi dire qu'un somme, chose qui paraîtrait extraordinaire si on ne savait que Goliath usait ou plutôt abusait fréquemment du contenu d'un petit flacon qu'il portait caché dans sa manche. L'Américain était leur seul guide. C'était lui qui répondait aux employés de gare, qui s'occupait de tout. Ils étaient entre ses mains comme des corps sans âme.

La trame était bien ourdie.

Aussi, grande fut leur stupéfaction, quand un contrôleur vint brusquement les secouer avec cette poigne américaine qui n'a d'égal au monde que la poigne anglaise, en leur disant :

— Vous êtes arrivés.

— Arrivés ! balbutia Hector. Où sommes-nous donc?

— A Washington.

— A Washington! mais non, c'est impossible !... Nous nous rendions en Pensylvanie...

— Alors vous avez fait erreur, gentlemen, et il ne vous reste plus qu'à retourner sur vos pas.

— Encore une fois, c'est impossible... Expliquons-nous raisonnablement.

L'employé plia les épaules d'un air qui signifiait clairement:

— Je ne demande pas mieux...

— Une erreur de notre part serait compréhensible, continua Hector. Mais le gentleman qui nous accompagnait, un américain pur sang, ne pouvait se tromper à ce point...

— Oui, mais où est-il? fit brusquement Aristide.

En effet, l'Américain avait disparu.

La situation se corsait.

— Que veut dire ceci? murmura Hector d'un ton plein de stupeur. Mais c'est vrai, poursuivit-il en voyant le tiket passé dans le ruban du chapeau d'Aristide, nos billets portent bien Washington !...

— Alors nous avons été victimes d'une stupide mystification..., soupira Aristide.

— Ou d'infâmes bandits..., Oh !...

Cette exclamation lui était arrachée par une nouvelle déception. Torturé par un soupçon atroce, il ouvrit la valise qu'il portait à son côté : argent, papiers, tout avait disparu ; seulement, comme un adieu ironique du bandit, des journaux froissés, salis, remplaçaient les espèces et les titres volés...

Au cri d'Hector répondit un cri semblable d'Aristide : lui aussi venait de constater qu'on l'avait audacieusement dépouillé.

— Que devenir?

— Ce qu'il plaira à Dieu, répondit Hector, aussi découragé que lui; il est notre seule sauvegarde...

VII. — A WASHINGTON

Washington, la capitale des Etats-Unis, s'élève au centre d'un vaste plateau, arrosé par une petite rivière : le Potomac.

La ville où siègent les congrès, où résident le Président de la République, les ministres, les sénateurs, les représentants et tout le personnel administratif, la métropole enfin, est froide, majestueuse et comme emmitouflée dans sa dignité même. On n'y trouve pas ce bruit, cette animation fiévreuse, ce mouvement perpétuel, qui font ressembler New-York, Boston, Philadelphie, Providence, etc..., à autant de ruches merveilleuses. On dirait que les fondateurs de la capitale ont exprès recherché le calme, le recueillement, pour se livrer uniquement à la tâche écrasante qui leur incombait : gouverner un grand peuple...

Ils ne pouvaient mieux choisir. Les environs de Washington, frais, agrestes, présentant à chaque pas des paysages, des sites nouveaux et variés, portent naturellement l'âme au recueillement, préparent l'esprit aux grandes conceptions. L'influence des choses extérieures agit toujours puissamment sur les esprits supérieurs; c'est une vérité qui n'a pas besoin d'être démontrée.

La ville, régulièrement bâtie, est vaste, et contiendrait le triple de sa population actuelle. On voit que les siècles n'ont pas passé sur elle, qu'elle ne date pour ainsi dire que d'hier. Pourtant les Américains professent pour leur capitale plus de respect peut-être que les Français pour Paris.

Il faudrait un volume pour décrire en détail toutes les splendeurs de la jeune métropole, et notre cadre ne nous permet que quelques lignes. Nous passerons donc rapidement au milieu de ses avenues larges et droites, devant ses maisons de pierre et de marbre ornées de pilastres, de chapiteaux, de statues dans le style grec, près de ses gracieux *cottages*, cachés sous l'ombrage épais de leurs immenses jardins; nous saluerons, en passant, les églises monumentales, et nous nous arrêterons devant le Capitole, palais peut-être unique au monde. Malgré lui, le voyageur demeure étonné, ne comprenant pas comment la main de l'homme a pu remuer ces pierres énormes, élever ces portiques, ce dôme splendide qui semble aérien, tant paraissent sveltes les colonnades qui le soutiennent...

C'est au Capitole que siègent les congrès.

Plus que le nouveau encore, le vieux Capitole attire le regard ; car pour l'artiste, le poète, cette construction, sans importance pourtant, est une page éloquente du passé, et il suffit de s'en approcher pour évoquer les flots des souvenirs historiques.

N'oublions pas quelques monuments qui ont une grande importance : White House (1), la résidence du Président de la République, perdue dans un parc ombreux ; les ministères, les bourses, les banques, institutions de l'Etat, etc…, etc…

Washington est naturellement le séjour obligé des ministres, sénateurs, députés, hauts fonctionnaires, officiers, employés de toutes sortes attachés aux différentes administrations. C'est aussi la résidence aimée de ces favoris de la fortune pour qui la vie n'est qu'une fête perpétuelle, puis des artistes, des journalistes, des hommes les plus en vue du nouveau continent.

C'était donc à Washington que le hasard, ou plutôt Goliath, avait conduit nos deux français.

Ils marchaient côte à côte, lentement, fort mélancoliques, et surtout fort honteux de s'être laissés si bêtement duper.

Aristide enfin s'arrêta.

— Quelle honte ! dit-il avec un geste mélodramatique, quelle honte ! Nous, des Parisiens pur sang, des hommes faits à tous les *trucs*, à toutes les roueries, nous nous sommes laissés prendre comme des grives à la glu de l'oiseleur, nous avons *coupé* dans les singeries de ces coquins !… Ils étaient forts, ces bandits !…

— Oui, ils étaient forts !… murmura Hector. Je comprends maintenant. Ce qui nous est arrivé provient tout simplement d'un plan arrêté sur le paquebot : cette promenade à travers New-York, ce dîner plantureux, cette soirée au théâtre, tout cela n'avait qu'un but : nous énerver pour rendre plus facile l'exécution de leur infâme projet…

— Ajoute que, suivant toutes probabilités, ils ont fourré une drogue quelconque dans notre boisson… je me souviens en outre de certains cigares sentant fortement l'opium.

— Bien joué ! dit encore Hector avec un mélancolique sourire ; sot qui s'y laisse prendre…

— Notre argent les tentait fortement ; mais pourquoi nous prendre nos papiers ?… Ils ne veulent pas, j'imagine, parader sous nos noms dans les salons de New-York ?…

— Oh ! murmura Hector, mordu au cœur par un soupçon subit ; si c'était…

— Qu'as-tu ? interrompit Aristide, frappé de l'altération des traits de son ami.

— Oui, c'est bien cela… Les misérables !… N'as-tu donc pas compris ?

(1) La maison Blanche.

Ces hommes, j'en suis sûr, connaissent les motifs qui m'amènent en Amérique... Ils m'ont suivi, résolus à se substituer à moi... Oui, c'est cela; comment n'y avais-je pas songé plus tôt?... S'ils n'avaient voulu que nous voler, pourquoi ne pas l'avoir fait à New-York?... pourquoi nous avoir conduits ici? pourquoi nous prendre nos papiers?...

— Malédiction!... Mais ce n'est pas praticable... Ils se feront démasquer...

— Ichabod Creikfoorth ne m'a jamais vu.

— Que faire alors?...

— Nous recommander à notre ambassadeur... Mais sans preuve, sans rien pour établir notre identité, il peut nous prendre pour des chevaliers d'industrie, nous retenir peut-être, et nous avons besoin de notre liberté pour confondre les imposteurs, pour les arrêter dans leur œuvre infâme... Oh! si nous possédions seulement quelque argent...

— Eureka! cria triomphalement Aristide, qui, machinalement, avait palpé les poches de son veston et avait senti son portefeuille. Le bandit a eu la gracieuseté de me laisser cent... deux cents francs...

— Alors envoyons vite à l'oncle Creikfoorth un télégramme qui le mette au courant de notre situation.

— A ton tour, tu dis là une pauvreté. S'il est vrai que les bandits aient voulu se substituer à nous, ils doivent être déjà dans la place, et pas une lettre, par un télégramme n'y entrera sans avoir passé par leurs mains. Ce serait perdre du temps, de l'argent, et les mettre sur leurs gardes. Rusons. Nous possédons deux cents francs, au besoin nous vendrons nos montres, nos bagues, c'est de quoi vivre quelques jours. Pendant ce temps, nous aurons télégraphié à Paris, demandé de l'argent, les papiers qui nous sont indispensables — et ce sera toutes preuves en main, accompagnés d'un constable et d'une douzaine de policemen, que nous irons débusquer les bandits de la position qu'ils ont usurpée.

Ce raisonnement ne manquait pas de logique. Se mettre sous la protection du représentant français, avertir par dépêche l'oncle Creikfoorth du coup qui se tramait contre lui, tout cela de prime abord paraissait très facile. Mais, en y réfléchissant bien, l'idée d'Aristide n'était pas non plus dépourvue de fondement.

— Mais il faudra attendre! soupira Hector.

— Quinze jours à peine. Allons, viens au télégraphe adresser une dépêche à ta mère, pendant que j'en rédigerai une autre pour mon banquier.

Mais il fallait se renseigner. Par bonheur passait en ce moment un respectable gentleman tout vieux, tout cassé, vêtu de noir et portant des lunettes bleues, comme un clergiman. Aux premiers mots des deux Français, il se mit gracieusement à leur disposition et les conduisit au plus proche bureau télégraphique.

Charmés de sa politesse, les jeunes hommes le remercièrent et rédigèrent un court récit de leurs infortunes, sans s'apercevoir que le respectable vieillard lisait par dessus leurs épaules.

Les taxes de la Compagnie du Cable transatlantique sont élevées, et, après avoir soldé au bureau, Aristide et Hector constatèrent avec douleur qu'il leur faudrait bientôt recourir au triste expédient de vendre ou d'engager leurs montres.

— Maintenant, dit Hector, il nous faut chercher un gîte. Mais où?

Le vieux gentleman ne les avait pas encore quittés. Pleins de confiance en son aspect vénérable, en ses cheveux blancs, ils lui soumirent cette nouvelle difficulté. Le bonhomme hocha la tête en souriant.

— Si vos ressources sont limitées, dit-il, ne cherchez pas dans Washington même. La moindre journée à l'hôtel vous coûterait quatre ou cinq dollars. Mais suivez-moi; je vais vous conduire à Georgetown, dans une petite taverne très propre, très confortable, où mangent les petits employés des ministères et où vous ne serez pas trop écorchés.

Et tout courbé, tout cassé qu'il était, il se mit à marcher allègrement à côté des deux jeunes gens, s'appuyant sur sa canne à pomme d'ivoire, riant dans sa barbe à chaque saillie qui leur échappait, car ils avaient compris qu'il fallait, sinon oublier, du moins faire trêve à leurs préoccupations.

La journée était belle et dans les rues, dans les squares ombreux, une foule de gentlemen, de dames aux toilettes tapageuses se promenaient gravement, les uns à pied, les autres emportés dans d'élégants équipages. Les commerçants, les banquiers, les industriels de toutes sortes, au contraire, allaient et venaient fiévreux, agités, avec des liasses de papiers sous le bras. Qu'importait à ceux-là, dévorés par la fièvre du lucre, que le soleil fût brillant, que le Potomac coulât limpide et tout poudré de paillettes d'or entre ses rives pittoresques, que les ombrages des parcs et des squares fussent touffus et pleins de fraîcheur? les affaires! tel était le but de leur course effrénée...

Enfin on arriva à Georgetown.

Situé sur le Potomac aux eaux profondes en cet endroit, au fond d'un petit hâvre bien abrité, Georgetown est le faubourg, ou plutôt le port de Washington. La tranquillité est presque aussi grande sur cette plage pittoresque que dans la métropole même; cependant, au milieu des habitations aux murs de briques blanches et rouges, aux volets verts, on remarque des boutiques, des tavernes fréquentées par les pêcheurs, les matelots du commerce, dont les navires reposent à l'ancre au fond du petit hâvre.

Le vieillard s'arrêta en face d'une taverne basse, petite, mais d'aspect

réjouissant, avec ses murailles aussi blanches que du lait, ses grandes fenêtres aux vitres brillantes, autour desquelles serpentaient les capricieux
festons d'une vigne vierge.

Cette taverne, à l'enseigne du *Grand Washington*, dont on voyait le
portrait équestre, affreusement barbouillé sur une plaque de tôle, était
tenue par Betty Cramps, bien connue des matelots qui, tous, lui faisaient la
cour, — car elle avait du bien. — Mais c'était sans succès. La brave femme
avait déjà enterré deux maris et refusait d'en prendre un troisième, disant
qu'elle était bien assez grande pour se conduire elle-même.

— Entrez là, gentlemen, dit le vieillard; je présume que vous n'aurez pas
à vous en repentir. Je vous aurais bien moi-même recommandés à la bonne
Betty Cramps; mais la Société de tempérance, dont je fais partie, me dé-
fend de mettre les pieds dans une taverne. Adieu, et que l'Éternel vous
assiste...

Hector et Aristide entrèrent après avoir chaleureusement remercié leur
guide. A peine avaient-ils disparu au fond de la grande salle, que le vieux
gentleman arracha ses lunettes, redressa sa taille courbée, et, jetant au loin
sa canne inutile, s'éloigna à grands pas.

— Allez, mes petits agneaux! murmura-t-il avec un sourire cynique sur
les lèvres; allez, vous n'êtes pas au bout de vos mésaventures; je vous tiens
bien et vous réserve encore plus d'un tour de ma façon...

Si les jeunes hommes avaient assisté à cette transformation soudaine, ils
auraient reconnu Goliath...

VIII. — Ou LA SITUATION SE COMPLIQUE POUR LES BANDITS
DE LA VILLA CREIKFOORTH

Sans soupçon, le vieux Ichabod Creikfoorth avait accueilli Archibald
Loyton comme s'il était son neveu véritable. Les ordres les plus larges
avaient été donnés à son égard : plus que le vieillard, il était le maître dans
la maison.

Assisté de son digne complice, Nichols Godvolke, il en usait largement.
Pleins de respect, en apparence du moins, pour le vieillard, les coquins
profitaient néanmoins de la grande liberté qu'il leur accordait pour vivre à
leur guise. L'oncle Ichabod ne pouvait guère quitter sa chambre et rece-
vait peu : le ministre du village voisin, un vieux capitaine de navire,
quelques propriétaires des environs et leurs familles composaient son cercle
habituel.

Deux fois par semaine, toute cette société se réunissait dans le grand

— Entrez là; gentlemen, dit le vieillard. (page 42)

parloir où le vieillard se faisait porter, et tout en buvant du thé pur et parfumé, en croquant des *crakers*, on faisait une partie de wist ou de boston, on parlait huile, coton, céréales, etc...

Parfois, mais rarement, une jeune miss se mettait au piano, accompagnant un chanteur du cru. Généralement, cependant, on s'en tenait à une causerie amicale entremêlée de nombreuses parties de cartes.

En dehors de ces réunions qu'ils ne pouvaient éviter, les deux hommes étaient maîtres absolus de leur temps.

Un fusil sous le bras, ils s'en allaient le long du fleuve, sous prétexte de chasser les oiseaux aquatiques, en réalité pour pouvoir se concerter à l'aise sans crainte d'être entendus; ou bien, nonchalamment couchés dans une petite voiture que traînaient deux merveilleux poneys, ils visitaient les environs, bien reçus partout, grâce à leur titre de parents d'Ichabod Creikfoorth.

C'est ainsi qu'ils visitèrent les principaux centres du pétrole; qu'ils assistèrent à l'épuration de l'huile minérale, qu'ils virent percer des puits au moyen de gigantesques forets mus par la vapeur; qu'ils virent enfin des bourgs, des villages se créer comme par enchantement, là où, quelques jours auparavant, n'existait qu'un terrain inculte et sauvage.

C'est que maintenant les nouvelles sources découvertes sont ordinairement éloignées des grands centres, et l'Américain, toujours pratique, calcule sagement que le temps qu'il lui faudrait employer pour se rendre à son travail et en revenir est de l'argent perdu. Aussi le puits est à peine foré, les baraques destinées à protéger les machines à vapeur sont à peine établies, qu'il s'élève autour de simples maisons de bois, dont le nombre s'accroît sans cesse, et qui finissent par couvrir une grande étendue de terrain.

A la suite des ouvriers accourent les fournisseurs de toute espèce, sans lesquels ils ne pourraient vivre. Le village est alors définitivement fondé : dans quelques années, des maisons de brique, un *City-Hall*, un temple, un presbytère, un théâtre peut-être, remplaceront les huttes de bois ; des railways courront sur le sol, et l'Union américaine comptera une cité de plus ; à moins que, ce qui arrive souvent, les puits se tarissant, il ne faille aller chercher fortune ailleurs.

C'est une rude population que celle de la Pétrolie ! car il faut être robuste et solide pour se livrer impunément à la pénible exploitation de l'huile minérale. Cependant, si grossiers, si sauvages qu'ils paraissent, ces hommes sont honnêtes, sobres, hospitaliers, et, sur leur territoire, il ne se passe aucune de ces scènes révoltantes, hideuses, qui ont rendu la Californie si tristement célèbre...

Archibald et Nichols se plaisaient à cette existence errante, vagabonde. Mais ce qui avait plus de charme à leurs yeux, c'étaient les longues haltes dans les *logcabin* des bûcherons au fond des bois perdus. Là, leur imagination pouvait se repaître à satiété de récits merveilleux, car les bûcherons ont fait presque tous les métiers et sont nomades par goût et par nécessité. Aussi, que de récits sur tous les Etats de l'Union américaine depuis les rives de l'Atlantique jusqu'à celles du Pacifique ! quelle fièvre ! quand ces enfants perdus de la civilisation racontaient leurs longues luttes avec les Indiens, les tours pendables qu'ils avaient joués aux autorités des petites villes de l'extrême nord, leurs chasses merveilleuses, leurs orgies, leurs folies ; quelquefois pis encore : attaques à main armée, arrestations de chemins de fer, de diligences...

Et pendant ces récits imagés, vivants, le gin, le wiskey coulaient à flots...

— Quel bon temps ! disait Archibald, en se frottant les mains. Cette vie oisive est ce qu'il nous faut.

— Hum ! les autres m'inquiètent !... Et pas de nouvelles de Goliath !

— Patience ! « Pas de nouvelles, bonnes nouvelles ! » disent les Français.

— Pourtant, reprit Nichols, un coup de bowie knife bien appliqué eût mieux assuré notre tranquillité...

C'était l'idée fixe du sinistre gredin.

— C'était tout perdre, veux-tu dire, *my dear*...

— Non ! continua Nichols avec une énergie croissante. A quoi nous sert d'être dans la place, si nous risquons d'en être chassés d'un moment à l'autre ? Pouvons-nous vivre avec une pareille menace éternellement suspendue sur nos têtes ? By God ! nous serions de jolis garçons s'ils revenaient se mettre en travers de notre chemin !...

— Ils n'ont aucune preuve...

— Ils en trouveront.

— Alors, *my dear*, nous aurons réalisé l'héritage et nous serons loin d'ici.

Cette conversation avait lieu le long du Susquebanna, dont les eaux, aux derniers feux du jour, avaient cette couleur jaune, limoneuse, qui annonce une tempête. Le petit panier conduit par un nègre volait plutôt qu'il ne courait sur la route poudreuse. Pour plus de sécurité, les bandits causaient en français, langue dont le pauvre Sam, le cocher, ne comprenait pas un traître mot.

— Fouettez vos chevaux, Sam, et brûlez la route, dit tout à coup Archibald, qui sentit une large goutte de pluie tomber sur sa main dégantée ; nous allons avoir de l'orage...

Soudainement, en effet, le ciel s'était obscurci : à la pourpre éclatante et dorée d'un beau coucher de soleil succédaient des voiles opaques et frangés de traits de feu ; la pluie tomba bientôt en crépitant sur les eaux glauques et agitées du fleuve.

Les petits coursiers des prairies, excités par la voix et le fouet du conducteur dévoraient la distance, hennissant, se cabrant, quand un éclair venait à déchirer la nue. Sur le fleuve déjà assombri, les *ferry-boats*, les steamboats, les mille embarcations de plaisance se hâtaient de gagner les criques pour s'abriter.

La nuit se fit bientôt noire et profonde, mais, par moments, splendidement illuminée par des éclairs nombreux.

Les chevaux avaient conservé leur allure rapide. On approchait déjà du cottage, quand une ombre se dressa sur le revers du chemin, et une voix nazillarde murmura :

— Que le Seigneur assiste vos seigneuries ? Existe-t-il dans les environs une hutte, un village où je puisse goûter à la fois et le repos du corps et le repos de l'esprit ?...

Sam avait aussitôt arrêté ses chevaux, plein de respect pour cet homme qui ne pouvait être qu'un ecclésiastique, car il avait l'habit noir et le parler chevrotant des *mangeurs de psaumes*.

Archibald, impatienté, répondit qu'il ignorait.

— Jeune homme, dit le Révérend gravement, gardez vous de l'impatience, car l'impatience conduit à la colère, et la colère est un des sept péchés capitaux, une des sept redoutes où l'esprit malin se tient embusqué !... Le Seigneur a dit : « Nourris ceux qui ont faim, désaltère ceux qui ont soif, soulage ceux qui sont fatigués ». Or...

— Dieu me damne ! il va nous faire un sermon, et par un temps pareil encore ! murmura Nichols effrayé.

Et d'un ton plus radouci :

— Mon Révérend, dit-il, il pleut, il fait nuit, il tonne, triste temps pour prêcher... Je présume donc que vous serez bien plus à votre aise au coin d'un bon feu pour continuer votre homélie. Si vous êtes en peine d'un gîte, acceptez l'hospitalité que nous vous offrons de bon cœur. Autrement, bonsoir !...

Comme s'il n'avait attendu que ce moment, le Révérend grimpa lestement dans la voiture, et s'adressant à Sam :

— En route, mon frère ! dit-il ; cependant ne maltraite pas tes chevaux : ce sont des créatures de Dieu. Pour ma part, j'aimerais mieux être trempé jusqu'aux os que de souffrir une pareille abomination.

Ce disant, il s'installa le plus commodément qu'il put au fond de la voiture.

Moins d'un quart d'heure après, les trois hommes mettaient pied à terre et s'enfonçaient sous le grand vestibule.

Archibald et Nichols profitèrent de la lumière pour examiner l'étrange compagnon que le hasard leur avait donné. C'était un homme qui, jadis, avait dû être fort et robuste, mais que la vieillesse courbait déjà vers la terre. Ses cheveux, sa barbe, entièrement blanchis, les rides qui sillonnaient son front découvert lui donnaient une apparence presque patriarcale.

Ichabod Creikfoorth ne descendait plus le soir à la salle à manger; il *lunchait* dans sa chambre, servi par le seul Jack, son domestique de confiance.

Les deux coquins étaient donc libres. Ils se promirent de rire un peu aux dépens du débonnaire ecclésiastique et de lui faire payer en moqueries, en quolibets, l'hospitalité qu'ils lui donnaient forcément.

Mais ils se trompaient : là encore, ce fut le Révérend qui ouvrit le feu.

— Quelle profusion! quelle prodigalité! fit-il, en voyant la table luxueusement et abondamment servie. A quoi bon cette variété de mets? une tranche de viande, un morceau de pain suffisent pour soutenir l'homme : le reste n'est que fumée. Méfiez-vous de la bonne chère, ô mes amis! elle empoisonne à la fois et l'âme et le corps....

En même temps il éleva vers le plafond ses deux mains tremblantes, geste qui fut aussitôt imité par les deux coquins.

— Alors, mon Révérend, reprit Archibald, nous allons, puisque vous le voulez, faire emporter ces mets si bons, si parfumés, et les remplacer par du pain sec et quelques oignons.

— Telle n'est pas ma pensée... Usons largement des biens que le Créateur nous a donnés; mais n'en abusons pas. Pour ma part, je ne hais rien tant que la gloutonnerie, qui fait que l'on mange sans faim... l'intempérance, qui excite à boire alors que l'on n'a plus soif. Ces deux fléaux, qui ravalent l'homme au rang des animaux, sont les vrais corrupteurs de notre siècle...

Et, tout en récitant ce discours ampoulé, emprunté au langage d'une de ces sectes étranges et prétendues réformatrices qui pullulent aux Etats-Unis, le Révérend mangeait lentement, sensuellement, choisissant, non les morceaux les plus gros, mais les plus succulents, et savourait avec béatitude d'innombrables verres de *claret*.

Quand le repas toucha à sa fin, Archibald ordonna de préparer un lit au Révérend.

— Qu'il ne soit pas trop moelleux surtout, ajouta le digne homme; confortable seulement. Il ne faut pas, continua-t-il, donner trop d'importance à la chair, et soigner en égoïste cette enveloppe extérieure sortie de la terre où elle retournera bientôt.

— Vanité des vanités! ricana Archibald.

Neuf heures sonnaient. Les domestiques s'étaient retirés.

— Eh bien ! dit tout à coup le Révérend, comment trouvez-vous que j'ai joué mon rôle ?

En même temps, il se débarrassa prestement de sa barbe et de sa perruque, et se débarbouilla la figure avec une serviette humide.

— Goliath ! s'écrièrent Archibald et Nichols.

— Chut ! mes bons amis ! Ne prononcez pas mon nom ici. Oui, c'est moi.

— Pourquoi ce déguisement?

— Pour n'être pas reconnu et pouvoir parvenir jusqu'à vous sans éveiller les soupçons...

— La situation est grave, très grave. Les damnés français ont échappé à ma surveillance... Ils arrivent; demain, aujourd'hui peut-être, ils seront ici...

— C'est impossible ! exclamèrent Archibald et Nichols, blêmes comme des suaires.

— C'est possible, et si j'ai pu les précéder, c'est grâce à l'orage.

— Misère ! rugit Archibald, la partie est perdue !

Alors Nichols, affreusement pâle, mais l'œil plein d'éclairs, se rapprocha de ses complices.

— Rien n'est perdu encore, fit-il d'une voix sourde. Je vous l'ai dit : il n'y a que les morts qui ne reviennent pas. Vous avez méprisé mon conseil; nous payons ce mépris aujourd'hui...

— Que veux-tu dire?...

— Je veux dire, continua Nichols, toujours sombre, que cette maison est isolée, que dans quelques instants les domestiques se seront retirés au fond du jardin, qu'entre nous et la fortune il n'y a plus que deux obstacles : un vieillard et son serviteur...

IX. — COMMENT HECTOR ET ARISTIDE ARRIVÈRENT DIX MINUTES TROP TARD

Un silence de mort régna pendant quelques instants dans la vaste salle.

Au dehors, on entendait la pluie tomber avec un bruit effrayant, le vent hurler dans les grands arbres du jardin, le flot gémir contre ses digues, qu'il essayait vainement de renverser. Par moments, les éclats métalliques de la foudre couvraient tous ces bruits, les éclairs fulgurants, qui se croisaient en serpentant, déchiraient les ténèbres et faisaient pâlir la lueur des bougies.

La proposition de Nichols était tellement grave, que Goliath et Archibald hésitaient.

C'étaient des coquins endurcis pourtant !

4

Nichols, le premier, rompit le silence.

— Vous hésitez ! cria-t-il, vous hésitez quand ils sont à quelques milles de nous peut-être, quand leur arrivée va faire crouler l'édifice que nous avons si laborieusement érigé, quand la prison, le gibet même, couronneront notre folle équipée !... Allons donc ! continua-t-il en tirant de dessous ses vêtements un de ces terribles couteaux appelés *Bowie-Knife*, vous êtes fous !... Pour ma part, je n'abandonnerai, pas l'entreprise commencée, je ne renoncerai pas à cette fortune que je puis atteindre en étendant la main, et dont un serviteur idiot et un vieillard infirme me séparent seuls...

Il brandissait son terrible coutelas, il écumait, la fièvre du sang l'étreignait à la gorge.

— Non ! dit Goliath effrayé, non, pas de sang !... Jamais je n'oserai ; jamais mes mains ne se porteront sur un vieillard.

— Lâche ! tu resteras à la porte...

— Jamais ! te dis-je !...

— Et moi je dis que cela sera, ou je te *refroidis* le premier.

— Soit ! approuva Archibald, fasciné par le regard de cette bête fauve ; il mourra ! Mais, comment fuir après? Comment échapper aux policemen?...

— Nous nous emparerons d'un des Yachts mouillés ici près, dit Nichols, qui semblait avoir tout prévu; et nous descendrons le Susquehanna jusqu'à son embouchure, c'est-à-dire jusqu'à Baltimore. Là, la voie ferrée nous conduira jusqu'à New-York, d'où nous nous embarquerons dans les wagons du *Pacific-Rail-Road*.

— Et nous ne descendrons qu'à San-Francisco, ajouta Archibald.

— Non pas; ce serait nous fourrer dans la gueule du loup ! Nous nous arrêterons dans le Nébraska, le Kansas ou tout autre état voisin; nous acquerrons une vaste ferme et nous y vivrons un an, deux ans, en riches propriétaires campagnards, le temps de nous faire oublier.

— Et tu crois que nous pourrons traîner après nous un million de dollars?... Il y a bien cela ici.

— Nous emporterons seulement tout ce qui est papier; les titres au porteur, les banknotes; quant au reste, nous l'enfouirons cette nuit au pied d'un des rochers qui dominent le fleuve.

— Soit, dit encore Archibald.

Ils attendirent, en sablant quelques bouteilles de bordeaux. Enfin onze heures sonnèrent lentement à la pendule. Goliath alors se leva et traversa le jardin pour savoir si le concierge dormait réellement.

— Goliath a commis une lourde faute, dit Nichols : il a laissé les Français s'échapper. Cet homme n'est bon que pour sa force; si nous le laissons faire, il finira par nous trahir.

— Alors?...

— S'il n'était pas là, continua Nichols, en regardant fixement son complice, nous ne serions que deux à partager le butin.

— Un imperceptible serrement de main fut toute la réponse d'Archibald. Goliath entrait.

— Eh bien ! dirent-ils.

— Tout est tranquille, répondit Goliath. Mais, encore une fois, réfléchissez bien à ce que vous allez faire...

— Éternel trembleur ! Reste donc là puisque tu as peur...

Et, un couteau à la main, les deux bandits gravirent l'escalier qui conduisait à la chambre de l'oncle Ichabod. Retenant leur souffle, évitant de faire crier les marches sous leurs lourdes chaussures, ils glissaient comme des ombres sinistres. L'ouragan sévissait au dehors avec une recrudescence de rage et la petite maison vibrait, gémissait, comme une caisse vide, de la cave au grenier.

Archibald poussa la porte.

La chambre n'était éclairée que par une veilleuse dont la lumière vacillante n'embrassait qu'un faible rayon, laissant les angles noyés dans une ombre épaisse ; un tapis moelleux couvrait le parquet et étouffait tous les bruits.

— C'est ici ! murmura Archibald d'une voix défaillante.

Par malheur, en avançant, il heurta un meuble qui se renversa avec fracas. Le vieillard se réveilla aussitôt. En voyant ces deux hommes pâles, sinistres, un poignard à la main, il comprit tout et se redressa en appelant à l'aide...

Plus furieux que des fauves qui voient leur proie leur échapper, Nichols et Archibald bondirent, et l'étreignirent à la gorge.

Nichols leva son redoutable couteau.

— Non ! dit Archibald ; non, pas de sang...

Hélas ! il y avait peu de vie dans ce corps débilité. Archibald avait noué ses dix doigts autour du cou du vieillard ; mais il les retira presque aussitôt. Ichabod Creikfoorth n'était plus : la terreur l'avait tué...

— Il est mort ! dit le bandit avec un calme effrayant. Au coffre-fort ! Le vieillard portait toujours à son cou, suspendues à un lacet de soie, les clefs de ce coffre-fort. Archibald s'en empara en frémissant.

Le coffre-fort s'ouvrait par un système très compliqué de lettres et de serrures. Archibald, pour qui le vieillard n'avait pas de secret, n'eut pas de peine à l'ouvrir. La plaque de tôle une fois rabattue, les deux bandits s'arrêtèrent muets, haletants, comme cloués au sol.

L'or les fascinait... Le lieu où ils se trouvaient, le meurtre qu'ils venaient de commettre, les dangers qui les menaçaient peut-être, ils avaient tout oublié...

— Allons, murmura Archibald, en s'arrachant avec effort à cette contemplation pleine d'attraits, il faut agir...

Et, avisant dans un coin une grande caisse en marqueterie, ils la rempli-
rent d'or et de valeurs. La caisse pleine, ils bourrèrent leurs poches de
banknotes, d'aigles d'or, de dollars; mais, à leur grand regret, ils ne purent
tout emporter.

— En route! dit brusquement Nichols; il me tarde d'être loin d'ici.

Jack, le fidèle serviteur, qui couchait dans un petit cabinet au-dessus de
la chambre de son maître, n'avait rien entendu.

Les bandits descendirent rapidement l'escalier. Goliath les attendait au
dehors. Ils traversèrent vivement le jardin, ouvrirent la grille sans éveiller
le concierge et s'arrêtèrent sur la berge.

La nuit était toujours horrible, la pluie tombait à torrents, et, sur le
fleuve démonté, on pouvait, à la lueur des éclairs, apercevoir les deux
petits yachts secoués comme de fragiles coquilles de noix.

— Quel temps affreux! murmura Archibald.

— C'est ce qui fait notre sécurité, répondit froidement Nichols. On ne
supposera jamais que nous nous sommes embarqués par une nuit semblable
sur le fleuve en fureur.

Et, poussant au large un petit canot échoué sur la berge, il y monta le
premier et se fit apporter la précieuse caisse.

Puis ce fut au tour d'Archibald.

Goliath retenait l'arrière du canot.

— A toi, lui dit Nichols.

Sans défiance, le géant lui tendit la main. Nichols se baissa; son bras,
armé du terrible bowie-knife, décrivit une courbe rapide, et Goliath, jetant
un cri terrible, se renversa en arrière, la poitrine ensanglantée.

— Judas!... Assassins!... râla-t-il entre deux hoquets.

— Tu nous gênais! dit Nichols froidement.

— Ecoute!... fit Archibald, d'une voix sourde.

Un éclair fulgurant venait, pour un instant, d'éclairer les flots et la route
sombre, et les deux hommes, anxieusement penchés à l'avant du canot,
entendirent un roulement sonore entremêlé de tintements de sonnettes, de
bruits de fers heurtant le sol. Puis, une voiture traînée par trois chevaux
affolés parut au bout du chemin.

— Il était temps! fit Archibald, en essuyant son front moite de sueur; ils
arrivent!...

La voiture roulait toujours avec la même vélocité infernale. Soudain, en
face même du cottage, une ombre sanglante se dressa à la tête des chevaux
et une voix mourante murmura :

— A moi, gentlemen! A moi! ils m'ont tué!...

Au risque de briser la voiture, le cocher arrêta court son attelage, et deux hommes pâles, mais résolus, sautèrent lestement à terre.

— A moi ! répéta le blessé.

— Mais, au nom du ciel, qui êtes-vous ? que faites-vous ici sanglant, blessé ? fit le plus jeune des deux hommes.

— Eux ! s'écria le blessé avec un accent de triomphe. Ah ! vous me vengerez...

— John Hylliars !

Oui, moi... Mais hâtez-vous... ils s'enfuient !... Bientôt vous ne pourrez plus les poursuivre... Regardez !...

Et, s'appuyant sur l'épaule d'Aristide, il parvint à étendre le bras vers le fleuve où, courbé sous sa voilure, un petit yacht glissait silencieux comme une mouette emportée par la tourmente.

Puis, brisé, anéanti par cet effort suprême, il retomba sans mouvement dans les bras des jeunes hommes.

— Que signifie tout ceci? murmura Hector tristement. Qu'a-t-il voulu dire ? Mon Dieu, je tremble qu'un malheur soit arrivé...

En même temps qu'Hector et Aristide, trois hommes complètement vêtus de noir, dans lesquels un Américain aurait reconnu un constable et deux policemen, étaient descendus de la voiture.

Le constable avait attentivement écouté les paroles décousues du blessé.

— Un crime a été commis ici ; cela n'est que trop visible, dit-il. Le revolver au poing, gentlemen ! et avançons prudemment.

Et, faisant signe aux deux policemen subalternes d'emporter le blessé, il prit la tête de la petite troupe, son revolver d'une main, un bâton d'ébène de l'autre. La grille du jardin était toute grande ouverte. Le constable ordonna à ses hommes d'entrer avec le blessé dans la maison du concierge et d'empêcher que personne ne pût entrer ou sortir. Puis, toujours suivi de nos deux amis, il marcha droit à la villa, dont la masse bizarre se détachait en noir sur le fond sombre du ciel.

Là, pas de trace de lutte. A travers la porte entrebâillée filtrait un mince filet de lumière. Toujours silencieux, ils traversèrent le grand vestibule et s'arrêtèrent enfin dans la salle à manger.

La table était encore servie ; les bougies, qui achevaient de se consumer dans les candélabres dorés, jetaient de faibles rayonnements sur les cristaux aux mille facettes, sur les couverts d'argent, les lames d'acier des couteaux. Le désordre était complet ; les chaises renversées embarrassaient le plancher; des bouteilles vides, des serviettes tachées de vin se voyaient de tous côtés pêle-mêle avec des verres brisés, des fleurs : on eût dit une orgie subitement arrêtée.

— Ce n'est pas ici que le crime s'est accompli, mais il s'y est préparé, dit le constable avec un accent tellement convaincu, que les deux jeunes hommes sentirent le froid de l'angoisse leur glacer le cœur. Marchons.

Il prit un flambeau et fit signe à Hector et à son ami de le suivre. Inconscients, muets, ils obéirent; ils semblaient avoir perdu toute volonté, toute initiative, et se laissaient guider comme des enfants. Ce silence sépulcral, sinistre, leur pesait comme un manteau de plomb; ils avaient peur.

Enfin le constable s'arrêta à la porte de la chambre du vieux Ichabod et dit simplement :

— C'est ici !...

X. — INVESTIGATIONS SUR INVESTIGATIONS

La chambre, où s'était accompli le crime, était toujours dans l'état où les bandits l'avaient laissée. Appuyés contre le chambranle de la porte, à la lueur des bougies qu'ils tenaient à la main, de la veilleuse qui brûlait encore sur une table, les trois hommes restèrent un moment silencieux. La scène était vraiment sinistre : à terre un couteau dont la lame brillante absorbait tous les rayons et apparaissait rouge et comme tachée de sang; une foule de papiers, de pièces d'or, épars de tous côtés; dans le fond, le coffre-fort ouvert; enfin, sur le lit, un corps, rigide déjà et blanc comme un marbre: tout cela parlait éloquemment...

— Mon oncle! appela Hector d'une voix tremblante; mon oncle!

Le vieillard, hélas! ne pouvait répondre.

Alors pâle, chancelant, Hector traversa la chambre, et vint s'agenouiller devant le lit funèbre, tenant dans sa main la main raidie et glacée du cadavre.

— Mort! dit-il, mort!!!...

Une douleur immense s'empara de tout son être : il pleura. Il comprit combien il l'aurait aimé, vénéré cet oncle, que, pourtant, il ne connaissait pas.

— Mon Dieu, murmura-t-il encore, pourquoi avez-vous permis ce malheur?...

Mais une main ferme s'abattit sur son épaule, et une voix grave dit :

— Relève-toi, Hector... Il ne faut pas le pleurer, mais le venger!

— Oui, tu as raison !... un tel crime ne peut demeurer impuni. Oh! toute ma vie, toute la fortune qu'il me laisse! pour retrouver, pour punir ces infâmes...

Et, se relevant, il imprima pieusement ses lèvres sur le front glacé d'Ichabod Creikfoorth...

— Pourtant, reprit-il, je ne vois pas de sang... pas de trace de violence. Et sa face est bouleversée, ses yeux, sa bouche, sont ouverts comme pour poursuivre, pour maudire ses assassins!... Que croire?...

Le constable désigna du doigt une ligne bleuâtre qui entourait comme un collier le cou de la victime.

— Il a été étranglé... dit-il.

— Horrible! horrible! murmura Hector. Mais, continua-t-il en s'arrachant les cheveux, cette maison est donc muette comme un sépulcre?... Personne!... Je veux voir du monde, entendre d'autres voix que les nôtres... Holà!... holà!...

En même temps il renversait les chaises, brisait les porcelaines et les cristaux, essayait de s'étourdir, de s'oublier..

— C'est un rêve... un cauchemar affreux... dit-il. Réveillez-moi; mais réveillez-moi donc...

A ce fracas, un homme, un nègre à moitié vêtu, une bougie à la main, se montra sur le seuil.

— Massa a appelé? fit-il.

Mais à la vue des trois hommes, il poussa un cri de douleur et voulut s'enfuir. Déjà Hector avait noué ses doigts autour du poignet du nègre, et, l'entraînant vers le lit funèbre, il le jeta rudement à genoux en disant avec une ironie farouche :

— Voilà ton maître!... Regarde ce que les bandits en ont fait!... Et pendant qu'on l'assassinait, tu dormais, fidèle serviteur...

Jack ne répondit pas; mais sa poitrine se souleva en rauques sanglots, en spasmes convulsifs.

— Massa! massa! fit-il après quelques minutes, dire à bon nègre que c'est pas vrai... Vous pas mourir... C'est pas vrai; Jack pas vouloir...

— Assez de pleurs, assez de cris, interrompit le constable. Un crime s'est accompli dans cette maison : c'est à la justice d'interroger.

A ce mot : justice, le malheureux nègre trembla de tous ses membres.

— Rassure-toi, lui dit Aristide, on ne te fera aucun mal.

Un peu réconforté par ces bonnes paroles, Jack commença son récit par l'arrivée à l'habitation de ceux qu'il prenait pour les parents du vieux Ichabod; il raconta la vie qu'ils menaient, vie toute innocente en apparence, puisqu'ils ne faisaient que ce que font tous les privilégiés de la fortune, à savoir : boire, manger, dormir, chasser, pêcher et se promener; quant à la scène de la soirée, il n'en avait seulement pas idée.

A mesure qu'il parlait, Edmund Weddy, le constable, prenait des notes.

— Pourquoi monsieur Creikfoorth couchait-il seul avec vous dans sa maison? demanda-t-il ensuite.

— C'était une vieille habitude; lui pas avoir peur.

— Et ces gentlemen étaient bien vus dans le pays ?

— L'un était neveu du maître.

— Avaient-ils beaucoup d'argent?

— Massa Creikfoorth était généreux. Lui donner à eux sans compter.

— C'est bien ; nous savons ce que nous voulions savoir. Restez ici ; nous allons vous envoyer du monde.

Et, faisant signe à Hector et à Aristide, il descendit dans la salle à manger.

—Nous avons fait une route du diable, gentlemen, dit-il, et je calcule que comme moi vous luncheriez bien. Pour ma part, je m'accommoderai volontiers des reliefs de ce festin.

Aristide et Hector firent un geste de dénégation, mais prirent place néanmoins auprès du constable, qui attaqua une volaille et se versa une large rasade d'une bouteille de *claret* oubliée par les bandits. Tout en mangeant, il causait.

— L'affaire est claire, dit-il. Ces gentlemen de contrebande, après vous avoir dépouillés, se sont présentés sous vos noms à l'habitation de monsieur Creikfoorth. C'était facile, le bonhomme ne vous ayant jamais vus. Cependant, voyant qu'il ne voulait pas mourir, votre arrivée leur ayant été signalée par leur espion, il leur a fallu brusquer un peu les choses, renoncer à leurs projets, ou plutôt les modifier. Pour cela, ils ont assassiné le vieillard et se sont enfuis avec tout ce qu'ils ont pu emporter. Mais ce que je ne m'explique pas bien, c'est l'assassinat de leur complice.

En ce moment, un des policiers entra.

— Comment va le blessé, demanda Weddy.

— Il n'a pas encore repris connaissance. Nous l'avons laissé à la garde du concierge et sommes allés en reconnaissance.

— Eh bien ?...

— Les bandits étaient trois, l'un marchait devant, les deux autres suivaient portant un objet lourd, un coffre peut-être. Cela était bien facile à voir par l'écartement régulier et surtout la netteté des empreintes imprimées dans la boue. Les traces moins accusées au contraire des pas du premier prouvaient qu'il ne portait rien. Ils se sont arrêtés auprès de la grille ; le premier l'a ouverte et tous trois ont traversé la route, descendu la berge et poussé à flot un canot tiré à sec. Le sillon creusé par la quille du canot est encore visible sur le sable, de même que les empreintes des trois hommes. C'est là que le premier a été frappé, sans doute pendant que ses complices étaient dans le canot.

— Mais pourquoi ce meurtre ?

— On ne sait. Il est pourtant présumable que les bandits, craignant ses

Le cocher arrêta court son attelage. (page 53)

indiscrétions ou ne voulant pas qu'il ait sa part du gâteau, l'auront frappé pour se débarrasser d'un complice gênant.

— C'est possible, en effet! murmura le constable, qui demeura un moment pensif.

Le policeman salua et se retira.

Mais ce fut pour revenir presque aussitôt.

— Le blessé a repris ses sens, dit-il.

— Ah! fit Edmund Weddy, en se levant vivement; nous allons donc savoir si nos soupçons sont fondés?... Venez, gentlemen.

Ils sortirent tous trois, traversèrent le jardin et entrèrent dans la petite maison du concierge. Goliath était étendu sur un lit, le visage pâle et défait, mais l'œil brillant de haine. En l'absence d'un médecin, les policemen avaient lavé et pansé sa blessure, qui ne paraissait pas mortelle.

En apercevant les nouveaux venus, il essaya de se dresser sur son séant.

— Comment vous appelez-vous? demanda Weddy.

— John Hylliars, répondit-il d'une voix faible. Mais je suis plus connu sous le nom de Goliath.

— Connaissez-vous ces gentlemen? continua Weddy, en montrant les deux Français.

— Je les connais. C'est moi qui, d'après un plan concerté avec mes complices, les ai conduits à Washington, quand ils croyaient se rendre à Harrisburg.

— Quels étaient vos complices?

— Ils étaient deux. L'un, Archibald Loyton, est un ancien comédien des théâtres de province; c'est à la scène qu'il doit ces grands airs, ces manières de gentleman avec lesquels il a fait tant de dupes. L'autre, Nichols Godvolke, a tenu un cabinet d'affaires, prêté sur gages, fait mille métiers, dont le plus honnête ne valait pas grand'chose. Moi aussi, j'ai fait presque tous les métiers, sauf un bon. Mais que voulez-vous, orphelin presque en naissant, jeté tout nu sur le pavé de New-York, sans un ami, sans personne pour me conseiller, je ne pouvais que mal tourner...

Nous nous sommes connus tous trois à notre sortie du pénitencier de New-York; c'était en 1878, lors de l'exposition universelle de Paris. Le désir de tenter fortune dans la grande capitale nous prit un beau matin et nous passâmes la mer ensemble.

Ce que nous fîmes à Paris, cela importe peu ici. Ce qu'il y a de certain, c'est que, riches chacun de plusieurs milliers de francs, nous nous en revenions gaiement quand un soir, sur le pont du paquebot, nous entendîmes un de ces gentlemen causer du passé, raconter à l'autre pour quel motif il se rendait en Amérique. Le nom d'Ichabod Creikfoorth nous était connu; nous connaissions aussi son immense fortune, et nous résolûmes de tenter l'aventure, d'égarer les Français, de nous substituer à eux.

La voix du blessé faiblissait. Il put néanmoins raconter ce que nous savons déjà et retracer en partie la scène de l'assassinat.

Edmund Weddy écrivait sous sa dictée.

— Et vos complices? fit-il alors. Connaissez-vous leurs projets?

— Je les connais! fit Goliath d'une voix sourde. Les lâches! ils m'ont frappé, abandonné Oh! je me vengerai.

— Parlez alors.

— Non! pour que ma vengeance réussisse, il faut que je sois libre. Ecoutez, je suis loyal; promettez-moi l'impunité, jurez-moi que vous me laisserez libre, et je vous guiderai, je vous serai attaché comme le chien à son maître. N'hésitez pas. Sans moi, vous ne pouvez rien, car seul je connais leurs projets, leurs retraites les plus cachées.

Edmund Weddy hésita un moment. De pareils marchés, cependant, conclus entre la police et les malfaiteurs ne sont pas rares aux Etats-Unis, pays pratique avant tout, où l'on estime qu'il vaut mieux faire grâce à un criminel et capturer toute une bande que de laisser cette bande courir les grands chemins et continuer ses dépradations.

— Je ne puis promettre cela, dit-il enfin; mais je puis transmettre votre demande à qui de droit et l'appuyer chaudement.

— C'est bien, murmura Goliath; j'ai confiance, j'attendrai.

— Mais si votre blessure est mortelle?

— Alors je parlerai. Mais ne craignez rien; je veux vivre pour faire punir ces infâmes.

Hector et Aristide avaient assisté pleins de dégoût à cette scène étrange d'un bandit composant avec la justice Bien que Goliath leur eût affirmé qu'il n'avait pas trempé dans le meurtre, qu'il avait au contraire tout fait pour l'empêcher, qu'il était lui-même victime de ses complices, ils ne pouvaient cacher la répulsion que cet homme leur inspirait.

XI. — La nuit de Noel a New-York

Un mois s'est écoulé depuis les derniers événements. Nous sommes en décembre, le mois le plus rigoureux, mais aussi le plus joyeux de l'année dans la libre Amérique.

Hector avait été mis sans difficulté en possession de la fortune de l'oncle Ichabod, dont sa mère et lui étaient d'ailleurs les seuls héritiers connus. Cette fortune, malgré la brèche énorme faite par les bandits, était encore assez belle, car elle dépassait deux millions de dollars, soit environ dix ou onze millions de notre monnaie.

La police américaine avait mis en campagne ses plus fins limiers, ses meilleurs *détectives*, mais sans résultat. Les bandits étaient introuvables, et, malgré la récompense fabuleuse promise par le jeune français, aucun indice sérieux n'avait été découvert.

— Il faudra agir par nous-mêmes! dit Hector résolument.

— Parbleu! répondit Aristide. Une chasse à l'homme dans les solitudes du nord-ouest, la carabine d'une main, le bowie-knife de l'autre; des marches et des contre-marches dans la neige, des aventures extraordinaires entremêlées de duels à l'américaine, de luttes avec les sauvages, tout cela me va. D'ailleurs n'avons-nous pas ici ce brave Weddy et cet excellent Goliath pour nous donner un bon coup de main? All right! comme disent les Américains...

Hector sourit doucement.

— Toujours enthousiaste! dit-il:

— Et toi toujours découragé. Allons, du cœur! c'est égal, c'est un bien beau pays que cette Amérique, où chacun fait ses petites affaires soi-même... A Paris, mon bon, la police se fût emparée de cette affaire et l'eût conduite à sa guise, sans même vouloir avouer son impuissance. Ici on nous dit : « Nous ne pouvons plus rien, agissez comme il vous plaira ».

— C'est ce que nous ferons, ami.

Donc, le 25 décembre, nous retrouvons nos aventuriers dans un des bouges les plus mal famés de New-York, un *Gin-House* fréquenté par la lie du peuple, mais où l'on pouvait espérer une de ces révélations étranges comme le hasard en produit parfois. Chacun avait adopté un costume à sa convenance. Le constable, vêtu de noir, un énorme chapeau vissé sur sa tête, le parler grave, tutoyant tout le monde, avait toutes les apparences d'un honnête quaker; Goliath, lui, portait les grandes bottes, la vareuse de laine serrée à la taille par la ceinture de cuir des cultivateurs du Kentucky; les Français enfin s'étaient affublés d'immenses ulsters, de bérets ronds et portaient en sautoir des valises, des lorgnettes; à la main, des guides comme deux fils de la blanche Albion, voyageant pour compléter leur instruction.

Le but de cette mascarade était tout simplement de dépister les bandits. La veille au soir, on avait quitté l'hôtel, et depuis, en véritables noctambules, nos amis couraient les rues, visitaient les tavernes les plus infectes, les bouges les plus sinistres.

Grâce à la coopération de Goliath, entièrement rétabli et sûr de l'impunité, on connaissait les projets des bandits, et on pouvait marcher avec confiance.

Les quatre hommes attendaient dans le Gin-House, l'heure de s'embarquer dans les wagons du Pacific-Rail-Road.

Par extraordinaire, en cette saison, la nuit était belle et sereine ; les rues étaient, il est vrai, blanches de neige ; mais tous les magasins brillamment éclairés, toutes les fenêtres illuminées de lueurs flamboyantes disaient éloquemment que, ce soir là, les bons habitants de New-York avaient délaissé les bureaux sombres, les usines enfumées, oublié tout calcul, toute préoccupation, et ne songeaient qu'au plaisir.

C'est que le Christmas est une fête solennelle aux Etats-Unis. Pendant que, dans leurs temples bondés d'un auditoire attentif, les révérends célèbrent la naissance du Sauveur, dans toutes les maisons, les ménagères dressent des trophées de verdure, préparent des festins monstres, dont les budgets des petits ménages se ressentiront longtemps. Bon feu, éclairage brillant, festons de feuillage où dominent le sapin à la sombre verdure, le houx aux feuilles larges et brillantes, entremêlées de baies rouges comme du corail, fraîches comme des boutons d'oranger ; table luxueusement servie et que semble présider le bonhomme Christmas frileusement enveloppé dans sa grande houppelande poudrée de neige, tandis que derrière lui s'élève un énorme pin, dont les branches disparaissent sous mille lanternes, mille bibelots destinés aux grands comme aux petits enfants : voilà l'aspect qu'offre dans la nuit du 25 au 26 décembre toute honnête maison américaine.

Et dans le parloir ainsi orné, il faut voir les boys, les miss, grandes et petites, se montrer toutes ces merveilles en poussant des hurrah frénétiques, tandis que les grands parents, les vieux amis, plus positifs, contemplent d'un œil attendri la table parée de l'inévitable oie grasse, du pudding monstrueux, que flanquent, rangées en bon ordre, quelques bouteilles de vieux claret, quelques fioles de wiskey !...

Comme repoussoir de ce tableau gracieux d'un intérieur de famille, dans les rues sombres de la ville, passent haves, affamés, grelottant sous leurs misérables haillons, des femmes, des enfants, implorant d'une voix nazillarde la charité des passants ; des ivrognes ronflent sur la neige durcie par la gelée ; d'autres plus endurcis marchent bras dessus, bras dessous, chantant des chansons obscènes, assiégeant les tavernes immondes, les hideux Gin-House, buvant, buvant toujours...

Heureusement, si toutes les misères ne peuvent être secourues, beaucoup le sont. En Amérique, ce jour-là, il est d'usage dans les familles aisées de faire d'abondantes distributions de vivres et de vêtements aux indigents ; dans beaucoup de maisons même, une table est dressée, où se trouvent non seulement le nécessaire, mais encore des jouets, des bonbons, afin que les pauvres petits déshérités de ce monde puissent, sans trop d'amertume se saluer du traditionnel :

« *A Merry-Christmas to you !...* »

D'autres généreux philanthropes parcourent les prisons, les *Work-Houses*, veillent à ce que les prisonniers, les vieillards incapables de travailler puissent, eux aussi, fêter dignement Christmas.

Pendant que les quatre hommes, assis près du comptoir dégustaient lentement un petit verre de brandy, tout en examinant attentivement les faces patibulaires qui les environnaient, dans l'espoir — nous parlons pour Goliath et Weddy — d'y rencontrer quelques figures de connaissance, une vive rumeur se fit tout à coup dans la rue. C'était comme le roulement de pesants chariots d'artillerie, dominé par des cris, des vociférations, et un bruit continu de fers, de souliers, faisant craquer la glace.

Tous se précipitèrent vers la porte.

— Le feu !... le feu ! criait-on.

Et une pompe à vapeur, traînée par quatre chevaux blancs d'écume, passa avec la vitesse d'une trombe. Autour de la machine, des hommes vêtus de petites vestes, chaussés de lourdes bottes et coiffés de casques en cuir bouilli, couraient à perdre haleine, chargés d'échelles, de cordages. Puis venait la foule hurlante, tumultueuse.

Weddy arrêta un pompier au passage.

— Où est le feu? demanda-t-il.

— Dans la vingt-quatrième avenue, répondit le pompier, sans s'arrêter. On dit qu'il a pris chez un gros marchand d'alcool. Ce sera terrible...

Sans réfléchir, les quatre hommes s'élancèrent à sa suite. De toutes les rues, de toutes les avenues débouchaient des pompes filant presque aussi vite qu'un train express, des pompiers, des badauds : les grands accidents en attirent toujours ; tout cela courant, trépignant, se ruant pêle-mêle vers le lieu du sinistre.

En Amérique, où souvent des villes entières sont détruites par le feu, les précautions les plus minutieuses sont prises contre ce redoutable fléau. Dans chaque ville, dans chaque village, des postes de guetteurs sont établis au sommet de tous les édifices élevés, dans les clochers de toutes les églises, dans des tours construites spécialement pour cet usage. Chaque poste de guetteurs est relié aux autres postes, aux stations des pompiers par des fils électriques. Chaque station comprend au moins une vingtaine d'hommes, une pompe à vapeur toujours sous pression, plusieurs attelages, enfin tout un matériel de sauvetage.

Sitôt que l'un des guetteurs, du sommet de la tour où il est relégué sans feu, sans livre, sans lumière, aperçoit les premières lueurs d'un incendie, vite il communique la nouvelle aux postes voisins, aux stations des pompiers, et, comme chaque rue de la ville est numérotée, il lui est facile d'indiquer par des chiffres le lieu exact du sinistre. En un clin d'œil, si c'est la nuit, les pompiers sont vêtus, les pompes attelées, le matériel prêt, et il n'est pas rare de voir un incendie complètement éteint quelques minutes à peine après avoir été signalé.

Mais cette fois le sinistre était terrible. Le feu, comme l'avait dit le pompier à Weddy, avait pris dans les magasins d'un marchand d'alcool. Malheureusement ces magasins, vastes entrepôts où les tonnes s'emmagasinaient par centaines, étaient situés au rez-de-chaussée d'une de ces immenses maisons, comme on n'en trouve qu'à Londres et à New-York, et si la conflagration n'était pas arrêtée à temps, le quartier tout entier se trouvait menacé d'un même sort...

C'était un spectacle horrible et pourtant grandiose. Les flammes hautes et nuancées des plus vives couleurs, jaillissaient des caves, des magasins, léchaient les murailles blanches, accrochaient leurs langues de feu aux volets, aux persiennes, serpentaient et tournoyaient pleines d'étincelles dans les grands escaliers, éclairait la rue entière d'un jour sinistre. L'alcool embrasé sortait à flots des tonneaux défoncés et courait sur le sol en ruisseaux, en cascades de feu, tandis qu'au-dessus des maisons voisines la fumée s'étendait comme un dôme impénétrable et interceptait la vue du ciel constellé d'étoiles.

A toutes les fenêtres, vivement éclairées par les reflets du sinistre, apparaissaient des têtes affolées ; mille cris, mille clameurs emplissaient l'air ; dans la rue, les pompiers, la foule, tout cela apparaissait noir au milieu de la fournaise ardente, courant, s'agitant, gesticulant, donnant une idée de l'enfer tel que l'a rêvé Callot...

Cependant les pompiers n'avaient pas perdu de temps. Vingt pompes à vapeur, munies de plusieurs tuyaux, lançaient sur la maison embrasée, sur les habitations voisines, des torrents d'eau qui retombaient brûlants sur les spectateurs; les hommes grimpaient le long d'échelles pourvues de crochets de fer, opérant le difficile sauvetage des malheureux, paralysés par la frayeur, déménageant par les fenêtres : meubles, glaces, literies ; d'autres, perchés au faîte du toit, et semblables à de noirs cyclopes dans l'embrasement général, la hache ou le pic à la main, coupaient, démolissaient, essayaient de circonscrire le foyer incandescent.

Dans les maisons voisines, on se hâtait aussi de déménager : Perdus dans la foule, nos amis assistaient à cette scène.

Enfin, comme à un signal donné, l'immense maison, habilement sapée, s'effondra toute entière au milieu d'un nuage de cendre et de fumée.

L'homme avait vaincu l'élément.

Le jour commençait à poindre.

— Viens, dit à Hector Weddy, qui, pour mieux jouer son rôle de quaker, affectait de tutoyer ses compagnons ; nous serons en retard pour le départ du train.

Ils partaient quand, tout à coup, Hector s'arrêta. A quelques pas plus loin, il venait d'apercevoir un vieillard et une jeune fille tristement assis sur une petite malle. C'étaient deux des nombreux locataires de la maison incendiée. Autour d'eux la foule se pressait sympathique, essayant de les consoler. Mais, à toutes les paroles, le vieillard hochait tristement la tête ; la fillette pleurait davantage.

— C'est fini, bien fini, disait le bonhomme. Nos pauvres meubles, nos petites économies, tout ce que nous possédions, est devenu la proie des flammes. A quoi bon espérer ? Nous sommes, moi trop vieux, Mary trop jeune pour travailler... le *Work-House* nous attend...

Emu devant une telle douleur. Hector tira une poignée de banknotes de son portefeuille, et les mettant dans la main du vieillard.

— Priez pour moi ! dit-il.

Et il disparut en courant.

XII. — LE PACIFIC-RAIL-ROAD

En France, où les voyages les plus longs n'excèdent pas deux jours, où chacun, à moins d'être duc ou millionnaire — et encore ! — sait s'accommoder de tout, on ne soupçonne pas le luxe, le confort que les Américains, ces républicains si aristocratiques, ont su apporter dans leurs chemins de fer.

C'est surtout sur la ligne qui court d'une mer à l'autre, *Western-Transcontinental-Railway*, que l'esprit pratique des Américains s'est donné libre carrière. Chaque wagon, qui ne forme à lui seul qu'un vaste compartiment éclairé par de larges baies munies de stores, communique avec les autres au moyen de plates-formes disposées comme des balcons, où l'on peut se promener, fumer, rêver pendant les belles nuits étoilées.

Mais ce n'est pas tout. A côté de ces wagons ordinaires, il en est d'autres, appelés *parlor-cars*, véritables salons, où les voyageurs ont la faculté de causer, de feuilleter les livres et les journaux, ou de s'abîmer dans les profondes combinaisons d'une partie de wist ou d'échecs ; enfin il y a les *sleeping-cars*, qui, le soir, se transforment en dortoirs aux couchettes moelleuses, où, depuis le miroir jusqu'à la brosse à ongles, le dandy le plus exigeant trouve tout réuni pour sa méticuleuse toilette.

Autre progrès réalisé par le génie yankee : partout en Europe, le voya-

5

geur, qui a une longue route à faire, est réduit à se charger d'une foule de provisions, ou à se contenter de simulacres de repas dans les buffets des gares. En Amérique, il en est autrement : un wagon-cuisine est accroché à l'arrière du train; des domestiques nègres, chargés de rafraîchissements, circulent sans cesse sur les passerelles, et le voyageur n'a qu'à choisir sur la carte les mets et les vins annoncés pour être sûr de déjeuner ou de dîner convenablement.

De tels bienfaits sont appréciés à leur juste valeur sur le Pacific-Rail-Road, où le voyage de New-York à San-Francisco dure huit jours entiers.

Hector et sa petite troupe, pour ne pas éveiller l'attention, avaient modestement pris place dans un wagon ordinaire; car, bien qu'aux États-Unis il n'existe qu'une seule classe, on comprend facilement que pour être admis en *parlor-cars*, il faut payer un léger supplément de trois ou quatre dollars par jour.

Sous leurs vêtements d'emprunt, ils portaient tout un arsenal de revolvers, de bowie-knifes, précaution d'ailleurs générale dans ce charmant pays.

— Notre plan est bien facile, avait dit Weddy en partant. Puisque les bandits — grâce à Goliath nous connaissons leurs projets — ont l'intention de se fixer dans le Kansas ou le Nébraska, nous nous arrêterons dans un de ces Etats, et, soit à cheval, soit en traîneau, nous l'explorerons tout entier avant de passer dans l'autre. J'ai des mandats d'amener, et les coquins seront bien fins s'ils nous échappent. D'ailleurs, je compte un peu sur le hasard, le plus grand des policiers connus et inconnus.

Les premiers jours du voyage furent calmes et monotones. Le convoi traversa d'abord la Pensylvanie où s'élèvent deux villes riches et industrielles : Harrisbourg et Pittsbourg ; l'Ohio, arrosé par la rivière de ce nom, un des plus forts affluents du Mississipi et dont Columbus et Cincinnati sont les centres principaux ; l'Indiana et, enfin, l'Illinois.

Chacun de ces Etats eût mérité une étude spéciale, tant différaient les aspects, les sites, les populations même ! Mais nos aventuriers étaient trop pressés. Ce fut à peine s'ils honorèrent d'un regard le roi des fleuves : le puissant *Père des Eaux*, qui prend sa source dans la région des lacs supérieurs et vient se jeter dans le golfe du Mexique, après un parcours de quinze degrés de latitude.

Le convoi filait avec une vitesse endiablée, gravissant et descendant des pentes à donner la chair de poule à nos ingénieurs européens, franchissant sur des ponts audacieux, mais à peine entretenus : vallées, fleuves, rivières.

A mesure qu'on s'éloignait de l'est, les grandes cités, ces centres merveilleux du commerce et de l'animation, se faisaient de plus en plus rares.

À leur place s'élevaient des villes modernes, presque neuves, n'ayant pas encore atteint leur complet développement. La campagne, moins peuplée, sacrifiait moins à l'industrie et plus à l'agriculture, à l'élevage des bestiaux.

En traversant l'Illinois, Edmund Weddy n'avait pas manqué de parler à ses nouveaux amis des deux fameux prophètes Joë et Hiram Schmith qui, s'ils ne sont pas les fondateurs réels du Mormonisme, en ont été les plus fervents zélateurs.

C'est en effet à Nauvoo, petite ville de l'Illinois, que cette secte a pris naissance, et qu'elle a atteint son complet développement. Nous ne parlerons pas de la fameuse découverte du livre des Mormons, de cette bible, dont tous les feuillets étaient d'or pur, de ces gravures répandues partout, qui montraient les deux frères, la tête ceinte d'une auréole divine, pas plus que nous ne dévoilerons les mystères honteux de cette nouvelle religion.

Cependant, sous la verge de fer du novateur, les adeptes s'émurent; d'autres tournèrent en ridicule les tendances de leur chef; des séditions terribles éclatèrent alors dans la ville sacrée; Joë et Hiram, arrêtés pendant qu'ils fuyaient lâchement, furent conduits à Carthage et périrent misérablement de la main de leurs propres prosélytes.

Après ces fastes sanglants, les Mormons, forcés de quitter leur ville sainte, fondèrent sur les rives du grand lac Salé une colonie agricole, aujourd'hui dans un état de réelle prospérité.

— Folie! folie!... murmura Hector à ce récit du constable.

— Hélas! répondit ce dernier, notre pays, le plus libre pour le bien, est aussi celui où toutes les utopies, tous les rêves, quels qu'ils soient, trouvent le plus de créance. Chacun veut, croit même marcher à la perfection, mais par quelles voies!...

On approchait d'Omaha-City dans le Nébraska. Depuis la veille, la neige tombait avec violence, éparpillant dans l'espace ses flocons légers, que le vent chassait au loin; le jour avait fait place à une sorte de crépuscule plein de dangers.

Le train n'avançait plus qu'avec mille précautions : la voie était complètement obstruée, et, malgré le secours de lanternes, munies de puissants réflecteurs, c'était à peine si on pouvait distinguer à vingt pas, tant était opaque le rideau de neige que la rafale chassait devant elle.

Dans les wagons, chauffés par des poêles, on avait allumé les lampes. Les voyageurs se serraient frileusement les uns contre les autres, et, pour passer le temps, racontaient de lugubres histoires : trains arrêtés par les bandits ou les sauvages, déraillements, assassinats, voyageurs enlevés, etc., etc.

Chacun avait à sa portée tout un arsenal de poignards, de revolvers.

— Omaha-City! cria le chef de train.

Le convoi entrait en gare.

L'état de Nébraska, appelé ainsi à cause de la rivière de ce nom qui le traverse entièrement, est un des plus vastes de l'Union américaine; malheureusement sa population ne répond pas à son étendue.

Pas de villes dans ces parages, mais seulement de grandes bourgades, des forts nombreux, élevés un peu partout et destinés à protéger les colons contre les sauvages indiens.

Le pays presque tout entier est abandonné aux agriculteurs, aux éleveurs. Là vivent dans des fermes, faites de troncs à peine équarris, de hardis colons, des pionniers rudes et sauvages, dont la mission n'en est pas moins essentiellement civilisatrice. Des troupeaux, qui se chiffrent par milliers de têtes, bondissent dans les vastes prairies, dans les plaines sans bornes, sous la surveillance de gardiens presque aussi sauvages qu'eux. Plus loin, sous les sombres arceaux des forêts de pins, de chênes, de mélèzes, de cèdres géants, les bûcherons ont élevé leurs huttes de branchages à côté des log-cabins des trappeurs et des chasseurs.

C'est donc un étrange pays, où la vie est encore toute patriarcale, et rappelle ce qui se passait dans les Etats de l'Est avant l'émancipation. C'est que, pour le cultivateur, le trappeur et le bûcheron, la civilisation commence à peine dans ces régions perdues et inexplorées. Le travail de la semaine, les longues chasses, les affûts pendant les nuits claires; le dimanche, la messe et le prêche dans l'église de bois du village, les stations obligées dans les tavernes, voilà l'existence de l'homme dans ces lointaines contrées.

Nous l'avons dit, il n'existe guère de villes, autrement qu'à l'état de projet dans le Nébraska. Omaha-City, malgré sa situation au bord du Missouri, n'est qu'une station de chemin de fer, une gare toute primitive, autour de laquelle se groupent quelques centaines de maisons.

Nos aventuriers avaient l'intention de s'arrêter à Omaha-City et de faire de cette bourgade leur quartier général. Quoique habitant le même hôtel, ils ne devaient plus se connaître, en public du moins, et opérer chacun de son côté, prêts à réunir leurs efforts quand la piste serait découverte.

Ils ne se dissimulaient pas les difficultés d'une telle tâche, surtout en cette saison; mais ils étaient résolus à ne reculer devant rien.

Les deux faux Anglais drapés dans leurs ulsters, le bonnet enfoncé sur les yeux, descendirent les premiers de wagon, suivis à distance par Goliath et le constable. En face d'eux était un bouge infect, appelé : *Le Grand Pacifique.*

— Entrons-nous? demanda Aristide à son ami. Un grog bien chaud ne nous ferait pas de mal.

Pour toute réponse, Hector poussa la porte. La salle, ornée d'un comptoir, derrière lequel trônait le tavernier, était aux trois quarts remplie. Presque tous les consommateurs se tenaient debout près du comptoir, buvant à petites gorgées et écoutant un des leurs.

Le conteur, pour ne pas perdre son effet, parlait lentement et s'arrêtait fréquemment pour vider son verre ou éjecter sur le sol saupoudré de sable le jus d'une énorme *chique*.

Hector et Aristide s'étaient assis près d'une petite table, manœuvre qui fut imitée par Weddy et Goliath, à l'autre extrémité de la salle. Ils commandèrent des grogs, et, pendant que la servante se dépêchait de leur préparer cette boisson, ils parurent donner toute leur attention aux journaux qu'ils tirèrent de leurs poches.

A peine étaient-ils installés, que la porte s'ouvrit pour livrer passage à deux hommes, des voyageurs sans doute. Ils secouèrent leurs manteaux blancs de neige, et, sans façon, prirent place à la seule table inoccupée de l'établissement.

— Chien de temps! dit l'un d'eux, un solide gaillard aux cheveux, à la barbe d'un beau rouge carotte; la neige tombe tellement que le diable lui-même n'y verrait pas sans lanterne. Eh! Belly, Nolly, Sarah... que le diable m'emporte si je sais son nom!... La fille, une bouteille de wiskey, et vite...

Pendant qu'on les servait, ils allumèrent leurs pipes d'un air indifférent, et parurent se plonger dans la contemplation des nuages bleuâtres qui montaient lentement au plafond. Mais d'un coup d'œil rapide ils avaient déjà exploré la salle, et l'un d'eux dit, en se penchant à l'oreille de son compagnon :

— Les voilà !

— Silence! répondit l'autre.

XIII. — CE QUI SE PASSA DANS LA TAVERNE DU GRAND-PACIFIQUE

Cependant au comptoir, on causait toujours.

— Ainsi, mon brave Jim, dit le tavernier, vous voilà de retour au pays.

— Oui, répondit celui qu'on appelait Jim et qui sentait sa langue devenir pâteuse. Oui, et j'apporte de quoi acheter Omaha-City tout entier...

En même temps, il frappa sur sa valise, qui rendit un son métallique fort apprécié des assistants.

— Une forte somme?...

— Une misère! deux mille dollars seulement, fit Jim avec un gros rire.

— Et combien de métiers avez-vous faits, Jim, pour ramasser une aussi forte somme? Je calcule qu'à New-York, d'où vous venez sans doute, les dollars ne pleuvent pas dans les rues.

— Ni là, ni ailleurs, vieux pirate! Non, je n'ai fait aucun métier, et le plus drôle, c'est que cette fortune m'est venue en dormant.

— Oh! oh! firent les assistants, incrédules.

— Oui, en dormant, gentlemen, en dormant! répondit Jim, flatté de l'effet qu'il produisait. Vous savez, ou vous ne savez pas, qu'après avoir tenté fortune un peu partout, fatigué de ne pas réussir, je m'étais fait bûcheron sur le bord du Susquehanna. Le métier n'allait pas trop mal; mais il était rude en diable. Or, moi qui ai toujours aimé mes aises, je dépensais chaque dimanche le produit de la semaine. Cela ne pouvait pas durer.

— Au fait! interrompit l'auditoire en chœur.

— J'y suis. Or, il y a de cela un mois environ, je dormais dans mon log-cabin, fatigué d'une journée passée les pieds dans l'eau à rassembler les arbres que j'avais abattus précédemment. Il faisait une nuit terrible : pluie, tonnerre, éclairs... A chaque minute, le vent menaçait de jeter à bas ma pauvre hutte; le fleuve gémissait, se tordait dans son lit avec des bruits affreux, des clameurs qui ressemblaient à des plaintes, à des sanglots.

Moi, qui en ai tant vu cependant, je ne pouvais fermer l'œil. Le jour allait enfin paraître quand tout à coup la porte de ma cahute fut jetée à terre, et sur le seuil, à la lueur des éclairs, je vis, le diable m'emporte, gentlemen, si je n'ai pas cru que c'étaient des fantômes !...

Il s'arrêta pour vider son verre et renouveler sa chique. Subitement Hector et Aristide étaient devenus attentifs. Goliath et le constable, la tête entre les mains, semblaient dormir; mais, en réalité, ne perdaient aucune des paroles du narrateur. Quant aux deux étrangers, ils oubliaient de fumer pour mieux écouter.

— Oui, gentlemen, continua Jim, je vis deux hommes, le visage noirci, un revolver à la main, s'avancer vers moi.

J'étais tellement ému que, sans songer à décrocher mon fusil, je me dressai sur ma couche de feuilles sèches, en disant :

— Gentlemen sortis de l'enfer ou d'ailleurs, diables fourchus ou cornus, vous perdez votre temps ici. Jim Bigg ne possède ni or ni argent. D'ailleurs si vous êtes des démons, le numéraire n'a pas cours chez vous. Conclusion : tournez les talons et laissez-moi en paix !...

Il ne parut pas que mon discours les impressionnât beaucoup, car l'un d'eux, me mettant le canon de son revolver sur la poitrine, répondit doucement :

— Pas de bruit, ami Jim; nous sommes venus ici pour causer avec vous et vous acheter votre log-cabin, dont nous avons expressément besoin cette nuit. J'ajouterai même que si vous refusez de le vendre, nous le prendrons.

Vendre ma hutte!... Après tout, si cela leur convenait, il n'était pas bien difficile d'en construire une autre. Il fallait savoir seulement le prix qu'ils y mettraient.

— Et combien l'estimez-vous, seigneur diable?

— Dites vous-même, fit-il sèchement.

— Mille dollars! m'écriai-je, bien décidé à savoir si c'était ou non une plaisanterie.

— Soit! j'ajouterai même mille autres dollars à cette première somme, si vous jurez de déguerpir à un mille d'ici sans regarder derrière vous...

La proposition était tentante ; j'acceptai.

— Voilà la somme, continua le diable ou je ne sais qui, en me jetant une liasse de banknotes. Maintenant filez... Mais souvenez-vous de ceci : si vous vous arrêtez au coin du bois, si vous vous cachez derrière un arbre pour nous épier, nous n'hésiterons pas à vous tuer comme un chien. Vous êtes averti, maître Jim. Allez...

Je partis en courant comme un fou, palpant sous mes vêtements ces chiffons de papier qui allaient me faire riche à jamais...

— As-tu entendu? murmura Hector.

— Silence, imprudent! répondit Aristide en appuyant à l'écraser sur le pied d'Hector. On pourrait nous entendre.

— Après? après? fit le chœur.

— J'ai couru tout le reste de la nuit me souvenant des recommandations de mes étranges visiteurs. Maintenant que j'étais riche, ce n'était plus le moment de me faire crever la poitrine par une balle de revolver ou la lame d'un bowie-knife.

— Et vous n'avez pas essayé de revoir votre log-cabin?...

— Si. Le jour dissipant mes craintes, je me glissai sous le bois comme un pawnie ou un dacotas. Hélas! gentlemen, ma pauvre hutte n'était plus qu'un monceau de cendre, un amas de décombres...

— Peut-être y avaient-ils enterré un cadavre, caché un trésor et allumé l'incendie pour cacher toutes traces?

— C'est aussi ce que je me dis. Mais j'eus beau fouiller sous les décombres, creuser le sol, je ne trouvai rien. Alors je réfléchis que c'était peut-être pour dépister les recherches qu'ils avaient incendié ma pauvre hutte. Je cherchai ailleurs, le long du fleuve, sous bois, mais en vain. Enfin, après quinze jours ainsi passés, je me dis qu'il était peut-être imprudent à moi, être infime qu'on pouvait broyer, de rester dans ce pays où s'était passé, j'en jurerais, un mystère terrible; je pris le railway pour New-York où je changeai mes papiers pour de l'or, et me voilà! Maintenant, vieux pirate, versez à boire à tout le monde : c'est moi qui paie.

Et il jeta sur le comptoir trois ou quatre dollars.

— Hurrah ! cria l'assistance électrisée, hurrah pour Jim !...

Comprenant qu'ils n'avaient plus rien à apprendre dans ce bouge, et bénissant Dieu qui avait permis qu'ils entendissent ce récit si précieux pour eux, Hector et Aristide payèrent leur consommation et s'apprêtèrent à sortir, bien persuadés que Goliath et Weddy les suivraient de près.

Mais déjà l'un des inconnus, la barbe rouge, était entre la porte et eux.

— Monsieur, dit-il, vous avez écouté avec beaucoup d'attention l'histoire que vient de raconter Jim-Bigg. Pourriez-vous me dire si elle vous intéresse...

— C'est ce dont je suis le seul juge... répondit Hector avec hauteur.

— Monsieur, veuillez réfléchir que pour vous faire une telle question j'ai des raisons sérieuses.

— Si sérieuses qu'elles soient, elles n'iront pas jusqu'à me forcer à parler si je veux me taire. Bonsoir, Monsieur...

— Et moi je vous dis que vous répondrez ! s'écria la barbe rouge en s'animant. Je ne voyage pas sous un nom d'emprunt, moi, Monsieur ! Je m'appelle Bill Swift, Monsieur !... C'est le nom d'un honnête homme...

— Et que me fait que vous vous appeliez Bill ou Bille ! Laissez-moi passer...

Pour toute réponse, Bill se plaça résolument en travers de la porte :

— Monsieur, vous m'avez insulté ; vous me devez des excuses.

— Allons donc ! fit avec un flegme tout britannique Hector qui, sans en pénétrer le motif, comprenait que cet homme lui cherchait une mauvaise querelle. Vous plaisantez, mon cher ! Laissez-moi sortir...

— Non !

Hector était petit, grêle d'apparence, mais robuste au fond et brisé à tous les exercices de corps. Sa position était ridicule, il le sentait ; la galerie entière avait les yeux fixés sur lui, et il ne pouvait sortir de là que par un coup d'éclat. Aux dernières paroles de Bill, il s'arquebouta sur ses jarrets, et, empoignant le rustre par les épaules, il l'envoya rouler au pied du comptoir.

— Vous l'avez voulu, mon cher, dit-il froidement.

La galerie applaudit. Bill, furieux, se redressa et vint de nouveau se placer en face de son antagoniste.

— Monsieur, dit-il d'une voix qui cette fois vibrait réellement, vous m'avez insulté. Encore une fois, refusez-vous de me rendre raison ?...

— Je ne me bats pas avec le premier venu, fit Hector sans rien perdre de son flegme.

— Eh bien ! moi, je vous dis que vous vous battrez...

Et, se reculant d'un pas, il lui cracha au visage.

— Misérable ! rugit Hector, qui sortit son revolver et se précipita sur Bill ; tu paieras cet affront de ta vie...

Mais déjà les assistants s'étaient précipités entre eux : Hector étant armé et son adversaire ne l'étant pas.

— Il y a, à un mille d'ici, un petit bois connu sous le nom de *bois des hêtres*. J'y serai demain avec deux témoins et une bonne carabine, cria Bill du fond de la salle ! J'espère ne pas vous attendre en vain.

— J'y serai ! répondit Hector.

— N'oubliez pas que, si je n'habite pas Omaha-City, je saurai vous retrouver et vous couper les oreilles si vous manquez au rendez-vous, mon beau gentleman.

Pour toute réponse, Hector haussa les épaules et sortit en fredonnant le *yankee doodle*.

Mais dans la rue ce calme d'emprunt l'abandonna.

— Le misérable ! murmura-t-il, il me paiera cher cet affront. Cependant plus je songe à tout cela, plus je me perds en conjectures. Ou cet homme est un fou, ou c'est un ennemi.

— Ne l'avais-tu pas deviné ? fit Aristide sur un ton de doux reproche. Tu t'es précipité tête baissée, comme un enfant, dans le piège qu'on te tendait.

Ils furent rejoints par Edgar und et Goliath.

— Vous avez manqué de prudence, dit le faux quaker. Dans la position où nous sommes, il faut se méfier de tout et de tous, se garer surtout des mauvaises querelles. Ces hommes sont des ennemis, les espions des misérables que nous poursuivons.

— Alors, *ils* seraient ici ?

— Peut-être. En tous cas, je le saurai demain.

— Mais, reprit Aristide, ce duel stupide n'aura pas lieu. On ne se bat pas avec des bandits.

— Il aura lieu, répondit le constable. Reculer est impossible maintenant. Et puis, le hasard est si grand ! monsieur Hector peut tenir son ennemi râlant sous son étreinte, lui promettre la vie en échange de son secret. D'ailleurs nous serons là.

— Oui, nous y serons ! murmura Goliath.

Et il ajouta :

— On ne m'ôtera pas de l'idée que j'ai déjà vu ces deux têtes de gredins.

Ils s'arrêtèrent en face d'un hôtel d'aspect plus rassurant que la taverne du *Grand-Pacifique*. Après un frugal repas, chacun monta à la chambre qui lui avait été assignée, car il fallait prendre des forces pour les terribles émotions du lendemain.

Hector, lui, passa une partie de la nuit à écrire. Ses lettres cachetées, il les laissa bien en évidence sur une table, puis il s'endormit à son tour d'un sommeil calme et réparateur.

XIV. — Duel a l'américaine

Aux premières lueurs du jour, nos hardis aventuriers étaient déjà debout. La neige avait cessé de tomber, mais la campagne entière était comme ensevelie sous un blanc suaire cristallisé par la gelée.

Après s'être fait indiquer la direction du bois des Hêtres et avoir emprunté une bonne carabine de précision, les quatre hommes prirent place dans un grand traîneau qui fila bientôt avec la rapidité d'une flèche, emporté par deux vigoureux poneys des prairies.

Le froid était piquant à cette heure matinale, et rendu plus vif encore par un fort vent de nord-ouest. Le ciel avait cette clarté transparente particulière aux beaux jours d'hiver, et le soleil, rouge comme un globe enflammé, éparpillait sur l'immense champ glacé ses rayons sans force et sans chaleur.

Çà et là apparaissait un bouquet de hêtres dépouillés de feuillage, ou de sapins à la verdure éternelle. Autour des troncs noirs et rugueux, le givre s'enroulait en cordons étincelant de tous les feux du prisme, ou pendait comme de fantastiques pandeloques de cristal, à l'extrémité des branches raidies.

Ailleurs, c'étaient des fermes, ensevelies comme des isbas russes sous une épaisse couche de neige, mais dont les hautes cheminées se couronnaient de panaches de fumée; c'étaient des moulins, des scieries mécaniques, construits au bord d'un cours d'eau.

Mais tout cela était triste et silencieux. Les roues, les meules, que l'eau congelée ne faisait plus mouvoir, restaient comme ankylosées dans d'énormes blocs de cristal. Personne sur les portes, ni aux fenêtres. Les domestiques, les ouvriers couraient les bois à la recherche du gibier, ou encore, assis auprès de l'immense cheminée où brûlaient des arbres entiers, écoutaient le maître lire de sa voix grave quelque beau chapitre de la bible.

Le Nébraska est généralement plat et se compose d'une succession de plaines arrosées par de nombreux cours d'eau, tributaires du Missouri, du Nébraska, et de forêts immenses où croissent le chêne, le cèdre, le pin, l'érable, le cyprès, etc... Dans le nord, le terrain s'exhausse en collines qui courent rejoindre le grand massif des montagnes Rocheuses, dont les premières ramifications se dessinent à l'ouest. Le sud, au contraire, avec ses plaines à peine ondulées, ressemble aux vastes steppes asiatiques.

Le traîneau glissait avec une rapidité vertigineuse sur le sol glacé. Weddy conduisait l'attelage d'une main ferme et sûre; dans de pareilles conjonctures, les aventuriers avaient compris combien il serait peu prudent d'immiscer des étrangers à leurs secrets.

La route se faisait silencieusement.

Enfin Goliath étendit la main vers l'horizon, où apparaissaient les cimes bleuâtres d'un grand bois, en disant :

— C'est sans doute ici !...

Quelques minutes après le traîneau s'arrêtait sur la lisière du bois.

Bill et son ami attendaient près d'un traîneau gardé par un troisième individu.

Aristide se concerta rapidement avec le témoin de Bill. Il fut convenu que les deux adversaires entreraient dans le bois chacun par une issue différente, qu'un coup de revolver tiré en l'air donnerait le signal des hostilités, et que, comme chaque combattant ne pouvait disposer que d'une seule balle, en cas de non résultat des deux côtés, ils pourraient se servir de leurs bowie-knifes.

Le duel était à mort.

Bien qu'Hector fût l'insulté et pût par conséquent réclamer le choix des armes, Aristide, au nom de son ami, accepta toutes les conditions de son adversaire. Ce point résolu, Hector et ses témoins restèrent à la lisière du bois, tandis que Bill et Dick Crane montaient dans leur traîneau et s'éloignaient pour y pénétrer par une autre issue.

— Surtout, recommanda le constable à Hector, méfiez-vous !... Les coquins suent la trahison par tous les pores.

— Soyez tranquille, j'aurai l'œil à tout.

Ils attendirent anxieux. Enfin une faible détonation retentit au loin, et Hector, se débarrassant de son ulster qui pouvait gêner ses mouvements, serrant sa carabine dans ses mains crispées, s'enfonça sous le bois.

Le silence était profond, à peine troublé par les cris rauques des corbeaux perchés au faîte des vieux pins, ou le passage des animaux légers secouant le givre des taillis. A chaque instant, un tronc mort jeté en travers du chemin embarrassait la marche et semblait admirablement disposé pour une embuscade; le froid était si vif que la main ne pouvait supporter le contact de l'acier du fusil.

— A la grâce de Dieu ! murmura Hector.

Il avançait toujours, mais lentement, se dissimulant derrière les troncs énormes et rugueux des hêtres, regardant devant lui, derrière lui, à ses côtés, absorbé tout entier dans l'angoisse poignante de cet affût qui avait un être humain pour objectif.

L'attente cependant lui pesait et il eût préféré les péripéties, si affreuses qu'elles fussent, de la lutte à cette anxiété perpétuelle. Un quart d'heure s'était passé déjà quand, tout à coup, il entendit une éclatante détonation suivie d'un cri de douleur.

— Que se passe-t-il ici ? murmura-t-il.

Et, dédaignant toute prudence, il s'élança dans le sentier, bondissant par dessus les troncs d'arbres et les buissons, ne se laissant arrêter par aucun obstacle. Soudain il s'arrêta. Il était parvenu à l'entrée d'une vaste clairière ouverte dans la forêt par la hache du bûcheron.

— Mon Dieu, dit-il, il est perdu !...

En face de lui, contre le tronc rongé d'un chêne trois fois centenaire, il venait d'apercevoir Bill Swift terrassé et essayant de se dérober à l'étreinte d'une énorme louve. Son fusil désarmé gisait à terre. Il faisait des efforts surhumains pour tâcher de s'emparer de son poignard passé à sa ceinture ; mais la louve affamée l'avait saisi à l'épaule ; le sang coulait abondamment sous ses crocs acérés, tandis que ses deux pattes appuyées sur la poitrine du malheureux paralysaient ses mouvements.

Une seconde de plus et il était perdu.

C'était certes une bonne occasion pour Hector de se débarrasser de son ennemi sans même verser son sang : il n'avait qu'à laisser faire le fauve. Mais, hâtons-nous de le dire, il n'y pensa même pas ; tous ses instincts généreux se réveillèrent, et, oubliant sa haine, oubliant l'affront sanglant qui lui avait été fait, il ne songea qu'à secourir son ennemi à terre.

— Courage ! cria-t-il, on vient à vous.

A ces paroles, au bruit qu'il fit en bondissant dans la clairière, le fauve se détourna l'œil injecté de sang, la gueule dégoûtante de bave, et parut vouloir s'élancer sur ce nouvel ennemi. Si prompt qu'avait été ce mouvement, il avait suffi à Hector. Il leva rapidement son arme et, visant la louve entre les deux yeux, fit feu.

Le fauve fit un bond énorme, tournoya sur lui-même et s'abattit sans mouvement sur la neige teinte de sang.

Sans s'en inquiéter, Hector courut au blessé qu'il aida à se relever.

Morne et farouche, celui-ci le laissa faire.

— Monsieur, lui dit alors Hector, vous voilà débarrassé d'un compagnon gênant, votre blessure est peu de chose ; nous avons des poignards, vous plairait-il donc de recommencer notre petite partie de plaisir?

— Non, répondit Bill sourdement, c'est impossible... Ma blessure d'ailleurs me fait souffrir plus que vous ne pensez. Damnation ! vous m'avez sauvé la vie, vous que j'ai si cruellement insulté ! vous que j'ai promis de...

Vous m'avez sauvé la vie... et pourtant, je dois vous nuire... je... Je ne vous hais pas, cependant... la fatalité m'entraîne !... Monsieur, vous avez des ennemis terribles qui ne reculeront devant rien, pas même devant un crime, pour se débarrasser de vous. Défiez-vous donc de tout ce qui vous entoure... veillez sans cesse. Je ne puis vous en dire plus long. Adieu.

— Vous laisser dans cet état...

— Ne vous inquiétez pas de moi, je sais où aller. Encore une fois, adieu !...

— Bill, reprit Hector avec une autorité qui frappa le bandit, laissez-moi vous le dire, c'est le seul prix que je réclame du service que je viens de vous rendre, vous suivez une mauvaise voie. Vous n'êtes pourtant pas entièrement perverti, votre émotion le prouve. Les bandits vous ont payé pour le mal, moi je vous paierai pour le bien...

— Non, interrompit Bill d'une voix plus sombre, non, c'est impossible !... Je me suis déjà vendu une fois, c'est assez, c'est même trop... Je ne me vendrai pas une deuxième. Adieu...

Et, jetant sa carabine sur son épaule, il disparut au fond du bois.

Hector, pensif, revint vers ses amis.

— Eh bien ? lui cria Aristide du plus loin qu'il l'aperçut ; il est mort ?

En quelques mots rapides, le jeune homme instruisit ses amis de ce qui s'était passé.

— Imprudent ! dit Edmund, vous avez perdu là une belle occasion de vous défaire de ce coquin. Point n'était besoin de vous en occuper, vous n'aviez qu'à laisser faire la louve. Ce Bill Swift ne vous pardonnera jamais ce bienfait.

— Si, répondit Hector fermement. Cet homme n'est pas entièrement gangrené, et d'ailleurs, frapper un ennemi à terre, c'est plus qu'un crime, c'est une lâcheté. Dieu a dit : « Rends le bien pour le mal ». Oh ! il paraissait ému, profondément ému...

Le constable haussa les épaules et sauta le premier dans le traîneau en murmurant :

— Enfin, nous voilà toujours débarrassés de ce maudit duel !...

Soudain, le policier remarqua l'absence de Goliath. On tourna bride immédiatement, on fouilla les abords du bois, mais sans succès : Goliath avait disparu.

— Nous aurait-il abandonnés ? fit Aristide.

— Non, répondit Edmund ; le gaillard nous est dévoué. Il aura trouvé une piste intéressante ; laissons-le faire.

Rentré à l'hôtel, Hector brûla les lettres qu'il avait écrites la nuit précédente et se jeta sur son lit pour prendre un peu de repos ; les émotions de cette journée terrible l'avaient brisé.

Il dormait encore quand il sentit sur son épaule la lourde main d'Edmund Weddy.

— Qu'il vienne donc ! fit-il réveillé en sursaut.

— Il ne s'agit pas de lui ni d'un autre, répondit Weddy, il s'agit tout simplement de notre prochain départ.

— Notre départ !

— Oui. Au moment d'entrer sous le bois, pendant qu'il se débarrassait de son manteau, un papier est tombé de la poche de Bill. Avec de pareils ennemis, tous les moyens sont de bonne guerre. Je glissai le papier dans mon portefeuille, et rentré ici, je l'ai examiné. Il portait ces deux noms seulement : Omaha-City, San-Francisco.

— Et vous concluez de là ?

— Que les hostilités devaient commencer à Omaha-City et se continuer jusqu'à San-Francisco, que les bandits sont dans cette dernière ville, puisque c'est là qu'ils donnent rendez-vous à leurs complices. De plus, en interrogeant l'hôte du Grand-Pacifique, j'ai appris que Bill et Dick avaient des billets pour San-Francisco et ne se sont arrêtés ici que parce que nous nous arrêtions nous-mêmes. Après notre départ, ils se sont vantés tout haut qu'ils nous poursuivaient depuis New-York pour nous forcer à vider une vieille affaire d'honneur...

— Et Goliath ?

— Nous allons lui laisser une carte avec une adresse. Le train part dans une demi-heure. Venez.

XV. — DE L'ÉLOQUENCE DE GOLIATH ET DES REMORDS DE BILL SWIFT

Edmund Weddy avait deviné juste en pensant que Goliath avait découvert une piste.

En revoyant, au grand jour cette fois, Bill Swift et Dick Crane, l'idée qui l'avait frappé la veille s'était de nouveau implantée dans son cerveau :

— J'ai vu ces deux gredins là quelque part ! murmura-t-il. J'en suis tellement sûr que j'en ferais le serment.

Dans les grands centres populeux tels que Paris, Londres, New-York, il existe une sorte de franc-maçonnerie du vice, dont les adeptes se reconnaissent tout de suite, quel que soit le lieu où ils se trouvent, que quels que soient les costumes, les noms qu'ils prennent.

Goliath avait trop longtemps vécu d'expédients, plus ou moins honnêtes, pour ne pas connaître la tourbe cosmopolite qui hante les bas-fonds de New-York.

— Je le saurai ! se dit-il.

Et, après s'être tâté pour bien s'assurer que ses armes étaient toujours sous ses vêtements, il se jeta sous le bois, sans oser prévenir Weddy, de peur que celui-ci voulût se joindre à lui et entravât par sa présence un projet qu'il considérait comme des plus chanceux.

Il se guida d'abord par les empreintes profondément accusées et laissées par les pieds d'Hector partout où l'ombre des arbres avait conservé la neige. Il arriva bientôt à la clairière où la lutte de l'homme et du fauve avait eu lieu. Le cadavre de la louve était encore là, sinistre et rigide sur la neige teinte de sang. Goliath haussa dédaigneusement les épaules.

— Pourquoi n'a-t-il pas laissé la louve achever l'œuvre qu'elle avait si bien commencée? murmura-t-il. Nous aurions un ennemi de moins sur les bras... Enfin !...

Il traversa la clairière, la tête baissée, les narines dilatées, comme un vieux trappeur en quête d'une piste. Il ne tarda pas à découvrir les empreintes de Bill, plus larges que celles d'Hector et plus enfoncées dans la neige. Grâce à ce fil conducteur, il put sortir du bois et tomber juste sur le point où les bandits étaient montés en traîneaux.

De là, pour conserver la piste, il n'avait qu'à suivre les longs sillons ouverts dans la neige par les patins du véhicule.

Le bois traversé, la plaine s'étendait de nouveau à perte de vue, sinistre dans sa blancheur sépulcrale. Le pays paraissait désert. Pas une ferme, pas une hutte dans les environs.

Goliath interrogea successivement les quatre points cardinaux avant de prendre un parti, tant cette solitude l'effrayait. Mais le but était proche; une épaisse forêt découpait en bleu sur le ciel sombre les silhouettes de ses arbres géants, et il pressa le pas.

Une heure après, il entrait sous bois. Les patins du traîneau, là encore, avaient laissé de profondes empreintes sur le sol neigeux. Décidément, la piste était des plus faciles à suivre.

Goliath allongeait résolûment les jambes. La tristesse du temps lui pesait lourdement et il entendait au loin, dans les taillis, des froissements de mauvais augure, des cris rauques et discordants.

— Il ne me manquerait plus que de me trouver face à face avec un loup affamé, un ours brun ou gris? dit-il en frissonnant.

Il marcha longtemps encore. La nuit venait avec cette rapidité particulière aux jours d'hiver. Pour comble de malheur, des torrents de neige s'abattirent en tourbillonnant sur la route, et couvrirent bientôt les empreintes qui guidaient le malheureux Goliath.

Les hurlements des loups se faisaient entendre au loin, lugubres et mille fois répétés par les échos de ce désert.

Le vent passait à travers les branches dépouillées des arbres, qui pliaient et s'entrechoquaient avec bruit; du fond du bois, s'élevaient des clameurs déchirantes, des sanglots longs et continus; la neige tombait toujours.

— Allons, murmura Goliath, il faut avouer que la position n'est pas agréable... Mourir gelé ou dévoré par les loups, voilà les deux seules alternatives qui me restent.

Mais il s'interrompit en poussant un cri de joie : là-bas, tout là-bas, au fond de l'allée forestière brillait une clarté rougeâtre.

— Enfin! dit-il en visitant rapidement les batteries de son revolver, je touche au but.

Et, se dissimulant prudemment derrière les troncs des arbres, il marcha résolûment vers cette lumière, qui apparaissait à ses yeux comme la lueur du phare sauveur à ceux des marins ballottés par la tempête...

Quelques minutes après, il s'arrêtait en face d'une hutte construite avec de solides madriers de chêne et couverte de branches étroitement enlacées, mélangées de terre glaise. La neige couvrait tout cela et donnait à la misérable demeure un aspect pittoresque. A travers la porte entrebâillée, on voyait un feu immense brûler dans le foyer primitif : c'était cette lueur qui avait guidé Goliath.

L'intérieur de la hutte répondait à l'extérieur. Les murailles montraient l'écorce des arbres qui avaient servi à sa construction; le toit, en partie effondré, laissait filtrer la neige fondue en minces gouttelettes. Mais partout se voyaient des haches, des carabines, des revolvers, pêle-mêle avec des crocs, des filets, des pagaies, des bois de cerfs et des cornes de bisons.

Au moment où nous y pénétrons, deux hommes se trouvaient dans la cahutte, que les reflets du foyer éclairaient toute entière. Assis devant le feu sur un bloc de chêne, l'un de ces hommes surveillait la cuisson d'un quartier de chevreuil embroché sur une baguette de fusil; le second, sombre et morne, était étendu sur une peau de bison.

Ces deux hommes étaient Bill Swift et Dick Crane, son digne complice et ami.

— Damnation! dit Bill tout à coup, je ne pourrai jamais chasser cette idée!...

— Tu souffres, poule mouillée... fit Dick en haussant les épaules.

— Oui, de l'âme. Quel rôle ai-je joué? le rôle d'un niais, d'un lâche. Cet homme m'a pardonné, à moi qui lui ai infligé le plus cruel affront qu'un homme puisse infliger à un homme! à moi qui, pour gagner quelques misérables dollars, lui ai tendu un piège infâme!... Et il m'a pardonné! il m'a sauvé la vie, quand il lui était si facile de laisser le fauve achever son œuvre! J'aurais dû tout lui dire, implorer sa pitié... et j'ai été lâche, je me suis tû...

— Mon vieux Bill, interrompit Dick avec dédain, tu baisses ! Encore quelques jours de réflexions pareilles et tu ne seras plus bon qu'à servir un ministre, à moins que tu ne te fasses quaker.

— Ne raille pas ! sur ta vie, ne raille pas ! s'écria Bill, qui bondit hors de sa couche. Tu le sais aussi bien que moi, nous sommes liés à ces êtres infâmes, tout retour vers le bien nous est impossible. Tiens, par moment, je regrette de n'être pas mort ce matin.

— Il ne faut rien regretter, gentleman, fit une voix joyeuse sur le seuil, car il y a remède à tout, sauf à la mort...

— On nous épiait ! rugit Dick, en sautant sur sa carabine.

— Bonsoir, Dick Crane ! bonsoir, Bill Swift ! continua Goliath, en allant s'asseoir près du foyer. Je me disais bien ce matin que nous étions de vieilles connaissances, et je vois avec plaisir que je ne me suis pas trompé. A votre tour, regardez-moi.

Et il leva le grand feutre qui lui cachait une partie du visage.

— Joh Hylliars ! dirent les deux bandits.

— Autrement dit Goliath. Ça, causons.

Il dit ces derniers mots tranquillement, en souriant. Les deux bandits ébahis, stupéfaits de tant d'audace, ne trouvaient pas une parole à répondre.

Ce fut Bill qui, le premier, revint à lui.

— Vous l'avez dit, Goliath, fit-il d'une voix tremblante d'émotion, nous sommes d'anciennes connaissances. A cause de cela, à cause du service que m'a rendu celui que vous seryez, service que je n'ai pas oublié, croyez-le, nous vous laisserons partir sain et sauf. Mais partez vite ! dans une heure peut-être il serait trop tard.

— Je ne partirai pas, Bill, que vous ne m'ayez dit le nom de celui qui vous paie et dans quel but vous nous poursuivez depuis New-York. Oh ! ne roulez pas des yeux furibonds, vous ne m'épouvantez pas... je n'ai pas peur, et la preuve c'est que voilà mes armes, la preuve c'est que je suis venu seul...

— Damnation !...

— Vous ne voulez pas répondre... je parlerai, moi. Les coquins qui vous ont embauchés, Archibald Loyton et Nichols Godvolke, vous ont donné pour mission de suivre les gentlemen que je sers, comme vous le disiez si bien tout à l'heure, de les tuer en détail, à moins que vous ne puissiez le faire en bloc ; la querelle d'hier en est une preuve. Pour cela on vous a donné mille, deux mille dollars, on vous en a promis dix fois autant, l'affaire faite. Est-ce vrai ? Seulement, mes petits amis, je tiens à vous dire une chose qui changera peut-être vos idées. Moi aussi j'ai servi Archibald et Nichols; nous étions amis, inséparables ; nous avions levé le lièvre ensemble, nous

6

l'avions chassé ensemble, et, quand l'heure de partager est venue, savez-vous ce qu'ils ont fait? Non ? Eh bien, regardez cette cicatrice... Une ligne plus bas et c'était fini. Voilà la reconnaissance de vos patrons...

En même temps, il montra la cicatrice rouge encore de la terrible blessure produite par le poignard de Nichols.

— Autant vous en est réservé, mes chers amis. Archibald et Nichols n'aiment pas les complices gênants. Vous êtes des instruments entre leurs mains; quand vous leur serez inutiles, ils vous briseront. Maintenant, écoutez; au nom de mon maître, l'héritier cinq ou six fois millionnaire d'Ichabod Creikfoorth, je viens vous proposer ceci :

Servez-nous et la récompense dépassera votre attente; servez-nous, et si vous avez quelques légères peccadilles sur la conscience, nous en obtiendrons l'absolution de la justice. Bill, Dick, vous glissez sur une pente fatale, mais il est encore au fond de vos cœurs des sentiments d'honneur et de loyauté, ne les étouffez pas... La misère, dit-on, est mauvaise conseillère : eh bien ! je viens vous apporter l'aisance, la fortune même, une fortune que vous gagnerez loyalement, qui ne vous coûtera aucun remords, et qui, j'en suis sûr, fera de vous d'honnêtes et braves citoyens...

Voilà ce que j'avais à vous dire : d'un côté la honte, l'infamie, la mort peut-être ; de l'autre la satisfaction d'avoir aidé à la punition d'un grand crime... Choisissez...

Goliath s'était animé. On voyait que l'ancien bandit était convaincu, avait foi en lui-même, croyait en ses propres paroles. Son éloquence sauvage et passionnée toucha les deux bandits. Ils hésitaient néanmoins.

— Nous avons donné notre parole, dirent-ils enfin.

— Nul n'est forcé de tenir la parole donnée pour le mal, répondit Goliath sérieusement. Archibald et Nichols, j'en suis sûr, trament contre vous de mauvais desseins; quand ils auront tiré de vous tout ce qu'ils auront voulu, ils vous briseront comme ils m'ont brisé... Est-ce donc se parjurer que de les prévenir?

Bill et Dick se concertèrent à voix basse. Au fond, ils étaient sans haine contre Hector et ses amis, et la proposition de Goliath qui supprimait le péril et laissait la récompense était tentante. Aussi répondirent-ils bientôt :

— Vous nous garantissez l'impunité du passé?

— Oui.

— Alors nous sommes à vous.

— Parbleu, fit Goliath, je n'en avais pas douté un seul instant! Et maintenant, en route...

Il ouvrit la porte. La nuit était obscure sans un rayon de lune, sans une étoile, et la neige continuait à tomber. Goliath recula ; il était impossible de se mettre en route par un temps pareil.

— Attendons, dit-il, en reprenant sa place au coin du feu, et pour passer le temps, causons.

— Causons, répétèrent Bill et Dick en s'asseyant à ses côtés.

XVI. — Ou l'on retrouve deux anciennes connaissances

Il est deux personnages, dignes à tous égards de notre intérêt, que nous avons laissés trop longtemps dans l'ombre.

Il s'agit d'Archibald et de son digne ami.

— Il était temps ! avait dit Archibald, quand la lueur d'un éclair lui montra la voiture roulant comme une avalanche sur la route défoncée par l'orage.

Et, prêtant l'oreille, il écouta encore.

Un cri déchirant se fit entendre :

— A moi ! .

— Damnation ! il n'est donc pas mort ! fit Nichols, en frissonnant de terreur. Mais il connaît tous nos projets ! mais il peut nous perdre !...

— Pas de paroles... à l'œuvre !...

Quelques minutes après, le petit yacht, tellement penché que ses plats-bords rasaient le flot, descendait le Susquehanna, emporté par un courant rapide, par un vent furieux qui gonflait sa voile blanche.

C'était un solide petit navire, à fond presque plat, jaugeant quinze tonneaux environ, et construit spécialement pour la navigation fluviale.

En Amérique, l'éducation est telle que rarement un homme se trouve embarrassé pour conduire un navire, pas plus qu'un cheval.

La tempête sévissait avec un redoublement de fureur ; mais qu'importait aux bandits ! Leur navire filait avec la rapidité de l'oiseau emporté par l'ouragan, et ils n'avaient qu'une seule pensée, qu'une seule préoccupation : fuir, fuir le plus loin possible... Si endurcis qu'ils fussent, ils voyaient toujours devant eux Ichabod, blême, frémissant, les maudissant d'un dernier regard ; ils entendaient retentir à leurs oreilles, comme le tintement d'un glas funèbre, le dernier cri de Goliath.

Nichols tenait la barre dans sa main crispée ; assis à quelques pas de lui, Archibald veillait à la voilure, prêt à raidir ou à larguer les écoutes, à diminuer de toile à la moindre apparence de danger : la précieuse caisse, fruit du crime, reposait au milieu du navire.

— Il faut prendre un parti... dit brusquement Nichols. Goliath n'est pas mort, il peut nous trahir, servir nos ennemis...

— Pourquoi aussi ce meurtre inutile? répondit Archibald avec un profond découragement.

— Laissons cela! le passé est le passé. Pour le moment, il faut nous débarrasser de cette caisse compromettante, trouver des déguisements et dépister les recherches.

— Comment!

— Laisse-moi faire, j'ai une idée.

Il fit sonner sa montre; le jour allait paraître bientôt. Alors il dirigea du côté de la terre le petit navire qui, grâce à son fond presque plat, put accoster assez près pour permettre aux deux hommes de sauter sur la berge.

— Qu'allons-nous faire? demanda Archibald.

— Voici : c'est de la dernière simplicité. Nous allons nous mettre à la recherche de la cabane d'un bûcheron, ce sera facile à trouver, et, de gré ou de force, nous en expulserons le propriétaire, sans le laisser rien emporter de ses vêtements ni de ses outils. Les premiers nous serviront à nous déguiser, les seconds à creuser le sol.

— Après?

— Après? nous mettons tout simplement le feu à la baraque, puis nous remontons en bateau munis de haches et de pics; nous descendons le fleuve jusqu'à ce que nous ayons rencontré un site assez sauvage pour ne pas craindre qu'il soit bouleversé de longtemps, assez particulier pour pouvoir le reconnaître facilement; nous enterrons profondément notre trésor, et nous sabordons le yacht pour faire perdre notre trace... voilà...

— Je comprends tout, sauf la nécessité d'incendier la cabane.

— Niais!... Son propriétaire sera convaincu que nous y avons caché un trésor et que cet incendie n'a d'autre but que d'en marquer la place. Il faut tout prévoir; cet homme, si nous ne le tuons pas, et j'ai la main si malheureuse cette nuit que je préfère ne pas l'essayer, cet homme, dis-je, reviendra et aura des soupçons qu'il importe de détourner...

On a vu, par le récit de Jim Bigg, comment ce plan machiavélique des bandits avait reçu sa complète exécution.

Après s'être déguisés avec les loques du bûcheron, nos deux coquins mirent le feu à la cabane, et remontèrent vivement dans leur barque.

Le jour, qui se levait, leur montra bientôt un amas de rochers aux profils étranges et bien faciles à reconnaître quand on les avait vus une fois. Ce fut là, au pied de ces masses granitiques, qu'ils enfouirent profondément le trésor.

— Au bateau! dit Nichols.

A grands coups de hache ils abattirent le mât, tranchèrent les cordages, sabordèrent les flancs du gracieux navire, et, le poussant brusquement, l'abandonnèrent au fil de l'eau.

Ils le virent s'enfuir, rapidement d'abord, puis, le flot s'engouffrant par les larges déchirures de ses flancs, il ralentit sa course, enfonçant à chaque minute pour disparaître enfin.

Les bandits respirèrent.

— Les preuves sont anéanties, dit Nichols avec un sourire de triomphe ; l'avenir est à nous...

Le soir même ils étaient à New-York.

Là, ils étaient chez eux, ils connaissaient mille bouges infâmes, repaires des plus sinistres gredins, dans lesquels les constables ne faisaient que de rares apparitions ; ils avaient la facilité de changer de costume vingt fois par jour, de s'assurer les services d'une agence occulte et parfaitement renseignée. D'ailleurs, aussi vigilante que soit la police, le coupable échappe bien plus facilement à la loi dans les grands centres populeux que dans les petites villes, où chacun se connaît pour ainsi dire, où l'étranger, quel qu'il soit, est toujours le point de mire des défiances les moins légitimes, des suppositions les plus osées.

Mais si, confondus dans la tourbe cosmopolite des bas-fonds de New-York, ils essayaient de se faire oublier, ils n'avaient pas renoncé à se tenir au courant des suites du drame terrible dont ils avaient été les principaux acteurs.

Chaque matin, ils lisaient attentivement les journaux de New-York et de Pensylvanie qui s'occupaient de cette grave affaire. Leurs signalements étaient donnés, et plusieurs journalistes en quête d'actualité leur avaient esquissé des biographies qui, si elles manquaient d'exactitude, brillaient au moins par une haute fantaisie...

Bref, les deux coquins étaient devenus des personnages célèbres, des sortes de croquemitaines, dont le nom seul effrayait les paisibles bourgeois.

Ils en riaient, mais se tenaient toujours dans les bornes de la plus stricte prudence.

Un jour sous un costume, un jour sous un autre, ils ne manquaient jamais de se trouver à l'arrivée des trains de Pensylvanie, examinant, défigurant les voyageurs. Pendant plus d'un mois leur attente fut vaine.

L'affaire Creikfoorth, d'ailleurs, subissait le sort commun : après en avoir beaucoup parlé, on ne s'en occupait plus : d'autres crimes, d'autres préoccupations avaient passé dessus.

Enfin un soir, après un mois d'attente, les bandits, confondus dans la foule, virent avec un affreux serrement de cœur Goliath, Hector, Aristide et Edmund Weddy, descendre de wagon en compagnie de plusieurs policemen.

— Eux ! firent-ils, eux !...

Et, quoique grimés et déguisés, grimés au point de se reconnaître à peine eux-mêmes, ils sentirent le frisson courir dans leurs chairs.

Mais ce ne fut qu'un éclair. Maîtrisant son émotion, Nichols siffla un des *roughs* (1) qui se disputaient les bagages des voyageurs.

— Veux-tu gagner cinquante-cents (2)? dit-il à l'enfant have, émacié, à peine couvert de haillons, vrai type enfin du gamin de la rue.

— Que faut-il faire? gentleman.

— Suivre tout simplement ces gentlemen, savoir où ils vont, le nom de l'hôtel où ils descendront. Va, nous t'attendrons dans le *bar-room* du coin.

L'attente fut longue. Enfin l'enfant revint essoufflé, en sueur, mais la mine triomphante.

— Eh bien ! sais-tu?... demanda Nichols.

— Mon argent d'abord.

Nichols lui donna la récompense promise ; les yeux de l'enfant pétillèrent de plaisir, et il répondit aussitôt :

— Hôtel de l'Union, Chatham-Street...

— Bien ! maintenant, si tu veux gagner un dollar chaque jour, ne quitte pas les abords de l'hôtel, fait causer les domestiques, tâche de savoir ce que font ces gentlemen, où ils veulent aller... Va, nous t'attendrons ici tous les soirs.

— A quoi bon cet espionnage ! fit Archibald en haussant les épaules.

— A nous garer du danger, si un danger nous menace. Ne sais-tu donc pas qu'ils ont juré notre perte? Par Goliath le maudit, ils connaissent une partie de nos projets ; ils savaient que nous devions fuir New-York et nous cacher dans les solitudes du Kansas ou du Nébraska, que nous avons enfoui une partie de notre trésor sur les bords du Susquehanna et ils tenteront tout pour se l'approprier. A cette heure, j'en suis sûr, ils préparent une expédition dans l'état de Nébraska.

— Eh bien, laissons-les s'égarer sur une fausse piste.

— Non, fit Nichols avec un sourire sinistre, suivons-les au contraire, car, tant qu'un d'eux restera, notre trésor ne sera pas en sûreté. C'est une belle saison pour voyager que l'hiver, une saison fertile en accidents, en catastrophes... Supposons que deux ou trois gaillards, bien instruits par nous, s'embarquent dans le même train que nos ennemis, les suivent à la

(1) Vagabond.
(2) Deux francs cinquante.

piste, leur cherchent querelle, les tuent les uns après les autres, à moins qu'ils ne trouvent l'occasion de les expédier en bloc... Ne serait-ce pas providentiel?

— Mais ces hommes, ces gaillards?...

— Nous les trouverons; viens...

Nichols, en homme sûr de lui-même, entraîna son digne complice vers le port. Là existent des Gin-Houses, des tavernes infectes, fréquentées par les matelots, les pêcheurs, les portefaix, etc..., tous gens qui vivent de la mer ou des travaux du port. Une de ces tavernes, à l'enseigne de l'*Ancre Rouge*, était principalement connue de Nichols. La première salle, celle où tout le monde était admis, se peuplait ordinairement de simples buveurs; mais, pour pénétrer dans la pièce du fond, il fallait donner le mot d'ordre.

Ce mot, il le connaissait.

Quelques minutes après, suivi d'Archibald, il pénétrait dans une pièce basse, voûtée, éclairée par de petites lampes à pétrole, dont les lueurs rougeâtres parvenaient à peine à percer l'épais nuage de fumée produit par plus de vingt pipes allumées.

Là, autour de petites tables, une cinquantaine de gaillards, aux figures basses et cyniques, buvaient, jouaient, fumaient.

L'or rutilait sur les tables, lançant de fauves éclairs; chaque joueur avait devant lui son couteau ou son revolver.

— Tiens, dit Nichols en montrant à Archibald deux hommes assis à la même table et comptant leur butin, voilà Bill Swift et Dick Crane... deux solides gaillards...

Et, tirant une poignée de dollars de sa poche, il la jeta sur la table.

— Vous jouez, gentlemen? demanda Bill, en tressaillant à ce son aimé.

— Nous en avons encore quelques centaines comme cela à perdre, répondit Nichols d'un air dégagé. Mais tenez-vous bien : nous sommes de rudes joueurs.

La partie s'engagea aussitôt. A tous coups, Nichols et Archibald perdaient, par la raison toute simple que les cartes étaient biseautées. Cependant ils n'en disaient rien : cela entrait dans leur programme.

Enfin les derniers dollars de Nichols passèrent dans la poche de Bill.

Archibald et Nichols échangèrent alors un regard, et, se levant brusquement, ils s'emparèrent des armes et des cartes de leurs adversaires.

— Coquins! s'écria Nichols jouant l'indignation ; est-ce là ce que vous appelez jouer loyalement?...

— Des policemen! murmurèrent les coquins atterrés.

Aucun des assistants n'avait détourné la tête. Qu'importait une querelle de plus ou de moins dans ce bouge infâme !...

— Reprenons nos places et causons, reprit Nichols avec autorité; nous ne sommes pas ce que vous croyez.

Les coquins obéirent, et une longue conversation s'engagea entre ces quatre hommes si bien faits pour se comprendre. Menacés d'une dénonciation, alléchés par les promesses de Nichols, Bill et Dick acceptèrent la mission qui leur était proposée.

— Trois mille dollars au moment du départ, vingt mille si vous nous apportez la preuve que ces hommes n'existent plus, dit Nichols en terminant.

— Entendu !... Et où faudra-t-il vous apporter ces preuves?

Nichols réfléchit un moment.

— A la Nouvelle-Orléans, dit-il enfin.

XVII. — D'OMAHA-CITY A SAN-FRANCISCO

Le lendemain, après une bonne nuit passée dans le log-cabin, Goliath et ses nouvelles recrues quittaient la forêt pour se rendre à Omaha-City.

L'ex-bandit rayonnait ; la veille, Bill lui avait raconté de quelle manière lui et son compagnon étaient devenus les créatures de Nichols; comment, forcés de choisir entre la prison et une obéissance passive, ils avaient préféré l'obéissance, malgré tous ses périls.

— Mais j'y songe, avait dit Goliath, les coquins ne se sont pas présentés à vous sous leurs véritables noms.

Pour toute réponse, Bill avait tiré de son portefeuille une carte sur laquelle ces mots étaient grossièrement tracés :

« JAMES ROBERTSON.
» Rue du Rempart, 10,
» Nouvelle-Orléans ».

— Malédiction ! avait repris Goliath, les coquins nous ont roulés !... Nous faire courir dans l'ouest pendant qu'ils s'établissaient dans le sud, c'est presque un trait de génie. Heureusement qu'il n'est pas trop tard encore. Un homme averti en vaut deux. En route!

Un fermier, dont l'habitation ne se trouvait qu'à un demi-mille du log-cabin, leur avait prêté un traîneau et un cheval, et ils étaient partis.

Ce fut d'un air triomphant que Goliath pénétra dans l'hôtel où il se croyait sûr de rencontrer ses compagnons. Mais sa joie se changea bien vite en stupeur quand l'hôtelier lui assura que, la veille, Hector et ses amis avaient pris le Railway.

— Trop tard ! toujours trop tard ! fit-il avec découragement. Enfin, ils vous ont dit où ils allaient ?...

— Je l'ignore, répondit l'hôtelier ; mais voici qui vous renseignera sans doute.

En même temps, il lui tendit une enveloppe cachetée. Goliath l'ouvrit vivement et en tira une feuille de papier qui ne portait que ces mots :

« Sommes sur la vraie piste. Venez nous rejoindre à San-Francisco, Great Hôtel ».

— Pas d'argent ! s'écria Goliath avec une grimace comique. Comment faire pour les rejoindre ?

L'hôtelier sourit, et, ouvrant le tiroir de sa caisse, en tira un portefeuille bourré de banknotes qu'il tendit à Goliath.

— A la bonne heure ! fit celui-ci. L'argent est le nerf de la guerre et des grandes choses : nous réussirons.

Et tirant Bill à l'écart :

— N'étiez-vous pas convenus d'une correspondance avec ce Nichols... ce James Robertson ? fit-il.

— Je devais l'instruire par dépêche, chaque fois qu'un fait sérieux modifierait la situation.

— En termes ambigus, je présume ?

— Sans doute.

— Eh bien, reprit Goliath, il faut tenir votre promesse. Cela le tranquillisera et lui fera attendre plus patiemment votre retour.

Et, déchirant une page de son calepin, il y traça ces mots :

« M. James Robertson, 10, rue du Rempart, Nouvelle-Orléans. — Quatre » chevaux arrivés en bon état, sauf un qui s'est cassé la jambe en descen- » dant de wagon. Avisez. — Bill ».

— S'il ne comprend pas il sera bien bête, ou plutôt s'il comprend c'est qu'il sera bien malin, dit Goliath, qui donna sa dépêche à un domestique, avec l'ordre de la porter au bureau télégraphique. Maintenant déjeunons et après, en route !

Ils s'attablèrent tous trois comme de vrais amis, en face d'un jambon de Cincinnati qu'ils arrosèrent de vin passable. Bill et Dick avaient repris toute leur bonne humeur et se montraient ce qu'ils étaient réellement, c'est-à-dire des garçons intelligents et surtout industrieux. Quoique sa blessure le fît bien souffrir, Bill refusa de rester à Omaha-City pour attendre le retour des aventuriers.

— Non, dit-il, ce ne sera rien.

Il faisait bien froid au dehors, et des rafales de neige s'abattaient en blancs tourbillons sur le sol gelé. Dans la taverne aux fenêtres bien closes le poêle ronflait joyeusement, répandant une chaleur savamment calculée ; les pipes étaient allumées ; le wiskey, l'eau-de-vie de France remplissaient les verres, et personne ne songeait à quitter la table avant l'heure du train.

Il fallut cependant s'arracher à ce doux bien-être, et partir.

D'Omaha-City le train suit une voie unique, sans embranchement, jusqu'à Platte-City. A part quelques petites bourgades, quelques stations sans importance, on ne voit autre chose que des forts aux murailles de bois, des fermes toutes primitives, rappelant les premiers temps de la civilisation.

Le convoi avançait lentement ; car, malgré d'énormes chasse-neige placés à l'avant de la locomotive, il fallait presque à chaque instant désobstruer la voie couverte de plusieurs pieds de neige. Les voyageurs mettaient alors pied à terre, aidaient les employés, ou se promenaient battant la semelle pour se dégourdir.

Enfin on dépassa Platte-City, la Cheyenne, charmante petite ville construite dans un site pittoresque ; on entrait dans les Montagnes Rocheuses, dont on apercevait au loin les cimes, éblouissantes sous leurs blanches parures de frimas.

Dès lors le paysage changeait du tout au tout, le décor se faisait plus terrible. La voie ferrée serpentait au milieu d'entassements chaotiques de roches brunes ou noirâtres, aux profils étranges, franchissait les lits des torrents, les canons encaissés entre de hautes murailles granitiques où s'ouvraient de profondes cavernes, séjours aimés des fauves ; où poussaient entre ciel et terre des pins, des mélèzes gigantesques.

Puis c'étaient des abîmes profonds, insondables, que traversait un léger pont de fil de fer, vibrant et tremblant comme une feuille, sous le rapide passage des wagons ; des vallées étroitement encaissées et dominées de tous côtés par les crêtes, les aiguilles aiguës des sierras ; des rivières bordées d'arbres complètement dépouillés, s'agitant comme de noirs squelettes au souffle de la rafale ; des torrents entièrement congelés et brodant le fond sombre des rochers d'une riche dentelle d'argent.

On entrait dans le Wioming, l'un des Etats les plus accidentés de l'Union américaine.

Le soleil, comme s'il eût voulu, lui aussi, sourire aux aventuriers, brillait maintenant dans un ciel pur et sans nuage, et sa lumière éclatante faisait resplendir les faîtes des glaciers, incendiait des plus vives couleurs la surface de la gelée des rivières, filtrait pleine de magie à travers les branches dépouillées des grands arbres.

— Que c'est beau, le soleil ! disait Goliath en se détirant.

— Oui, répondait Dick, c'est beau... et quand, comme nous, on a vécu de longs jours enfermé dans une boîte sans air, on en comprend encore mieux tout le charme.

Les nuits aussi étaient splendides et étoilées. Plus de tempêtes, de bourrasques si terribles dans ces régions! A tous ces bouleversements avait succédé un calme solennel, plein d'attrait et de poésie.

— On approche! on approche! disait Goliath à chaque nouvelle station.

On approchait, en effet. Le monstre de fer aux flancs enflammés précipitait sa marche infernale et vomissait, par sa cheminée largement évasée, de noires volutes de fumée; on dépassa Salte-Lake-City, la nouvelle cité des Mormons, Lancaster, Sacramento, au confluent de la rivière de ce nom et de l'Américan-River : on était aux portes de San-Francisco.

Ce long voyage d'une semaine était accompli.

— Enfin! s'écria Goliath en mettant pied à terre ; nous y sommes !

San-Francisco est peut-être le point du globe qui a été le plus souvent décrit. Quel est le romancier qui n'a pas conduit ses lecteurs dans cette capitale de l'or, dans cet Eldorado moderne, où l'invraisemblance est la vérité? Pourtant aucune description ne ressemble à l'autre. C'est que, outre cette faculté commune à l'espèce humaine de voir les mêmes objets sous les aspects les plus différents, San-Francisco, vingt fois brûlé, vingt fois rebâti, n'a pas gardé deux ans de suite la même physionomie.

A la place de cette ville de bois, aux rues étroites et obscures, véritables coupe-gorge, passé le coucher du soleil; aux maisons noires, branlantes, réceptacles de tous les vices, de toutes les infamies, une ville nouvelle s'est élevée avec des hôtels, des palais, des églises, des temples, des théâtres, des cafés concerts, des parcs, des jardins...

Là, où autrefois on n'entendait que les chants obscènes des mineurs enrichis par le hasard, l'horrible tumulte des rixes et des batailles, où l'on n'adorait d'autre Dieu que le *Dieu dollar*, où l'écume de tous les pays s'était donné rendez-vous, on voit maintenant une ville coquette, bien bâtie, avec de grandes maisons de pierre et de brique, aux magasins splendides. Le port et la baie, une des plus vastes du monde, fourmillent de navires de toutes les nations, portant tous les pavillons ; les quais sont couverts de ballots, de caisses, de tonneaux, que des *coolies* chinois roulent, traînent, emmagasinent dans des docks immenses, sous la surveillance d'une armée de commis et de douaniers.

Le commerce, un commerce qui embrasse les produits des cinq parties du monde, a donné à San-Francisco une prospérité plus solide, et surtout plus réelle, que la fameuse *fièvre de l'or!*

San-Francisco est pourtant resté la ville la plus cosmopolite du monde. Sur ses quais, dans ses larges rues, on peut voir des spécimens de toutes les races, mais l'élément qui y domine le plus est l'élément chinois. San-Fran-cisco compte dans ses murs plus de 150.000 de ces habitants du Céleste empire livrés à tous les métiers, depuis celui de portefaix jusqu'à celui de barbier, de manœuvre, de cordonnier, etc... Quelques-uns ont avec eux leurs femmes, leurs enfants, et vivent en famille; mais le plus grand nombre n'a qu'un but : s'enrichir; qu'un désir : retourner dans la patrie gonflé comme une éponge de dollars américains.

Leur quartier forme presque une ville dans la ville; ils ont leurs maga-sins, leur théâtre, leurs gargottes impossibles. C'est là qu'ils vivent, en-tassés les uns sur les autres, dans des caves souvent, mal vêtus, plus mal nourris encore, mais entassant dollar sur dollar, arrondissant chaque jour leur petit pécule.

Tout ce monde — blancs, noirs, jaunes, — vit en paix, sous l'œil vigi-lant de la police, dans cette ville où, quelque vingt ans auparavant, on ne connaissait d'autre justice que celle du revolver et du bowie-knife, d'autre loi que la *Law-Linch*.

Goliath, sans s'inquiéter de ses bagages, car il n'en avait pas, héla un fiacre, y fit monter ses compagnons, et dit au cocher :

— Great Hôtel!

Le cocher considéra un instant ces étranges clients. Mal vêtus, frippés par un long voyage ; ils ne payaient certes pas de mine et ressemblaient plutôt aux habitués des tavernes qu'aux fashionables clients de l'aristocra-tique hôtel. Mais, en Amérique, on voit journellement des choses plus drôles que cela. Aussi, le premier mouvement de surprise passé, il fouetta son attelage qui prit immédiatement le grand trot.

L'Amérique est sans contredit un pays unique au monde. Tandis qu'ail-leurs on fait fortune, ou qu'on se ruine mesquinement sans bruit, sans éclat, là, la chute est aussi retentissante que le succès ; les conceptions les plus hardies, les plus originales n'étonnent personne; les rêves les plus irréalisables trouvent chez des hommes de génie, des capitaux de bonne volonté pour aider à leur réalisation.

Le Great Hôtel, auprès duquel notre Grand-Hôtel parisien semblerait un restaurant de deuxième ou troisième ordre, en est une preuve. A lui seul, ils constitue tout un quartier de la ville, il fait vivre tout un peuple de cui-siniers, de valets de chambres, de décrotteurs, de commissionnaires, etc... C'est à peine si on a le temps de désirer quelque chose, tant les directeurs semblent avoir pris à tâche d'épargner à leurs clients jusqu'à l'ombre d'un ennui. Sans sortir de chez soi, on peut se passer ses moindres fantaisies : appartements confortables, tables servies à toute heure, bibliothèques, salles de jeux, de lecture, de spectacles, de conversation; postes, télégra-

phes, librairie... les heureux hôtes de ce vaste caravansérail trouvent tout
à leur portée.

.— C'est donc ici que nous logerons! firent ahuris Dick et Bill, en con-
templant ce monument sans pareil dont les façades ornées, fouillées, sculptées avec goût, s'étendent sur trois rues.

— Pas pour longtemps, répondit Goliath, car, ou je me trompe, ou nous
verrons bientôt du pays.

La voiture s'était arrêtée; il sauta à terre.

XVIII. — SAN FRANCISCO ET SES ENVIRONS

Après avoir payé son cocher, Goliath, toujours suivi de ses deux nouvelles recrues, s'enfonça sous la porte monumentale de l'hôtel, et se fit
conduire au bureau des renseignements.

Il fut reçu par un gentleman vêtu de noir, cravaté de blanc et abritant
ses yeux derrière une paire de lunettes à tiges d'or. Bien que Goliath ne
payât guère de mine, le gentleman l'écouta en silence.

— Monsieur Davidson, dit-il à un employé aussi correct que lui, con-
duisez ces gentlemen : troisième escalier, cinquième corridor, chambre
numéro 12, au troisième étage.

Avec une précision, une raideur toute mécanique, les trois hommes em-
boîtèrent le pas derrière M. Davidson.

Goliath éprouvait une vive émotion à la pensée de revoir celui qu'il considérait comme son véritable maître. Quelques mois de vie commune avec
ces natures droites et généreuses, surtout l'absence de mauvais exemples,
de conseils pernicieux, l'avaient transformé; il était en train de devenir un
honnête homme.

D'ailleurs, son ressentiment contre ses lâches complices, lui tenait lieu
de vertu. Il avait pu sonder la profondeur de l'abîme où il avait failli tomber; il se promettait bien, si jamais une telle possibilité s'offrait à lui, de
changer de genre de vie.

Les trois hommes montaient toujours, étonnés, ahuris, osant à peine
poser le pied sur les tapis aux riches dessins qui couvraient les degrés,
jetant un coup d'œil dans les immenses glaces de Venise où se réfléchissaient leurs images.

Soudain leur guide s'arrêta.

— C'est ici, dit-il. Qui dois-je annoncer?

— C'est inutile, répondit vivement Goliath, nous nous annoncerons bien
nous-mêmes.

Brusquement il poussa la porte, traversa l'antichambre et vint tomber comme un boulet au milieu du petit parloir où Hector, Aristide et le constable achevaient de lire leurs journaux, tout en savourant d'excellent thé !

— Goliath ! firent-ils surpris de cette entrée soudaine.

— Oui, moi ! dit Goliath rayonnant Et je ne viens pas seul, ajouta-t-il, j'amène des recrues.

La première idée d'Hector avait été de tendre la main à l'ex-bandit ; mais, en voyant Bill et Dick qui, tout penauds, réglaient leurs mouvements sur ceux de leur chef de file, il ne put réprimer un cri de surprise.

— Ces hommes !...

— Ces hommes qui, maintenant, seront pour nous d'utiles auxiliaires, oui, gentleman ! Voilà le secret de mon absence. J'avais résolu de nous les attacher, et j'ai réussi.

— Un vrai miracle ! interrompit Aristide. Mais comment avez-vous fait ?

— Tout simplement en leur représentant que leur intérêt était de nous servir et non d'obéir à des bandits tels qu'Archibald et Nichols ; en leur racontant ma petite histoire ; en leur montrant, enfin, la trace de ma blessure, preuve éloquente de la gratitude de ces misérables, et, — vous ne me démentirez pas — en leur promettant une riche récompense.

— Ainsi vous êtes à nous ? demanda le constable aux deux hommes.

— Entièrement.

— Alors nous sommes sur la voie...

— Pas du tout, nous nous en écartons, dit Goliath triomphalement.

A ces paroles qui soulevèrent une tempête de réclamations, de questions, il fallait une réponse. Goliath n'était pas homme à reculer devant une explication. En quelques mots, il raconta son odyssée à travers la forêt, la découverte du repaire des bandits, la conversation qu'il avait eue avec eux, enfin leur adhésion à ses projets.

Hector, Aristide et le constable l'avaient attentivement écouté.

— Goliath, dit Hector, en tendant la main à l'ex-bandit qui n'osa la serrer, mais rougit de plaisir, jusqu'à présent vous avez mené une vie répréhensible et coupable, mais vous êtes jeune encore et Dieu est clément au repentir. J'espère donc, quand notre œuvre sera terminée, que vous abandonnerez à jamais la mauvaise voie ; je veillerai d'ailleurs à ce que cela vous soit facile. Actif, intelligent comme vous l'êtes si vous le voulez fermement, vous ne tarderez pas à conquérir une place honorable dans le monde, à mériter l'estime des honnêtes gens...

— Je vous le jure, Monsieur, je n'étais pas né méchant. Mais que voulez-

La louve affamée l'avait saisi à l'épaule. (page 76)

vous? élevé sur la rue, sans guide, sans soutien, je ne pouvais que mal
tourner... J'ai fait tous les métiers, j'ai volé même; qu'est-ce que cela m'a
rapporté? De la prison, un coup de couteau de la main de mes propres
complices... C'est assez, c'est trop...

— Bien, je vous crois, Bill. Dick, ce que j'ai dit à Goliath je puis aussi
vous le dire. Servez-moi, et ma bourse vous sera libéralement ouverte. Je
vous donnerai le moyen de rentrer honorablement dans la société qui ne
repousse que les êtres lâches et viciés, mais qui accueille les braves cœurs;
vous recommencerez une vie que vous avez si mal employée jusqu'ici.

Emus par ces paroles simples, mais empreintes de charité et de loyauté,
nos deux hommes courbèrent timidement la tête.

— By God ! fit tout à coup Bill, nous le ferons, Monsieur ! Nous apprendrons à devenir honnêtes... Ce sera peut-être dur en commençant; mais, si
je faiblis, je me rappellerai que vous m'avez sauvé la vie, quand vous me
teniez en votre pouvoir, quand vous pouviez m'écraser comme un reptile... Et si Dick ne marche pas droit, c'est moi qui me charge de lui casser
la tête !

— Diable ! interrompit Aristide, ce serait un mauvais début...

Et se tournant vers Hector :

— Tu prêches comme un Révérend, dit-il en français ; je ne te connaissais pas ce talent-là... Mais c'est égal, reçois mes félicitations sincères.
Trois conversions en moins d'une heure, c'est inouï...

— Pour Goliath la chose était déjà faite, à son insu il est vrai;
quant aux deux autres, c'est bien facile à comprendre. L'homme, à
de bien rares exceptions, ne fait pas le mal pour le mal; il est attiré dans
le mauvais chemin par la misère bien souvent, par une mauvaise éducation plus souvent encore. Mais facilite-lui le retour au bien, parle à
son cœur, fais même vibrer en lui la corde de l'intérêt, montre-lui ici le
crime, la débauche, une fin honteuse, là une vie calme, exempte de soucis,
de remords, et tu verras quelle part il choisira...

— Soit, je t'accorde cela. Mais là n'est pas la question. Occupons-nous
un peu de messieurs Archibald Loyton et Nichols Godvolke. Ceux-là, je
t'en réponds, ne se laisseront pas convertir.

— Aussi n'essayerons-nous pas de le faire, répondit Hector tranquillement.

— Ainsi, dit Weddy, vous le jurez, Archibald Loyton et Nichols Godvolke sont à la Nouvelle-Orléans.

— Nous le jurons.

— Alors pourquoi cette indication? continua le constable en mettant
sous les yeux de Dick le papier trouvé à la lisière du bois. Pourquoi ces
noms : Omaha-City, San-Francisco?...

7

— Pour vous égarer sur une mauvaise piste et me donner le temps de me rétablir si j'étais blessé, répondit Bill franchement. Je l'avais exprès laissé tomber sur le sol, sachant bien que vous ne négligeriez pas un pareil indice. En ce moment, nous étions sincères et bien décidés à obéir à ces hommes, et à vous supprimer les uns après les autres. Vous nous étiez spécialement recommandé, monsieur Lassalle; c'est pourquoi nous avions commencé par vous.

— Et maintenant?

— Nous vous l'avons dit, nous vous sommes entièrement dévoués; disposez de nous comme vous l'entendrez.

— Eh bien, dit Hector avec énergie, les bandits sont à la Nouvelle-Orléans, c'est là qu'il faut aller les chercher... Partons.

Le constable sourit.

— Quel enthousiasme! dit-il, je reconnais bien là la fougue française. A mon tour, laissez-moi vous faire une observation. Vous voulez partir au cœur de l'hiver, c'est-à-dire dans la saison la plus mauvaise pour voyager, non que je craigne la fatigue; mais je redoute les accidents, les dangers imprévus...

— Nous l'avons fait ce voyage, dans ces mêmes conditions, interrompit Hector. Qui sait si les bandits, sans nouvelle de leurs complices, ne se défieront pas?

— Au contraire, trop de précipitation peut nous perdre; ils peuvent douter, en voyant leur complice revenir si tôt, qu'il ait accompli sa mission. Nous sommes en janvier, attendons le printemps; mars, si vous voulez, et d'ici là tenons les bandits en haleine par des télégrammes menteurs. Quand nous serons tous morts, à leurs yeux du moins, nous pourrons agir.

— Deux mois! attendre encore deux mois! murmura Hector.

— Deux mois sont bien vite passés dans une ville comme San-Francisco. Que dit la galerie?...

— Ma foi, répondit Aristide, je dis que monsieur Weddy a parfaitement raison. Pour ma part, je ne serais pas fâché d'étudier un peu San-Francisco, de visiter les *placers* et les chercheurs d'or, s'il en reste encore, les sauvages, s'ils ne sont pas tous morts, de m'asseoir au campement des *gambusinos*, enfin d'assister à quelques-unes de ces chasses que l'on dit merveilleuses ici.

— Et vous, Goliath?

— Je suis de l'avis de ces gentlemen. Mieux vaut ruser que de précipiter les choses. Aussi, je propose d'expédier à ces messieurs un télégramme ainsi rédigé et faisant pendant à celui de l'autre jour : « Pas de chance! » Encore cheval mort. Espère me débarrasser promptement des deux

» autres ». Dans quinze jours on renouvellera la farce, et on pourra partir.

— Attendons donc.

Cette détermination prise, on s'occupa de décrasser maître Goliath et ses deux recrues, qui passèrent à l'hôtel pour les domestiques des voyageurs. Goliath était devenu le factotum, le caissier de la petite troupe, l'homme indispensable enfin. C'était lui qui réglait tout, qui s'occupait de tout. Plusieurs fois Hector lui confia des sommes importantes dont il oubliait — peut-être avec intention — de lui demander compte. Mais si c'était une épreuve, Goliath, hâtons-nous de le dire, en sortit à son honneur.

Dès lors, la vie fut réglée, le temps employé soit à visiter la ville que les voyageurs n'avaient qu'imparfaitement vue, soit à parcourir les environs. Les longues courses à cheval, en chemin de fer, en traîneau, leur plaisaient surtout. Alors on apportait des fusils, on se livrait en plaine ou sous bois, à d'émouvantes chasses aux loups, aux cerfs, ou encore on grimpait parmi les rochers de la Sierra-Bolbones, pour combattre l'ours dans ses sombres repaires.

La Californie est un pays aujourd'hui complètement transformé. Là où autrefois les chercheurs d'or, hâves, déguenillés, minés par une fièvre incessante, bouleversaient le sol; où l'Indien nomade bâtissait son *wigwam*, où campaient les *gambusinos* farouches, s'élèvent des fermes opulentes, des moulins, des scieries, ou bien s'étendent de vastes cultures, des champs de blé, dont le rendement nourrirait tous les Etats-Unis. Partout existent des bourgades importantes, des villages qu'on eût vainement cherchés une vingtaine d'années auparavant.

Les Californiens, et en cela ils ont fait preuve de sagesse, ont renoncé à la recherche souvent aléatoire, presque toujours malsaine à l'âme comme au corps, du précieux métal pour se livrer à l'industrie, à l'agriculture. Et le succès a pleinement couronné leurs efforts : le commerce, l'agriculture, les enrichissent plus rapidement que ne le faisaient les mines autrefois.

L'exploitation de l'or n'a pas cessé pourtant; mais presque partout, elle est entreprise par de grandes compagnies qui réglementent le travail et remplacent en grande partie l'homme par des machines. Le mineur devient ainsi un ouvrier ordinaire, travaillant à heures fixes, régulièrement payé, et non un malheureux désespéré, dont la vie ou la mort, dépendait souvent d'un seul coup de pioche.

La Californie possède aussi des mines de mercure d'une richesse inouïe. Outre les énormes quantités qui sont pour ainsi dire employées sur place pour l'épuration de l'or, elles en produisent assez pour suffire aux besoins du monde entier.

Edmund Weddy possédait la topographie complète de la Californie, où il avait déjà séjourné deux ans. C'était lui qui guidait les aventuriers, ne leur faisant grâce d'aucun point important : depuis le mont Diavolo jusqu'aux arbres géants de la vallée de Calavéras, il leur fallut tout voir, tout admirer.

Aussi ces deux mois qu'on avait cru devoir être éternels, passèrent comme un songe.

L'heure décisive était sonnée.

XIX. — VOYAGE ÉMOUVANT SUR LE MISSISSIPI

Le 10 mars, deux mois après leur arrivée à San-Francisco, nos coureurs d'aventures remontaient dans les wagons de ce *Pacific-Rail-Road* qu'ils connaissaient déjà pour en avoir largement usé. Cette fois, la caravane était plus nombreuse qu'au départ de New-York, cette fois aussi la confiance était à l'ordre du jour : on marchait vers un but assuré.

De tous les souvenirs qu'ils emportaient de San-Francisco, le plus désagréable était sans contredit celui d'une rencontre avec de faux Indiens sur les cimes de la Sierra-Nevada. Ils en avaient été quittes pour laisser leurs armes, leur argent et leurs bijoux entre les mains de ces *salteadores* grimés en Pawnies, en Comanches ou en Dacotas ; mais au moins, comme le disait plaisamment Aristide, ils avaient conservé leurs chevelures, chose qui ne serait sans doute pas arrivée s'ils avaient eu affaire à de vrais sauvages.

Mais les Indiens se font très rares dans les Etats de l'Union. Leurs tribus errantes reculent de plus en plus devant la marche rapide de la civilisation. Chassés par les blancs implacables, sans espoir de reconquérir les territoires où dorment leurs ancêtres, ils errent misérablement dans les solitudes du nord, dans les plaines desséchées du sud, traqués comme des bêtes fauves, mais aussi n'épargnant pas les malheureux colons qui leur tombent sous la main.

De ces fiers guerriers des déserts, il ne restera bientôt plus que le souvenir.

Parfois cependant, comme on l'a vu dans ces temps derniers, ils prennent de terribles revanches. Mais que peuvent-ils, quand la division est dans leurs rangs? quand, au lieu de s'allier contre l'ennemi commun, ils se déciment entre eux? quand, enfin, le wiskey, ce terrible fléau apporté par les blancs, les abrutit et les tue?

Il existe presque aux portes de San-Francisco plusieurs tribus indiennes, mais dégénérées, abâtardies, adonnées à tous les vices; elles ne sont même plus dignes de pitié.

Le printemps commençait de nouveau à sourire sur la campagne américaine, et ces paysages, ces sites, qui, en janvier, avaient paru si désolés, s'animant sous les bienfaisantes caresses d'un soleil printanier, apparaissaient pleins de charmes et de poésie. Partout la neige fondait et s'amassait en torrents, en cascades au fond des ravins, des canóns; l'herbe verdoyait dans les plaines, les arbres avaient de nouvelles pousses et promettaient une riche frondaison. On aimait à voir cette jeune végétation près des sombres aiguilles des sapins qui, dépouillés de leurs blanches parures de frimas, présentaient un aspect plus lugubre encore.

— C'est le réveil de la nature! disait Weddy, en aspirant à pleins poumons l'air tout imprégné de fraîches senteurs, d'effluves balsamiques.

— Quel contraste avec l'aspect qu'offraient ces mêmes lieux il y a deux mois! ajoutait Aristide. Comme une ruche qui s'éveille, la campagne est pleine de bourdonnements, de frémissements; les nids s'accrochent déjà aux branches; et, sous ce beau soleil, dans cette nature rajeunie, l'homme rit, chante, se sent heureux de vivre...

Nous n'entreprendrons pas de raconter ce voyage qui ne serait qu'une redite du précédent. A Omaha-City, nos voyageurs prirent à peine le temps de se reposer, et, changeant de ligne, s'embarquèrent pour Saint-Louis.

Là, leur intention était de prendre le steamboat et de descendre le Mississipi jusqu'à la Nouvelle-Orléans.

Saint-Louis est situé sur le Mississipi un peu en dessous du confluent de ce fleuve avec le Missouri. C'est une ville d'origine française. On l'appelait autrefois la *capitale de l'Ouest;* mais aujourd'hui ce titre lui est disputé par San-Francisco.

Datant de 1762, Saint-Louis jouit donc d'une ancienneté peu commune aux Etats-Unis. Des rues noires, tortueuses, étroites, aux maisons d'une architecture surannée, attestent cette antiquité dans certaines parties de la ville, tandis qu'à deux pas de là, des voies larges bordées de palais, des hôtels de Crésus modernes, des monuments splendides, où rien n'a été épargné pour flatter le regard, parlent éloquemment en faveur du goût de notre époque.

Saint-Louis, bâti en amphithéâtre sur une petite colline, commande la vue du fleuve que traverse un large pont; mais déjà, sur ses deux rives s'élèvent une foule de fabriques, de blanches villas papillotant au soleil. Comme toutes les villes américaines, auxquelles l'espace n'a pas été ménagé, c'est un entassement de palais, de parcs, de jardins, de monuments grandioses, que domine la coupole élancée du *Capitole*.

Il existe entre Saint-Louis et la Nouvelle-Orléans plusieurs services de steamboats.

Ces steamboats méritent une description particulière. Ce sont ordinairement d'énormes bateaux plats, sans quille, et supportant au-dessus du pont un triple étage de salons et de cabines. Ces navires, qui appartiennent à de puissantes compagnies, parfois même à leurs capitaines, sont meublés, aménagés, ornés avec un luxe inouï. Les Américains, c'est une justice à leur rendre, entendent merveilleusement le confort. Sur leurs navires toutes les commodités de la vie, non seulement le nécessaire, mais encore le superflu, sont réunies, de sorte qu'on peut voyager l'esprit tranquille quant aux nécessités matérielles : avec de l'argent on ne manquera de rien.

Malheureusement, si sous le rapport du confortable, du bien-être, rien n'a été négligé, il n'en est pas de même sous celui de la sécurité. Le voyageur est un colis que le capitaine s'engage à choyer, à entourer de mille soins, mais dont il ne répond pas. On a vu sur les navires de deux compagnies rivales, les capitaines, debout sur la passerelle, s'invectiver, se menacer de leurs revolvers ; d'autres charger leurs fourneaux à rouge et risquer de se faire sauter plutôt que de s'avouer vaincus.

Là, en effet, est le grand point. En Amérique plus qu'en Angleterre, le temps c'est de l'argent, et le Yankee préférera s'embarquer sur le navire réputé le *plus vite*, au risque de faire un voyage dans l'espace en compagnie de ses dollars, plutôt que de se confier à un capitaine prudent et expérimenté, mais qui mettra cinq heures à accomplir un trajet que son concurrent peut faire dans quatre.

Au moment où nos aventuriers mettaient le pied sur le port, deux steamboats : le *Columbia* et l'*Alabama*, chauffaient justement pour la Nouvelle-Orléans. Les cloches tintaient, la vapeur sifflait, rauque et stridente, pour appeler les retardataires. Dociles à cet appel, on les voyait arriver de tous côtés, pêle-mêle avec les portefaix, les commissionnaires apportant les bagages, les voitures chargées de marchandises, qui bientôt s'engouffrèrent dans les larges flancs des monstres aquatiques.

Une simple planche faisait communiquer le quai avec les steamboats ; c'était par là que passaient marchandises et voyageurs.

— Nous arrivons au bon moment! dit Weddy, en passant le premier sur le *Columbia*.

— Bah ! répondit Goliath, les navires ne manquent pas sur le Mississipi, et si cela continue, ce ne seront pas les navires qui feront défaut aux voyageurs, mais les voyageurs aux navires.

— Puissamment raisonné, *my dear!* appuya Aristide en riant. Décidément, vous devenez d'une jolie force...

Goliath haussa les épaules, ne sachant si c'était une raillerie ou un compliment.

Enfin, le sacramentel : All right! ayant été prononcé, les amarres furent larguées, la vapeur siffla, la roue tourna dans des flots d'écume, et le *Columbia* emporta rapidement ses passagers.

Hector et Aristide étaient montés sur le pont, c'est-à-dire sur la plateforme servant de toit au troisième étage.

De là, ils jouissaient de la vue du fleuve, large et brillant comme une plaque d'acier poli, des rives couvertes d'une foule de villas, de bourgades entremêlées de jardins, de parcs, de grandes cultures, que dominaient des collines aux croupes mollement arrondies, se fondant déjà dans les teintes indécises du crépuscule.

Le *Columbia* filait toujours, battant l'eau de sa roue gigantesque, vomissant des flots de fumée noirâtre, et bientôt Saint-Louis, qui découpait nettement en bleu sombre ses maisons, ses palais, son Capitole sur l'écran lumineux du ciel, s'estompa par degrés et finit par s'évanouir dans le vague du soir.

La nuit tombait.

Sur le pont passaient et repassaient les passagers, parlant haut, gesticulant. Il y avait de tout dans cette foule : des officiers, des marchands, de simples touristes voyageant pour leur plaisir, de pauvres diables en quête d'une position, des ministres à l'air grave, des *commis-voyageurs en bible*, des femmes, des enfants, et aussi des escrocs, car il y en a partout en Amérique.

Tout cela allait, venait, mélangé, confondu ; l'Américain admet l'égalité partout, tant qu'elle ne s'attaque pas à sa bourse.

Pendant ce temps, les employés du steamboat donnaient les tickets et encaissaient la recette.

Puis la cloche sonna : cette fois pour avertir que le dîner était servi.

Aussitôt passagers, passagères, tout le monde se précipita vers les salons où de longues tables couvertes de linge éblouissant, de cristaux, d'argenterie, étaient dressées.

En vertu de l'axiome tout puissant aux Etats-Unis : *chacun pour soi,* les premiers arrivés s'emparèrent des meilleures places, des meilleurs plats, et bientôt on n'entendit que le bruit énergique de trois cents mâchoires, le choc des verres, et celui des fourchettes, heurtant, sans grâce ni merci, les riches porcelaines de la Chine et du Japon.

Le service était fait par des nègres, qui, depuis l'abolition de l'esclavage dans les États de l'Union, ont accaparé tous les emplois domestiques.

Le repas terminé, une partie des voyageurs se mit à la recherche des couchettes les plus moelleuses, tandis que l'autre remontait sur le pont. Hector, Aristide et Weddy, sur qui la fatigue semblait n'avoir aucune prise, étaient de ces derniers.

— La belle nuit! dit Hector, en jetant un regard sur la voûte étoilée.

La nuit était réellement splendide; la lune, semblable à une nacelle d'argent, balançait dans l'éther son croissant renversé; des millions d'étoiles lumineuses piquaient comme des clous de diamant la voûte foncée du ciel et réfléchissaient sur les eaux leurs rayons tremblants; c'était à peine si on pouvait apercevoir les deux rives, s'estompant faiblement au loin.

Tout à coup Weddy bondit.

— By God! fit-il, un point noir à l'horizon...

— Je ne vois qu'un point lumineux, répondit Aristide en riant.

— Oui, le feu d'avant de l'*Alabama* qui essaye de nous gagner de vitesse.

Le capitaine aussi l'avait aperçu.

— Chauffez! cria-t-il à l'ingénieur; chauffez à rouge!

Le charbon s'engouffra dans les fourneaux, les cheminées vomirent de noirs torrents de fumée, et le *Columbia* glissait sur les eaux calmes avec une rapidité fantastique.

Mais l'*Alabama* gagnait toujours.

— Chauffez! chauffez! cria le capitaine penché sur la bouche acoustique. Nous perdons.

— Les fourneaux sont pleins à déborder; nous marquons le maximum de pression : un degré encore et nous risquons de sauter.

— Qu'importe!

L'ingénieur ne fit aucune observation et ordonna aux chauffeurs de jeter encore, toujours, de la houille dans les fourneaux. C'était un coup d'œil vraiment satanique que la vue de cette chambre de chauffe éclairée par les rouges reflets des flammes au milieu de laquelle s'agitaient, comme des démons, l'ingénieur et ses aides, suant, gémissant, nus jusqu'à la ceinture, tandis que la machine hurlait avec un fracas assourdissant.

Le *Columbia* surmené vibrait, gémissait des profondeurs de la cale au pont, qui avait de violentes trépidations, des soubresauts terribles. L'*Alabama* aussi accomplissait les mêmes manœuvres; mais grâce à l'énergie, à la ténacité plutôt, du capitaine Benett, la distance était toujours la même.

— Il va nous faire sauter! cria Aristide. Mais cet homme est fou! Qu'importe une heure de plus, une heure de moins? On ne devrait pas permettre de telles choses.

— Le capitaine est roi sur son navire, répondit Weddy tranquillement. N'essayez pas de protester, on ne vous écouterait pas.

La lutte se continuait émouvante, terrible, pleine de péripéties entre les deux navires. Nul n'eût pu dire de quel côté penchait la balance, quand, tout à coup, un cri affreux retentit :

— Le feu! le feu!!!...

Une clameur horrible, une plainte déchirante sortit de cinq cents poitrines à ce cri funèbre.

Le feu avait pris à l'avant du navire communiqué par les étincelles, les flammèches embrasées que vomissaient sans cesse les deux énormes cheminées.

La rapidité de la marche aida encore à la violence du sinistre en rabattant les flammes sur l'arrière; en un clin d'œil le pont fut complètement balayé, et le pauvre *Columbia* disparut dans un linceul de flammes et de fumée.

Par bonheur, l'ingénieur avait pu noyer ses fourneaux. Passagers, matelots, tout le monde enfin se massa sur l'arrière, seul point encore respecté par l'incendie. Les uns parlaient de se jeter dans le fleuve, les autres voulaient mettre les embarcations à flot; bref, chacun se démenait, donnait son avis, mais personne n'agissait. Seul, le capitaine n'avait pas perdu la tête ; au début du sinistre, alors qu'il pouvait agir encore, il avait brusquement mis la barre tout à bâbord, et le *Columbia*, quelques minutes après, allait s'échouer sur un fond de vase.

Le jour allait paraître.

XX. — Où Nichols Godvolke et Archibald Loyton perdent
LEUR DERNIÈRE PARTIE

Comme Saint-Louis que nous venons de quitter, la Nouvelle-Orléans où nous arrivons doit sa fondation à l'or, au génie des Français. C'est la capitale de la Louisiane, ce pays enchanté, qui serait un véritable paradis terrestre sans ce terrible fléau : les fièvres paludéennes, qui, chaque année, font d'énormes ravages.

La nature est riante en Louisiane. La végétation, favorisée par un sol humide, est belle, luxuriante, pleine de sève et d'exubérance, et semble douée d'une jeunesse éternelle. C'est la terre promise du colon, qui recueille sans effort le centuple de ce qu'il lui confie.

Les premiers colonisateurs de la Louisiane, presque tous Français, avaient apporté sur ce coin de terre les mœurs, les habitudes et surtout l'amour de la mère patrie; et, aujourd'hui encore, si, perdue comme un nid sous le feuillage, on aperçoit une coquette villa aux longues avenues de jasmins, de magnolias, d'orangers, aux buissons de roses odorantes, de grenadiers en fleurs, on peut dire sans crainte de se tromper :

— C'est la demeure d'un Français.

Le sol de la Louisiane, propice à toutes les cultures, produit surtout le caféier, le cotonnier, le bananier, la canne à sucre. Mais depuis la suppression de l'esclavage, la grande culture a baissé de cent pour cent, et bien des colons découragés, à moitié ruinés, ont préféré renoncer à la lutte. Le Yankee alors les a remplacés, morcelant, détruisant, modifiant et surtout calculant profondément.

La ville est construite sur le Mississipi, ce *Père des Eaux* chanté par Chateaubriand, et conserve encore aujourd'hui le double cachet des deux peuples qui l'ont bâtie. Une rue, Canal Street, la sépare nettement en deux parties : ici, le quartier français avec ses rues de Chartres, du Rempart, de Bourgogne, etc..., ses magasins calqués sur ceux de Paris, ses églises catholiques, ses couvents, son archevêché, ses restaurants, son théâtre enfin; là, le quartier américain où se dresse le *City-Hall*, où sont les bourses, les banques, les casernes, etc.

Les maisons, à la Nouvelle-Orléans, sont généralement propres et bien entretenues, grâce à cette habitude, fort utile dans les pays chauds, d'enduire les murailles d'une couche épaisse de stuc ou de peinture à l'huile.

Les Louisianais semblent avoir la passion des fleurs; on en voit partout dans la ville, sur les places, aux portes des cafés et des hôtels, sur les balcons des habitations, et cette profusion de fleurs, de feuillage s'étalant en larges touffes ou grimpant le long des murailles, entourant de leurs festons les grandes fenêtres, donne aux demeures les plus pauvres un aspect coquet et réjouissant qui flatte agréablement le regard.

Mais au moment où nous y pénétrons, la Nouvelle-Orléans était dans la consternation. On avait su par le capitaine de l'*Alabama* le malheur arrivé au *Columbia*, et chacun craignait pour les siens. Le nombre des victimes n'était pas connu encore. Les uns affirmaient qu'il était minime, en égard au grand nombre des passagers du *Columbia*; d'autres disaient, au contraire, que personne n'avait échappé au terrible sinistre.

De courageux citoyens avaient immédiatement affrété un steamboat; d'autres, espérant être rendus plus vite, avaient pris le railway. Pendant qu'ils couraient ainsi à la recherche des malheureux sinistrés, la foule attendait à la gare, sur le warf où stationnent les steamboats.

Enfin, la nouvelle arriva, transmise par le télégraphe. Grâce au sang-froid du capitaine Benett qui avait réussi à échouer son navire, le débarquement s'était effectué sans danger et tous les passagers, tout l'équipage avaient pu gagner Memphis, où les soins les plus fraternels leur avaient été prodigués.

A part quelques brûlures, quelques contusions sans gravité, on n'avait aucun accident grave à enregistrer.

L'agio, comme toujours, s'était emparé de cette affaire. En moins d'une nuit, les actions de la compagnie, à laquelle appartenait le *Columbia*, avaient baissé du tiers, pendant que celles de l'*Alabama* s'élevaient d'autant.

Toujours pratiques, ces dignes Yankees !

Le lendemain de la catastrophe, vers quatre heures du soir, les passagers du *Columbia* débarquaient à la gare : un train spécial avait été mis à leur disposition.

— Enfin, dit Aristide en descendant de wagon, nous y voilà ! Ça n'a pas été sans peine, par exemple !... Quel voyage, mes amis ! quel voyage !... De l'émotion *à la clef* sur toute la ligne...

— Oui, répondit Hector d'une voix grave. Maintenant l'heure décisive est venue ! il faut agir.

Et pendant que Goliath, Hector et Aristide se cachaient dans un restaurant de modeste apparence, que Weddy, muni de ses mandats d'amener, se rendait au bureau de police, Bill et Dick, les deux mains dans les poches, arpentaient la ville à la recherche de la rue du Rempart.

Cette rue, une des plus vieilles de la Nouvelle-Orléans, appartient au quartier français. Les deux hommes marchaient lentement, bâyant aux corneilles, déchiffrant les enseignes et les numéros des maisons. Tout à coup Bill tressaillit.

— Les voilà ! dit-il.

En effet, Weddy, à la tête d'un détachement de policemen, débouchait à l'autre extrémité de la rue.

En même temps Dick s'écriait :

— C'est ici !

La maison portant le numéro 10 était basse, délabrée, et semblait n'avoir pas été habitée depuis longtemps. Les murailles, noires de vétusté, étaient décrépites et crevassées ; les fenêtres n'avaient plus de vitres, la rouille rongeait le balcon de fer forgé.

Dick souleva le lourd marteau, qui retomba avec bruit.

Un nègre, une sorte d'hercule, ouvrit.

— Que voulez-vous? demanda-t-il, en jetant dans la rue un regard inquiet.

Mais Weddy et ses hommes s'étaient blottis dans les encoignures des maisons.

Pour toute réponse, Bill tendit au nègre la carte qu'il avait conservée.

— Vous êtes Bill Swift et Dick Crane?...

— Oui, firent les deux hommes.

— Vous étiez attendus. Trouvez-vous ce soir, à minuit, sur la rive gauche du fleuve un peu au-dessus de la ville, vous y rencontrerez les personnes que vous désirez voir.

Et, brusquement, il referma la porte au nez des deux hommes stupéfaits.

.   .   .   .

Le soir même, à quelque distance de la ville, deux hommes enveloppés dans de grands pardessus, sous lesquels se dessinaient les crosses de deux revolvers, cheminaient lentement.

A quelques pas en arrière, mais dissimulé derrière les troncs des grands arbres, un petit détachement composé d'une douzaine d'hommes suivait le même chemin.

La nuit était calme et toute embaumée des parfums des fleurs. La lune, à son premier quartier, versait sur le paysage sa clarté vaporeuse et réfléchissait ses rayons sur la surface du Père des Eaux, qui semblait un lac immense et sans horizon.

C'était une vraie nuit louisianaise.

Les deux hommes marchaient toujours. Soudain, une ombre bondit au milieu de la route et s'avança vers eux. C'était le nègre.

— Vous êtes seuls? dit-il d'un air soupçonneux.

— Oui, répondirent les deux hommes.

— Suivez-moi.

Sans répondre, les deux hommes obéirent. La route était large et bordée d'un côté par le fleuve, de l'autre par une muraille de grands arbres. Les deux hommes marchaient derrière le nègre sans échanger une seule parole; cependant l'impatience commençait à les gagner.

Ah ça! dit tout à coup l'un d'eux, en s'arrêtant brusquement, voilà une heure que nous marchons sans savoir où nous allons. Il serait temps de nous le dire : nous n'avons pas l'intention de courir au bout du monde.

— Vous n'irez pas si loin, répondit le nègre, nous sommes arrivés.

En même temps il étendit la main vers une petite maison isolée, profilant sa masse grisâtre dans la demi-obscurité de la nuit.

Moins d'un quart d'heure après, la porte s'ouvrait, et les trois hommes disparaissaient dans l'intérieur de la maisonnette.

Alors il s'opéra un mouvement étrange. Ces hommes que nous avons vus tout à l'heure suivant, dissimulés derrière les arbres, la marche des promeneurs nocturnes, bondirent sur la route et entourèrent la maisonnette.

Cependant les trois premiers étaient entrés. Dans l'unique salle, deux autres hommes se tenaient assis derrière une petite table supportant une lampe et tout un arsenal de poignards et de revolvers.

C'étaient Nichols Godvolke et Archibald Loyton.

— Eh bien ? dirent-ils en voyant les deux hommes, est-ce fait ?

— Tout ce qu'il y a de plus fait, répondit Bill, car c'était lui.

— Ils sont morts ?

— Et enterrés.

Un atroce sourire plissa les lèvres de Nichols.

— Vous avez bien mérité votre salaire, dit-il, en appuyant la main sur son revolver ; mais avant de vous compter la somme promise, il nous faut des preuves...

— En voilà ! s'écria Bill qui n'avait perdu aucun des mouvements du coquin. A moi, Dick !

Et bondissant par dessus la table, avant que Nichols puisse se servir de son arme, il l'avait saisi à la gorge. Le choc fut si terrible que la table se renversa, entraînant lampe et armes, qui roulèrent sur le sol où les deux combattants se tordaient déjà.

Archibald, plus prompt, avait visé Dick ; mais celui-ci, en se baissant, évita la balle, et, comme Bill, se précipita sur son ennemi.

La lampe, en se renversant, s'était éteinte. Les cinq hommes, car le nègre n'était pas resté inactif, combattaient dans les ténèbres, se tordaient, s'enlaçaient, criaient avec rage en essayant de faire usage de leurs armes.

— Forwar ! forwar ! criait Bill.

Mais la porte de la masure était verrouillée en dedans, et il fallut l'enfoncer. Quand la petite troupe entra dans la salle qu'éclairait un blanc rayon de lune pénétrant par la porte défoncée, le spectacle était horrible : dans le fond, Bill, le poignard levé, tenait son ennemi impuissant, paralysé sous son genou ; plus près Dick, Archibald et le nègre luttaient encore.

— Bas les armes ! dit le constable d'une voix retentissante ; la loi seule est maîtresse ici...

Lançant un regard chargé de haine sur ceux qu'il avait cru morts, Archibald se recula jusqu'au fond de la salle. Bill aussi avait abandonné son ennemi ; mais, chose étrange ! les yeux fixes et démesurément ouverts, le visage contracté, les lèvres teintes d'une écume sanglante, le bandit ne donnait plus signe de vie.

Déjà un des policemen avait rallumé la lampe.

— Cet homme est mort ! dit-il.

— Mort ! s'écria Bill ; mais je ne l'ai pas frappé pourtant.

C'était vrai, le misérable était mort. Se voyant démasqué, sentant ses victimes lui échapper, pris d'un accès de délire furieux, il s'était rué sur Bill, rugissant, mordant comme une bête fauve arrivée au dernier paroxysme de la rage. Mais tout à coup, il s'était affaissé lourdement, vomissant le sang à pleine bouche : un vaisseau s'était rompu dans sa poitrine, et il était mort, mort comme Ichabod Creikfoorth...

— C'est la justice de Dieu ! dit Hector d'une voix grave.

Retiré au fond de la salle, sombre, menaçant encore, Archibald regardait. Cette fin épouvantable de son complice ne le touchait aucunement ; il n'avait qu'une pensée : fuir.

Soudain il repoussa brusquement les deux hommes qui le gardaient à vue, et, profitant de ce que les autres acteurs de cette scène, encore sous l'impression de la mort affreuse de Nichols, ne faisaient pas attention à lui, il se rua vers la porte, et en un clin d'œil fut sur la route.

— Adieu ! ricana-t-il, nous nous reverrons...

Cinq ou six coups de feu saluèrent cette bravade insolente, mais le misérable ne fut pas atteint. Déjà il se croyait sauvé, quand des ombres noires lui barrèrent la route ; il voulut reculer : Weddy et Hector, le revolver au poing, lui coupaient la retraite.

— Nous avions prévu cette fugue, cher monsieur ! lui cria Weddy.

— Damnation ! tout m'accable, tout m'échappe à la fois !

Et poussant un ricanement strident :

— Ils ne m'auront pas vivant ! rugit-il.

Devinant son intention, les policemen s'élancèrent. Mais trop tard ! Archibald s'était précipité dans le fleuve.

On entendit un cri déchirant, suivi du bruit d'une chute. Le flot s'ouvrit en bouillonnant et se referma sur sa proie.

Ce fut tout...

Penchés sur la berge, Hector et Aristide regardaient, interrogeaient anxieusement l'immense surface du fleuve ; mais vainement ; rien ne se montra...

— Aurait-il réussi à s'échapper ? se demanda Hector.

— Non, dit Weddy, le Mississipi ne rend plus sa proie quand il l'a saisie : cet homme est mort.

— Et Ichabod Creikfoorth est vengé ! fit Hector d'une voix retentissante.

Quelques jours plus tard, la petite caravane rentrait à New-York. Hector, pris d'une lassitude, d'un découragement bien faciles à comprendre après de telles émotions, avait résolu de se fixer pour quelque temps à New-York, où, d'ailleurs, la succession à peine liquidée de l'oncle Creikfoorth réclamait sa présence.

— Ma mère viendra me rejoindre ici, dit-il à Aristide, qui le pressait de retourner à Paris éblouir de son immense fortune leurs amis d'autrefois, et nous essayerons d'oublier et de nous faire oublier. Plus tard, quand le temps aura passé sur ces événements sinistres, quand de tous ces drames il ne restera plus que le vague souvenir, j'irai.

Aristide haussa les épaules.

— Enfin, comme tu voudras ! dit-il. Moi, j'ai fait mes malles et je retourne dans mon cher Paris. Là seulement on vit, on respire, en sécurité. Et c'est sans regret, vois-tu, que je dis adieu à ce pays charmant des bowie-knifes, des revolvers et des faux Indiens, à cette patrie des steamboats qui brûlent, des chemins de fer qui déraillent.

Si agréable que soit la société de messieurs Weddy, Goliath, Dick et Bill, tous noms harmonieux, je leur préfère celle de bons boulevardiers comme moi : Mais que vont-ils devenir ?

— Goliath a témoigné le désir de rester près de moi, et j'ai consenti, car ce garçon m'est attaché, et sa conversion est sincère. Weddy a été largement récompensé.

Quant à Bill et Dick, je leur ai compté assez d'argent pour qu'ils puissent acheter une ferme et la faire valoir, entreprendre un métier quelconque, vivre enfin honnêtement.

— Tu es assez riche pour cela. Mais, dis-moi, cet argent, ce trésor caché par les bandits sur les rives du Susquehanna, tu ne vas pas le laisser là, je suppose ?...

— C'est de l'or maudit, car il est taché de sang, répondit Hector d'une voix sombre. Qu'il reste là où les bandits l'ont enfoui, ce trésor qui a coûté la vie de trois hommes. Je n'en veux pas !

— Diable ! fit Aristide, avec une grimace comique, je m'en contenterais bien, moi. Enfin suis ton idée. Mais le paquebot part dans une heure ! encore une fois, viens-tu ?

— Je te l'ai déjà dit, pas maintenant... Laisse-moi oublier, laisse l'oubli se faire autour de moi.

Les deux hommes émus échangèrent une solide et fraternelle poignée de main.

— Adieu donc, dit Hector, et puisses-tu être heureux comme tu mérites de l'être ! Je n'oublierai jamais les longues heures que nous avons passées ensemble.

— Ni moi, car elles ont été trop émouvantes. A propos, sais-tu quelle pensée me vient ?

— Non.

— Prends garde : j'ai le pressentiment qu'Archibald Loyton n'est pas mort.

FIN DE LA PREMIÈRE PARTIE

DEUXIÈME PARTIE

—

WILLIAM CLARKE & Cie

DEUXIÈME PARTIE

WILLIAM CLARKE ET Cie

I. — Coup d'œil général sur le Canada et ses habitants

Québec !...

Ce nom seul suffit encore aujourd'hui à faire vibrer la corde patriotique au cœur de tout Français ; il évoque tout un monde de souvenirs glorieux, mais attristants aussi... Qui n'a entendu parler de cette ville construite sur ce fleuve magique, le Saint-Laurent, découvert en 1535 par notre compatriote Cartier ? Qui ne sait que Québec était autrefois la capitale du Canada français, notre plus belle colonie ? Qui n'en regrette la possession ?...

Le Canada a conservé encore les mœurs, les usages, le culte, le parler même de la mère patrie. Dans de grandes fermes, faites de troncs superposés ou de pierres blanchies à la chaux, vivent des hommes énergiques, courageux, Français de cœur et se vantant encore, avec une naïveté touchante, de parler dans toute sa pureté la langue de Molière et de Corneille.

La population du Canada est fort mélangée pourtant : à côté des Canadiens pur sang, descendant en droite ligne des premiers conquérants et fort attachés à la religion catholique, sont des Irlandais, des Anglais, des Yankees presbytériens, des hommes à la stature herculéenne, au visage cuivré, nés de pères européens et de mères indiennes.

Les trois principales villes du Canada sont Québec, Montréal et Ottawa : les deux premières sur le Saint-Laurent ; la troisième, sur la rivière de ce nom.

Le territoire du Canada, sujet à bien des contestations de la part des Français et des Anglais d'abord, des Anglais et des Américains ensuite, formerait à lui seul, partout ailleurs qu'en Amérique, un Etat puissant. Son climat rappelle celui de la France; il est sain, mais les étés y sont plus excessifs, les hivers, plus rigoureux. La grande artère qui la traverse, le Saint-Laurent, reçoit de nombreux affluents : le Saguenay, le Saint-Maurice, l'Ottawa, pour ne parler que des principaux; et ces cours d'eau, qui promènent leurs méandres capricieux à travers les plaines sans bornes, se creusent des lits dans les défilés des montagnes ou bondissent en torrents, en rapides par dessus les noirs *chicots*. Ils donnent à la végétation une sève, une exubérance magique.

La population presque entière est adonnée à l'agriculture. Les fermes, nous l'avons dit plus haut, sont généralement faites de troncs d'arbres superposés, ou encore bâties en pierres. La première manière, alors que l'abondance des chênes et des érables parmi lesquels la hache n'avait qu'à choisir, rendait cette construction facile, tend à disparaître. Ces *blockaus*, fortifiés contre les attaques des sauvages, sont inutiles aujourd'hui et offrent un aliment trop facile au terrible fléau de ces régions : le feu... Aussi les maisons de pierres, gaies, papillottantes sous leur blanc badigeon, leurs grands toits de tuiles rougeâtres, se font-elles de plus en plus nombreuses.

Parfois ces maisons sont éloignées les unes des autres de plusieurs milles; parfois, au contraire, elles se rejoignent, se groupent au bord d'un lac, d'un ruisseau en gracieux villages, que domine le clocher aigu d'une petite église catholique; et, avec leurs murs blancs, leurs énormes toits rouges, tranchant sur un fond de verdure, elles semblent un gai décor d'opéra comique.

A côté des productions essentiellement américaines, croissent toutes les plantes d'Europe. Ici sont d'immenses plantations de maïs, de blé, de tabac, de pommes de terre; là des pâturages s'étendent à perte de vue comme une mer houleuse; ailleurs de sombres forêts de pins, de mélèzes, de cyprès, d'érables rouges, si précieux pour le sucre qu'ils donnent, grimpent le long des montagnes et des collines rocheuses.

Les merisiers, les pruniers, les cotonniers sauvages couvrent de vastes espaces; sur les bords des lacs et des rivières, croissent des roseaux aussi hauts que des hommes, des saules chevelus, des joncs, des oseraies et mille plantes aquatiques.

Mais il ne fait pas bon s'écarter dans ces solitudes! Si les lièvres, le renard argenté, le cerf, le chevreuil, une foule d'oiseaux au plumage chatoyant, à la chair exquise, offrent une proie assurée au chasseur, dans les profondeurs des forêts grognent des ours terribles, des loups affamés, et il

Tout s'effondre devant eux... (page 120)

n'est pas rare de se trouver subitement face à face avec un lynx, un couguar ou un horrible *grizly*.

Les animaux à fourrure ont été de tout temps la grande ressource du chasseur canadien. Tous les romans ont popularisé ces types merveilleux, ces aventuriers, vivant des années entières en pleine forêt, où ils se bâtissent de misérables huttes. En hiver, ils bravent le froid mortel, les horribles chasse-neiges; en été, la chaleur torride, ne communiquant que très rarement avec les Indiens nomades, ces enfants perdus de la civilisation qui, la hache à la main, le fusil sur l'épaule, quelques provisions sur le dos, s'aventurent à travers les plaines et les montagnes, des rives de l'Atlantique à celles du Pacifique, ne comptent que sur leurs jambes pour les porter, sur leurs fusils pour les nourrir, sur leur courage et leur sang-froid pour se tirer d'affaire.

Les premiers pionniers, qui parvinrent d'une mer à l'autre, traversant ainsi l'Amérique du Nord dans sa plus grande largeur, furent des Canadiens français...

Honneur à eux !

Beaucoup de ces hommes intrépides, nés d'Européens et d'Indiennes, joignent à la ténacité, à l'esprit rusé de leurs mères, le courage, l'intelligence de leurs pères, et n'ont d'autre profession que celle de guider les voyageurs.

Mais si la race blanche, c'est-à-dire le progrès, la civilisation, avance chaque jour d'un pas sûr et ferme, conquiert sans cesse, poussée par cette fièvre de déplacement qui fait que l'homme aujourd'hui trouve le monde trop étroit, il ne faut pas croire que la race rouge ait disparu du sol.

Hélas ! combien cependant sont réduits, abrutis, dégénérés, ces libres enfants du désert qui, il y a un siècle à peine, régnaient en maîtres dans ce pays? Où sont-ils ces hardis guerriers qui prêtaient leur concours à Wolfe, à Montcalm, les deux plus grandes figures de la guerre anglo-française? Toute poésie, toute vaillance a disparu. Les uns, affublés des loques que le goût moderne a jetées sur nos épaules, vivent dans les fermes, font métier de trappeurs, ou servent de pilotes sur les fleuves; les autres, indomptables, mais renonçant à une résistance impossible, errent misérablement le long des lacs supérieurs, dans les neiges de l'extrême nord, n'ayant pas toujours du feu dans leurs *wigwams*, une tranche de bison à donner à leurs malheureuses *squaws* et à leurs enfants.

La famine, les maladies contractées parmi les blancs, l'ivrognerie surtout, les déciment cruellement.

Aussi que de haines s'amassent dans ces rouges poitrines ! Que de souvenirs d'ignominie font tressaillir ces hommes, qui ne connaissent qu'une loi : le talion; qui n'honorent qu'une vertu suprême : la vengeance! Et quand vient la nuit sombre, sans étoiles, malheur au pionnier de l'extrême frontière qui n'a pas solidement fortifié sa demeure! L'homme rouge sait attendre, il choisit son heure, et c'est toujours avec la rapidité de la foudre qu'il fond sur sa proie. Alors la flamme brille, les coups de feu retentissent, éclairant de leurs lueurs fugitives les corps rouges et musculeux des guerriers tourbillonnant comme le vent sur leurs petits chevaux. Tout s'effondre devant eux, et le malheureux colon, frappé le premier, voit encore, dans un suprême regard, sa femme et ses filles, emmenées en esclavage, à moins que leurs chevelures n'aillent, trophées hideux, orner la ceinture des chefs...

Revenons à Québec.

La ville est bâtie sur la rive gauche du Saint-Laurent, que traverse le railway venant de New-York. Elle se divise en ville haute et en ville basse; l'une couverte des nombreuses constructions, indispensables à un grand port de commerce, l'autre, de maisons hautes et monumentales.

« Avec ses maisons d'une éclatante blancheur, relevées de vert; attachées » au flanc d'une haute colline, qui a l'air de se dresser au milieu du grand » fleuve pour en barrer le passage, Québec, disent MM. Milton et Cheadle, » a une beauté qui frappe au-delà de toute expression ».

Québec est riche en monuments. Les uns sont bas, écrasés, mais trapus, et datent de la domination française, du temps où Champlain construisait des forts, élevait des casernes et des remparts; les autres, plus légers, appartiennent au style anglo-saxon. Parmi les premiers, il faut compter l'université, le séminaire et la cathédrale, morceau splendide qui ne déparerait pas une de nos grandes villes.

Les quais, contrairement à ceux de New-York, sont bâtis en solides pierres de taille. Beaucoup de rues. comme dans les cités du moyen-âge, grimpent tortueuses, accidentées, semblables à des escaliers de géants le long de la colline, au sommet de laquelle se dresse un vieux fort construit par les Français. Ailleurs de vastes espaces apparaissent tout ensoleillés, tout couverts de fleurs, de verdure, d'où émergent de blanches statues de marbre, et les frontons capricieux des fontaines publiques.

II. — DANS LEQUEL ON FERA CONNAISSANCE AVEC WILLIAM CLARKE, L'USURIER DE LA RUE CASSE-COU

Le 6 juin de l'année 187... tombait justement un dimanche, jour sacré dans toutes les villes anglaises, à tel point qu'il est absolument interdit de se livrer à aucun travail, l'idée religieuse absorbant tout.

Ce jour là, les postes, les télégraphes, les théâtres, cafés-concerts, services publics, chôment rigoureusement : c'est à peine si les tramways et les chemins de fer ont le droit de rouler.

Il pouvait être huit heures du matin. Le ciel sombre roulait de gros nuages gonflés d'électricité, que traversait par moment un gai rayon de soleil. La chaleur était accablante. Aucun souffle ne vibrait dans les branches des arbres ; le Saint-Laurent, glauque et terreux, semblait congelé, tant sa surface était immobile.

Les braves bourgeois, qui, sur le pas des portes, essayaient de respirer dans cette fournaise, hochaient mélancoliquement la tête en murmurant cette vérité incontestée :

— Il y a de l'orage dans l'air !

— C'est certain ! reprenaient d'autres. Le fleuve se recueille pour mieux rugir, et gare au vent du large !... Il y a dans l'est des nuages qui ne disent rien de bon...

— Il ne fait pas bon en pleine mer... ajoutaient de nouveaux causeurs.

Mais les cloches tintaient gaiement, appelant les fidèles aux offices : chacun répondait à leur voix, et, tandis que les uns, graves, recueillis, s'acheminaient vers les temples presbytériens, les autres, en plus grand nombre, prenaient la direction de la cathédrale.

Laissons-les, et aventurons-nous dans la rue Breakneck, si bien nommée *Casse-Cou*, qui, avec ses larges escaliers de granit, aux degrés usés par plusieurs générations, semble vouloir escalader le ciel.

Des deux côtés de cet escalier bizarre, qui est une rue pourtant, sont de grandes maisons, puis des échoppes habitées par des ouvriers et des petits commerçants. Presque toutes les enseignes, suspendues à des tringles de fer comme au bon vieux temps, sont libellées en français ; et, dans les jours ordinaires, le gai babil des artisans, des boutiquiers, les cancans, les commérages des femmes, prouvent surabondamment que l'élément latin domine dans ces parages.

Arrêtons-nous en face d'une de ces maisons. Les deux fenêtres du premier étage sont ornées d'écussons où, sur un fond noir, se détachent ces mots en lettres d'or :

CABINET D'AFFAIRES
William Clarke and Cº.

Un jour terne, tamisé par d'épais rideaux de cotonnade, éclaire mal la grande pièce servant d'*office* ou de bureau. L'ameublement de cette chambre est atrocement banal et rappelle celui de tous les établissements de ce genre : un grand bureau en acajou, des casiers contenant des cartons verts, soigneusement étiquetés, deux fauteuils, quelques chaises recouvertes de cuir vert, et c'est tout.

Au-dessus de la cheminée est suspendue une grande carte de l'Amérique du Nord.

Au moment où nous pénétrons dans l'office, William Clarke est assis dans son grand fauteuil, la tête appuyée dans ses deux mains. Sur la tablette du bureau est un télégramme, qu'il paraît lire et relire avec une attention soutenue.

C'est un homme d'une taille au-dessus de la moyenne, sec, maigre, déhanché; ce qui, avec ses cheveux d'un rouge vif, semble lui donner une origine irlandaise. Il peut avoir quarante ans ; — nous disons il peut, car son visage glabre et sillonné de rides profondes, ses lèvres minces et sèches, son front bas et bombé, pourraient aussi bien appartenir à un homme de trente ans. D'épaisses lunettes bleues cachent entièrement l'expression de son regard : c'est dans sa mise un peu vieillotte qu'il faut avant tout rechercher son âge.

Il se dit *homme d'affaires*. En effet, le mot est élastique et se prête à toutes les interprétations possibles. La vérité est que Master Clarke est tout simplement un vulgaire prêteur sur gages, un *pawnbroker*, dont l'industrie fuit le grand jour, un brasseur d'entreprises véreuses, frisant de près la prison.

Soudain il se lève, et, froissant le télégramme dans sa main crispée, il le jette au loin.

— C'est intolérable! murmure-t-il ; j'étouffe dans cette atmosphère viciée! Quoi ! j'aurai lutté jusqu'au bout, échappé par miracle à la mort pour venir m'enterrer ici, annihiler mon esprit dans des combinaisons mercantiles, pour risquer à chaque minute la trahison d'un complice, la défiance de la police ! Quoi ! je me croiserai les bras quand là-bas dorment des millions! Allons, Archibald, mon ami, du nerf, il est temps d'agir!...

Un violent éclat de tonnerre l'interrompit. Il écarta le rideau et regarda. La pluie tombait à flots et, chassée par la violence du vent, roulait en cascades, le long des gigantesques escaliers de granit.

Il appuya son front brûlant contre la vitre et parut réfléchir profondément, tout en regardant les pauvres bourgeois barbotter comme des canards dans deux pieds d'eau et de boue.

— C'est étrange! se dit-il, je ne puis voir un orage sans me rappeler cette nuit terrible. Oui, Nichols avait raison, il eût fallu les tuer... Oh ! cet homme... je le hais !... Il est heureux, lui, tout lui sourit... Mais je me vengerai... il le faut!...

En ce moment la porte s'ouvrit, et un enfant d'une douzaine d'années, pâle, souffreteux, vêtu d'une livrée fantaisiste, passa sa tête ébouriffée dans l'entrebâillement.

— Que voulez-vous, Dick? Vous savez bien que je n'aime pas à être dérangé... grommela William Clarke.

— C'est un homme qui demande à vous parler pour affaires.

— Pour affaires !... Qu'il aille au diable... l'office est fermé aujourd'hui.

— Ne m'envoyez pas si loin, monsieur Clarke... fit un grand gaillard qui pénétra sans façon dans la pièce. Le *boy* a bien dit : *affaires*, mais il n'a pas ajouté *affaires importantes*.

— Revenez demain.

— Et puis-je attendre, by-God ! dit le nouveau venu avec découragement. Il faut manger, même le dimanche... Ecoutez, monsieur Clarke, je suis venu à vous, qu'on dit secourable au pauvre monde et pas trop... difficile sur la provenance des objets qu'on vous offre... Ne me repoussez pas.

William le foudroya d'un regard indigné.

L'homme eut peur.

— Ne me chassez pas, Monsieur! reprit-il en joignant les mains. Jenny et les enfants n'ont rien mangé depuis avant hier, et, dans de pareils moments, je vois rouge, je commettrais un crime pour un penny... Par pitié, écoutez-moi... Tenez, regardez ces objets... prenez-les pour ce que vous voudrez... pour la moitié, le quart de leur valeur... pour une bouchée de pain...

Et, d'un mouvement brusque, il jeta sur la tablette du bureau une montre de femme en or, enrichie de brillants, et une longue chaîne en or également.

D'un coup d'œil rapide, William évalua la valeur de ces objets, puis son regard s'abaissa sur le malheureux suppliant, et il sourit.

— De pareils bijoux ne se trouvent pas ordinairement en la possession de gens tels que vous, dit-il d'une voix sévère; ils proviennent évidemment d'un vol...

L'homme courba la tête.

— Jenny et les petits ont faim...

— Mon devoir, continua l'usurier, serait de faire appeler un constable et deux policemen, et de vous remettre entre leurs mains. La prison, vous le savez, ne chôme jamais, pas même le dimanche.

L'homme tressaillit; il pâlit, et sa main crispée se noua convulsivement autour du manche d'un poignard caché sous ses loques.

— Mais je n'en ferai rien, continua William Clarke, sans paraître remarquer ce mouvement, gros de menace. Vous m'avez l'air d'un bon compagnon et je veux vous obliger. Mais, auparavant, dites-moi comment vous vous nommez...

— Bob Thorps, répondit l'homme.

— Vous n'avez aucun métier?

— On fait ce qu'on peut, Monsieur. Parfois je travaille sur les quais au chargement et au déchargement des navires ; je vends des allumettes, des crayons, du papier à lettre dans les rues ; je distribue des imprimés quand l'occasion s'en présente.

— Je comprends... Vous avez été condamné... vous avez volé...

— Deux fois seulement... Mais c'était pour donner du pain aux petits... répondit Bob Thorps tristement. Par pitié, Monsieur... le temps se passe et les enfants attendent...

— Voici dix livres, c'est tout ce que je peux vous prêter sur ces objets, dit William Clarke qui ouvrit son coffre-fort et en tira quelques pièces d'or qu'il mit dans la main de Bob. Maintenant signez-moi ce ticket et nous serons en règle.

Bob empocha joyeusement les dix livres et signa, sans le lire, le papier que l'usurier avait rapidement libellé.

— Un mot encore et vous êtes libre, continua William Clarke. Je suis sur le point d'entreprendre une campagne périlleuse, mais qui rapportera gros. Pour cela, j'ai besoin d'hommes énergiques, prêts à tout et peu scrupuleux... Voulez-vous en être, et avant six mois votre fortune sera faite ?

Bob réfléchit un moment.

— Eh bien?

— J'accepte ! répondit Bob Thorps brusquement. S'il y a des coups à donner, des profits à faire, je suis votre homme ; au besoin même, je vous trouverais une douzaine de gaillards de ma trempe. J'habite les faubourgs de l'est ; à quelque heure du jour ou de la nuit que vous veniez, je serai là...

Il salua une dernière fois et sortit, faisant sonner dans ses poches l'or que l'usurier venait de lui compter.

Un sourire de triomphe entr'ouvrit les lèvres de William.

— La partie n'est pas encore perdue ! murmura-t-il.

Il ramassa le télégramme qu'il avait si brusquement jeté quelques minutes auparavant et le parcourut de nouveau avec une attention soutenue.

Voici ce qu'il contenait :

« Boston, 5 juillet 187... — H. L., sa femme et G. partis avant hier sur
» steamer *Eagle* pour Québec et Montréal.
» Avisez ! »

— Ainsi ils viennent ! continua William ; ils accourent au devant de ma haine?... Ah ! je le disais bien : la fortune me sourit encore ; les millions qui dorment sur les rives du Susquehanna m'appartiendront bientôt!... Avec

des hommes comme Bob Thorps on peut tout oser... Vienne donc le jour
de la lutte, je suis prêt !...

Hector Lassalle, Goliath, nous nous reverrons !

Suffoqué par l'excès de sa joie, il se laissa tomber dans un fauteuil, et, la
tête ensevelie dans ses deux mains, il se prit à songer longuement.

III. — CE QUE LUT WILLIAM CLARKE DANS LE JOURNAL DE QUÉBEC

Quel était cet homme, ce William Clarke que nous venons d'entrevoir ?

Nos lecteurs n'auront aucune peine à mettre un nom sur cette face cynique : ils reconnaîtront Archibald Loyton, le sinistre gredin qui, en compagnie de ses dignes amis Nichols Godvolke et Goliath, avait assassiné le
vieil américain et tenté de se substituer à Hector Lassalle.

Ils se rappelleront encore cette suite d'évènements tragiques qui se sont
déroulés de New-York à Washington, continués de Washington à San-
Francisco, pour finir par une catastrophe terrible sur les rives du Mississipi.

Mais comment se fait-il que cet homme que tous croyaient mort repa-
raisse aujourd'hui ? Pourquoi le retrouvons-nous à Québec.

Ceci mérite quelques explications.

On se souvient de la mort atroce de Nichols Godvolke, de ce moment
plein d'angoisses terribles où, repoussant brusquement les constables qui,
conduits par Weddy, avaient fait invasion dans la petite chaumière, le bandit s'était précipité dans les flots en lançant une dernière malédiction.

Mais mourir n'était pas l'intention d'Archibald Loyton !... Nageur intrépide, tantôt sous l'eau, tantôt caché par les grandes masses de plantes aquatiques, il était parvenu, après un détour habile, à regagner la rive ; il était
sauvé !...

Toute la nuit, protégé par l'ombre épaisse, il avait entendu les cris, les
appels de ses poursuivants ; le bruit avait cessé pourtant. Alors, se glissant
comme un Indien au milieu de ce fouillis d'herbes, de lianes, de roseaux
géants qui bordent le Mississipi, évitant les routes frayées, coupant à travers les plantations de cannes, de cotonniers, de bananiers, il s'était mis en
route. Sa ceinture, par bonheur, était encore bourrée de banknotes et de
dollars, de sorte que, parvenu à Jakson, après cinq jours de marche pru-
dente, il lui avait été facile de prendre le railway pour New-York, et, de
là, pour Québec.

Le misérable n'avait pas renoncé à sa vengeance; mais il lui fallait attendre, dépister les recherches qui pouvaient se faire. Avec une partie de l'or
qu'il possédait encore, il avait acheté un cabinet d'affaires véreuses, un
vaste entrepôt connu de tous les gens sans aveu de Québec et des environs,
qui, sous prétexte d'emprunter sur des objets qui n'étaient jamais dégagés,
venaient y vendre à vil prix le produit de leurs vols.

Les dentelles, les étoffes précieuses, les fourrures soigneusement empa-
quetées, l'argenterie, les bijoux réduits en lingots étaient, à de certaines
époques, expédiées à New-York ou dans les autres grands centres de
l'Union, chez des correspondants sûrs, qui pouvaient écouler le tout sans
faire naître de soupçons.

Archibald Loyton, ou William Clarke, puisque tel était le nouveau nom
qu'il s'était choisi, vivait donc tranquillement, voyait chaque jour s'arron-
dir sa petite fortune, quand un fait insignifiant en apparence, un article du
Journal de Québec, vint le tirer de sa douce quiétude et le lancer dans de
nouvelles aventures.

C'était le lendemain du jour où, pour la première fois, nous avons franchi
la porte de l'*office*.

La tempête qui s'était déchaînée la veille, n'avait rien perdu de sa violence. La pluie tombait toujours à torrents, inondant les places et les rues
des bas quartiers; un vent violent soufflait à enlever les tuyaux de cheminées et faisait moutonner les eaux du fleuve, où n'apparaissait aucune
barque.

C'était un temps horrible...

Soigneusement drapé dans les plis d'une grande robe de chambre, sur-
veillant par la porte entrebâillée deux commis travaillant dans la pièce voisine, William parcourait ses journaux, quand, tout à coup, son regard
tomba sur l'article suivant :

« On télégraphie de Douglas :

» Cette nuit, pendant la tempête violente qui s'est abattue sur le Canada,
» le steamer *Eagle* de New-York, chargé en destination de Québec et de
» Montréal, ne pouvant résister aux assauts des lames hautes, a manqué
» l'entrée du Saint-Laurent et est allé s'échouer à quelques milles plus loin
» sur les côtes basses et sauvages qui confinent au Labrador.

» Aussitôt la nouvelle du naufrage connue, des secours ont été envoyés...
» Mais trop tard ! les sinistres pilleurs d'épaves du littoral, mettant à profit
» une nuit réellement infernale, avaient complètement pillé le navire.
» Douze cadavres ont été retrouvés sur la grève; mais le nombre des vic-
» times doit être plus élevé... Quant aux passagers et au reste de l'équi-
» page, ils ont tous disparu. On se trouve en présence de deux hypothèses:
» ou les survivants se sont embarqués dans les chaloupes, et alors Dieu

» seul sait ce qu'ils sont devenus, ou ils ont été entraînés dans les terres
» par les bandits qui ne les relâcheront que contre rançon...

» Nous avons envoyé sur les lieux nos meilleurs *reporters;* à bientôt
donc de nouveaux détails... »

William abandonna le journal et bondit sur ses pieds.

— L'enfer est pour moi, murmura-t-il ; il prend soin de ma vengeance...
Oh ! s'*il* était mort? ce serait trop de bonheur!... Il faut savoir, oui, il le
faut... D'un autre côté, je veillerai, et, s'*il* est au pouvoir des pilleurs d'épaves, *il* n'en sortira pas vivant... Allons, ajouta-t-il avec un sourire sinistre,
mon étoile brille d'un nouvel éclat, tâchons de l'embellir.

Tout en parlant, il avait gagné sa chambre à coucher, s'était dépouillé de
sa robe de chambre, qu'il remplaça par une lourde houppelande, et avait
chaussé des bottes fortes, ornées d'éperons. Cela fait, il glissa deux revolvers dans ses poches, un poignard sous son gilet, et, revenant dans l'office,
il puisa à pleines mains dans son coffre-fort.

Puis il revint vers les deux clercs.

— Messieurs, dit-il, je suis forcé de m'absenter peut-être pour quelques
jours. En mon absence, vous suivrez les ordres de M. Wood, que je vais faire
prévenir et qui prendra ma place ici.

Les deux scribes courbèrent docilement la tête. William Clarke sonna
Dick.

— Faites seller mes deux chevaux, ordonna-t-il, et conduisez-les au-
dessous du rempart; je vous retrouverai là.

— Vous sortez par ce temps ! fit l'enfant étonné. La pluie tombe à flots et
le vent menace de jeter à bas le vieux château...

— Qu'importe ! obéissez...

L'enfant sortit, ayant William sur les talons. L'homme d'affaires descendit rapidement la rue Casse-Cou, ayant parfois de l'eau jusqu'au mollet.
Mais, enveloppé dans sa vaste houppelande, un bonnet de fourrure tiré sur
les yeux, il pouvait braver l'orage.

— Le trouverai-je? murmura-il. C'est probable. Le coquin a encore de
l'argent, et la seule chose que je puisse craindre c'est qu'il ne soit déjà
saoûl comme un Irlandais... Mais le vent et la pluie le dégriseront bien
vite.

Bob Thorps logeait dans les faubourgs de l'Est, qui, habités en partie
aujourd'hui par de braves ouvriers, ont néanmoins conservé la sinistre
réputation qu'ils avaient au siècle dernier et même au commencement de
celui-ci. Alors on ne parlait que de vols, d'assassinats, d'attaques à main
armée. Aujourd'hui les crimes sont plus rares ; mais, mêlée à la population
ouvrière, toute une tourbe de gens sans aveu y vit encore aux dépens du
public.

D'ailleurs, c'est le quartier des pauvres, de ces pauvres par leur faute, descendus à force de vices au dernier échelon de la société, et qui, heureux en quelque sorte de leur abjection, ne tentent aucun effort pour en sortir. La nuit, ils gîtent un peu partout, dans des caves, dans des maisons branlantes et crevassées ; le jour, vêtus d'un reste d'habit noir, d'une loque de robe de soie, ils arpentent les rues, les squares, ramassant des bouts de cigares, offrant au public des allumettes, des imprimés, du papier à lettres, des fleurs ; mais leur véritable industrie est le vol et l'escroquerie.

William connaissait cet enfer, il n'eut donc aucune peine à s'orienter, et le premier *rough* (1) qu'il rencontra lui indiqua sans hésiter la maison de Bob Thorps.

Cette maison — ce bouge plutôt — n'était guère avenante, il faut l'avouer. Toute la famille n'occupait qu'une seule pièce, creusée comme une cave, à laquelle on arrivait par un escalier aux marches inégales et branlantes. La porte, toujours ouverte, servait aussi de fenêtre et ne laissait passer qu'un jour avare et à peine suffisant pour éclairer les murs brillants de salpêtre, le sol boueux, le misérable grabat qui remplaçait le lit, la table, les escabelles et les quelques ustensiles en fer blanc composant tout le mobilier.

William se trompait : Bob n'était pas ivre, ou du moins n'avait pas bu outre mesure, bien qu'une bouteille de *gin* se trouvât encore sur la table en compagnie des reliefs d'un plantureux repas. En ce moment, assis, les jambes croisées, sur une escabelle, il fumait sa courte pipe, regardant avec satisfaction trois enfants, dont l'âge variait entre deux et neuf ans, se disputer quelques fruits tombés sur le sol fangeux.

Sa femme, Jenny, pâle créature de trente ans, aux cheveux d'un blond sale, aux grands yeux bleus, au visage émacié, flétri par les privations, berçait doucement un quatrième enfant.

— Vous êtes fatiguée, Jenny, dit Bob en versant un plein gobelet de gin. Laissez là l'enfant, qui dormira aussi bien sur le lit que sur vos genoux, et buvez ce verre de gin : il vous remettra...

Jenny hocha tristement la tête.

— Je n'ai pas soif de gin, dit-elle. Ce qui me rend triste, Bob, c'est cette abondance qui règne aujourd'hui chez nous, quand, hier matin encore, nous n'avions pas une bouchée de pain à nous mettre sous la dent... c'est de ne pas savoir d'où provient cet or que j'ai vu briller dans vos mains...

— Et que vous importe, Jenny ! répliqua brutalement le bandit. J'ai trouvé des âmes charitables qui ont pris notre misère en pitié... voilà tout...

(1) Voyou.

Pour la deuxième fois, Jenny secoua mélancoliquement sa tête pâle.

En ce moment une haute silhouette se dessina dans l'encadrement de la porte.

— Qui vient là ? fit Bob, pendant que Jenny se cachait dans l'ombre.

— Bob, dit le nouveau venu, qui n'était autre que William Clarke, je viens vous rappeler votre promesse... Etes-vous prêt ?

— Nous partons ? interrogea Bob, qui, au visage de Clarke, vit bien qu'il s'agissait de choses sérieuses. Et pour où ?...

— Pour le Labrador ! répondit William d'une voix brève.

IV. — LES PILLEURS D'ÉPAVES

Le Labrador, immense contrée qui confine au cercle polaire, est encore à peu près désert aujourd'hui. Un sol ingrat, qui ne produit que des lichens, des mousses, des bruyères, des chênes et des pins rabougris ; d'innombrables rochers aux formes bizarres, semés pêle-mêle et comme au hasard au milieu des plaines, en travers des rivières ; des montagnes taillées à pic ; des falaises hautes et dentelées contre lesquelles le flot s'écrase en bouillonnant ; un climat extrêmement rigoureux, s'opposent et s'opposeront toujours à toute tentative sérieuse d'établissement dans ces tristes parages.

Les plaines, couvertes de neige une bonne partie de l'année, les montagnes, conservant éternellement leurs blanches parures de frimas, sont abandonnées aux loups, aux renards, aux viscoris, aux marmottes, aux rats musqués, si précieux pour leurs fourrures, aux ours enfin. L'aigle rapace, le vautour, le corbeau, nichent dans les anfractuosités des rochers et font entendre tout le jour un concert discordant ; les goëlands, les pluviers, les mouettes marines tourbillonnent en vols immenses au-dessus des grèves sauvages et éternellement battues par un ressac furieux.

Ces côtes, du cap Chudleigh au cap Saint-Charles, sont fameuses par les naufrages qu'elles ont causés.

Il n'est pas d'année où des navires, venant des mers polaires, de Terre-Neuve même, ne se brisent contre ces écueils redoutables.

Sans cette circonstance, le Labrador serait peut-être complètement désert. Mais, de même que les corbeaux sentent de loin la curée et se précipitent pour y prendre leur part, l'homme pressent le naufrage, et, dans les plus mauvais jours, alors que les flots et les vents font rage, on le voit, un croc à la main, descendre des rochers escarpés pour recueillir l'horrible butin que lui apporte la tempête...

Sous l'ab. i des rochers chaotiques et horriblement convulsés, dominés par de noirs sapins, on aperçoit, de distance en distance, de petites cabanes, des tanières plutôt, construites en pierres sèches et couvertes d'une toile à voile ou de terre gazonnée.

Ce sont les repaires de ceux que le peuple, dans son langage énergique, appelle si justement des *oiseaux de tempête;* là vivent dans une promiscuité hideuse des déclassés de toutes les nations, tourbe échappée à la prison et n'ayant d'autre industrie que le vol et le pillage.

Or, dans la nuit du 6 au 7 juin, il y avait grande réunion dans la cabane de Joë Thorps, véritable nid d'aigle juché au sommet d'un rocher bizarrement découpé et surplombant le rivage. La porte, qui remplissait en même temps l'office de fenêtre, était toute grande ouverte et permettait de voir, groupés auprès d'un feu de sapin qui éclairait plus qu'il ne chauffait, une vingtaine de gaillards vêtus comme des forbans et armés de même.

Quelques femmes, véritables mégères, apparaissaient comme des chouettes au milieu d'une bande de vautours.

A terre étaient des gaffes, des cordes et des haches.

— Lukie, dit tout à coup Joë Thorps, versez *gin* et *wiskey* à ces honorables gentlemen... sans oublier leurs épouses. Dieu me damne! il y en aurait assez pour faire flotter un trois-ponts qu'on le boirait quand même! ce diable de brouillard vous dessèche le gosier plus que le vent de suroît!

— Par saint Patrick, cette nuit nous sera profitable! interrompit un Irlandais. Ecoutez... la rafale siffle à jeter à bas cette misérable cassine et les sanglots des vagues montent jusqu'à nous comme des plaintes de damnés...

— Hurrah donc! et que le *gin* coule à flots. Femmes, demain vous aurez des étoffes de soie et de velours, des bijoux pour vous parer... Le vieux Neptune est notre pourvoyeur.., hurrah! et qu'on boive!...

L'orgie se continuait atroce, atteignant toutes les phases de l'ivresse. Hommes, femmes, enfants trempaient leurs lèvres dans le *gin* empoisonné, riaient, chantaient avec des contorsions horribles; le vent, pénétrant par la porte ouverte, éparpillait sur les fronts les mèches grises des chevelures incultes et rabattait violemment les flammes dont les rouges reflets, donnant sur les murailles nues, faisaient jaillir de l'ombre, livides, sinistres, toutes ces faces de bandits!

Soudain le tumulte cessa. Ned, le fils du vieux Thorps, tout essoufflé, couvert de sueur, venait d'entrer dans la cabane.

— Alerte! cria-t-il. Du haut de mon observatoire, j'ai aperçu un navire que le vent et le ressac poussent violemment à la côte. Par la position et la couleur de ses feux, j'ai reconnu un grand steamer... Alerte! il est à nous!...

— All right! cria l'assistance transportée.

A terre étaient des gaffes, des cordes et des haches. (page 130)

— Hâtons-nous, reprit le jeune homme ; car les riverains accourent déjà, et les premiers à la côte seront les premiers au butin !

Et ces gens déguenillés, un bâton de pin enflammé d'une main, un croc de l'autre, se précipitèrent du haut du rocher sur la grève par des sentiers à pic, en zigzag, à épouvanter un chamois. La nuit était sombre et sans aucune étoile. Par moments seulement, il se dégageait du sommet des vagues des lueurs phosphorescentes et sinistres.

Les lames s'élevaient à des hauteurs extraordinaires, et, arrondissant leurs cimes en voûtes liquides, s'abattaient sur la grève avec un fracas terrible, blanchissaient de leur écume argentée d'immenses espaces.

Sans ces lueurs phosphorescentes et fugitives, ces nappes d'écume blanchissant les ténèbres, il eût été impossible de distinguer le ciel de la mer.

Le navire, lui, apparaissait nettement grâce à ses feux nombreux. On entendait les appels rauques et sifflants de la vapeur ; on pouvait voir la coque désemparée, horriblement ballottée, s'élever comme un bouchon de liège au sommet des vagues les plus hautes, puis disparaître au fond d'abîmes liquides...

Pour tous il était perdu... L'eussent-ils voulu, les naufrageurs, qui accouraient de tous côtés, nombreux comme les mouettes au jour de l'orage, n'auraient pu le sauver... Ils le savaient, et leur horrible joie n'avait pas de bornes.

— Père, disait Ned, vous le voyez, il avance... Encore un quart d'heure, et il s'échouera sur la grève...

— A moins qu'il ne se défonce sur les écueils, répondit le pilleur d'épaves avec un gros rire. Mais qu'importe ! la mer est bonne nourricière, elle nous rendra notre part du butin... Cependant, Ned, veillez : les dragons doivent être en campagne, et ils pourraient troubler nos opérations.

Ned était un garçon bien dressé ; il s'éloigna aussitôt pour prévenir tout danger pouvant venir du côté de la terre ; car, du côté de la mer, il n'y avait évidemment rien à craindre.

— Préparez les crocs et les paniers ! cria Joë Thorps.

— Hurrah ! répondirent les naufrageurs.

Le steamer faisait vainement machine en arrière, non pour reculer, la chose était matériellement impossible ; mais pour rendre l'échouage moins foudroyant... Debout sur la passerelle, le capitaine, qui n'avait pas un instant abandonné son poste, donnait ses derniers ordres avec un sang-froid admirable. Autour de lui, les passagers s'attachaient des bouées, des ceintures de sauvetage, regardaient d'un air navré le ciel, noir comme un drap mortuaire, les flots écumants...

D'autres priaient...

A chaque instant, sur le pont effroyablement incliné, s'abattaient d'énormes paquets de mer. Les passagers, pour ne pas être emportés, étaient obligés de se cramponner aux manœuvres.

Le navire avait des soubresauts terribles.

Les lanternes que le vent n'avait pu éteindre jetaient sur le pont une clarté funèbre.

Tout à fait à l'arrière, deux jeunes gens se tenaient étroitement unis, tandis qu'une sorte d'hercule, immobile comme un roc, les bras croisés sur sa large poitrine, les regardait avec une larme dans le regard.

— Jane, ma Jane bien aimée, nous sommes cruellement éprouvés... murmura le jeune homme accablé... il nous faut mourir!

— Au moins la mort ne nous séparera pas... murmura celle que le jeune homme appelait Jane. Unis dans la vie, continua-t-elle avec un pâle sourire, nous serons encore unis dans la mort, nous partagerons le même tombeau...

— Par Dieu! fit l'hercule en tressaillant, ne dites pas de pareilles choses... Notre situation était autrement désespérée sur le *Columbia;* ce qui ne nous a pas empêchés de nous en tirer sains et saufs... Pas de découragement! D'ailleurs, j'ai mis dans ma tête de vous sauver, et je réussirai; je le veux!...

— La puissance humaine a des bornes, ami...

— Alors invoquons la puissance divine, balbutia Jane. Dieu seul peut nous sauver...

En ce moment, un des matelots poussa un cri qui domina les folles clameurs des éléments déchaînés.

— Des hommes sur le rivage! fit-il. Ils viennent à notre aide!...

Le capitaine avait pâli.

— Les naufrageurs!... les pilleurs d'épaves! murmura-t-il; nous sommes bien perdus...

Au cri d'angoisse et de stupeur poussé par les naufragés, répondit un cri de triomphe parti de la grève.

Affolés, ivres de terreur, plusieurs passagers, une grande partie de l'équipage se jetèrent dans les chaloupes, croyant ainsi échapper au triste sort qu'ils pressentaient.

— Jane, reprit le jeune homme, la mort ou la délivrance nous trouvera réunis.

A peine achevait-il ces mots que le navire heurta un écueil complètement immergé. Malgré sa forte cuirasse, le choc fut si violent qu'il s'entrouvrit. Pénétrant en bouillonnant par cette ouverture, les vagues emplirent bientôt le navire qui, soulevé par le ressac terrible, alla s'échouer sur la grève.

— Du courage, dit encore l'hercule, et je réponds de tout...

Les derniers matelots, les derniers passagers, convulsivement accrochés aux débris qui flottaient de tous côtés, essayaient de gagner le rivage. On les voyait monter et redescendre, suivre l'impulsion du flot qui tantôt s'avançait, tantôt se retirait avec des rauques sanglots. D'autres, brusquement roulés, enlevés, allaient s'écraser contre les rochers : c'était un spectacle horrible...

Armés de gaffes, de crocs, de longues cordes, sans s'inquiéter des cris déchirants, des appels désespérés qui, par moments, dominaient la voix de la tempête, les naufrageurs s'occupaient de retirer, de mettre en sûreté les richesses que leur apportait le flot. Avec des branches enflammées à la main, les hideuses mégères éclairaient ce travail infernal ; insensibles aux âpres caresses de la rafale qui éparpillaient leurs cheveux flottants, aux douches glacées qui les couvraient parfois, elles riaient, chantaient, supputaient tout haut leurs profits.

Les cadavres s'amoncelaient sur la grève où quelques naufragés avaient pourtant réussi à prendre pied. Alors il s'éleva une clameur terrible : ces hommes, dont la mer ne voulait pas, avaient le droit de s'opposer au pillage de leur bien ; ils pouvaient rapporter ce qu'ils avaient vu...

— A mort !... cria Joë Thorps.

— A mort !... répéta la foule.

Les gaffes se levèrent, les haches et les couteaux brillèrent dans la nuit, et l'écho répéta comme une ironie sanglante ce cri des naufrageurs :

— A mort !

V. — LES MONTAGNES BLANCHES D'AMÉRIQUE

Après la mort de Nichols Godvolke et la disparition mystérieuse d'Archibald Loyton, Hector Lassalle, on s'en souvient, était revenu à New-York en compagnie de son ami Aristide Bonneau, du détective Weddy et de Goliath.

Là, le sceptique Parisien l'avait quitté pour retourner en Europe.

Contraint par les exigences de la succession Creikfoorth, Hector n'avait pas quitté l'Amérique, où bientôt sa mère était venue le rejoindre.

Madame Lassalle, au moment où nous la retrouvons, n'avait pas encore cinquante ans. Grâce à cet heureux privilège des blondes, elle avait conservé intacte sa magnifique chevelure, que ne parsemait aucun fil d'argent ;

bien qu'elle eût beaucoup souffert, l'expression de sa physionomie n'avait pour ainsi dire pas changé : le même sourire de bonté errait toujours sur ses lèvres rouges ; ses grands yeux bleus, à demi voilés sous de longs cils, reflétaient toujours la douce quiétude de son âme.

On l'aurait facilement prise pour la sœur aînée d'Hector.

A l'appel de son fils, elle n'avait pas hésité à franchir la mer pour se rapprocher de lui. L'Amérique d'ailleurs était sa patrie, et, quoique bien jeune à l'époque où elle l'avait quittée, elle avait toujours caressé la pensée de la revoir un jour.

Goliath, comme on le pense, n'avait pas quitté Hector. Le brave garçon avait religieusement tenu sa promesse. Rompant avec le passé, il était devenu un honnête homme dans toute l'acception du mot. Hector en avait fait son intendant, son factotum, son homme de confiance, en un mot.

Prévoyant un assez long séjour en Amérique, Hector avait fait l'acquisition d'un charmant *cottage*, situé près de ce fameux Prospeck Park de Brooklyn, promenade unique au monde... au dire des Yankees naturellement.

Brooklyn, un des faubourgs de New-York, constitue à lui seul une ville splendide, grâce à ses parcs, ses squares, ses merveilleuses promenades. Presque toutes ses maisons sont habitées par des rentiers, de riches négociants, qui viennent oublier au milieu des fleurs et des ombrages, au bord des lacs paisibles, l'activité fiévreuse de la *cité-empire*. Plus d'usines, plus de maisons de banque ! plus de tripotages ! la fièvre de spéculation s'arrête au bord de l'East-River, qui sépare New-York de Brooklyn, et que traverse un pont, qui serait une des merveilles du monde, si aujourd'hui on comptait les merveilles.

Ce pont, achevé depuis peu, n'a coûté que la bagatelle de quarante millions !...

Il ne faudrait pas croire cependant que madame Lassalle et son fils s'étaient confinés dans leur ermitage de Brooklyn. Riches, indépendants, ils consacraient leurs loisirs à étudier, à connaître ce pays merveilleux ; ils entreprenaient de longues excursions, tantôt sur les côtes sauvages et pittoresques de Rhode-Island, du New-Hampshire, du Maine ; tantôt, dans les plaines de la Pensylvanie, du Maryland, etc.

Une de ces excursions à travers les White Mountains, dans l'Etat de Vermont, devait avoir une grande influence sur les destinées futures de notre héros.

Les Whits Mountains, succession de collines aux croupes mollement arrondies et couvertes de verdure, de murailles taillées à pic, de cônes, de prismes, d'aiguilles, sont un des points les plus visités par les étrangers, les Yankees même. Au pied de ces montagnes coulent des ruisseaux, des rivières aux ondes pures et transparentes, dont les méandres capricieux vont porter partout la vie et la fertilisation. Des lacs minuscules dorment dans leurs cadres de rochers sourcilleux où nichent les aigles, les corneilles à tête grise, tandis qu'ailleurs les cygnes, les canards sauvages voguent par bandes nombreuses et promettent au chasseur une proie assurée.

De nombreux hôtels, situés sur les plateaux, dans les sites les plus pittoresques, rassurent les touristes pratiques sur les exigences de la vie matérielle.

Le génie mercantile des Yankees n'a pas encore fait grimper ses chemins de fer le long de ces pentes abruptes. En attendant ce moment, qui viendra certainement, les hôteliers ont toujours à la disposition de leurs clients de grandes diligences traînées par quatre chevaux, des voitures légères pour leurs excursions dans la montagne.

Par une belle matinée d'août, un an environ avant les évènements rapportés plus haut, Hector et Goliath, le fusil sur l'épaule, les jambes serrées dans de grandes guêtres de cuir fauve, le front abrité par un casque de liège, arpentaient gaiement un des sentiers qui escaladent les flancs d'un des plus célèbres mamelons des *Montagnes Blanches* le *Mote-Mountain*.

Il était de bon matin : à peine six heures ; et, tandis que les crêtes, les aiguilles des monts, apparaissaient rigides dans la lumière crue, les vallées, les ruisseaux étaient encore couverts d'une brume bleuâtre.

La chaleur était supportable.

— La belle nature! fit Hector en s'arrêtant.

— Vous avez raison, Monsieur, répondit Goliath avec un sourire. J'ai beaucoup voyagé, j'ai vu la France, l'Angleterre, la Suisse; mais je n'ai jamais trouvé un pays qui, comme l'Amérique, pût réunir tant de beautés, tant de séductions. Regardez, est-il possible de rencontrer un site plus beau?...

— Vous devenez orgueilleux, Goliath!

— Hélas! Monsieur, l'orgueil se glisse partout. Cependant, à mon sens, être fier de son pays natal, ce n'est pas un défaut, c'est lui témoigner son amour...

— Je vous accorde cela. Mais pressons le pas; nous avons une longue route à faire, et, vous le savez, continua Hector en souriant, ma pauvre mère serait trop inquiète si mon absence se prolongeait au-delà d'un jour.

Ils pressèrent le pas. En cet endroit, la route accrochée comme une corniche, décrivait mille courbes, mille circuits, que coupait çà et là, un torrent, sur lequel un pont de bois était jeté.

D'un côté, la route était dominée par d'énormes quartiers de roc, des murailles à pic, que les pins résineux, les cyprès, les mélèzes, couronnaient de leur feuillage changeant; mille lianes, mille plantes parasites tombaient comme des festons mobiles et voilaient parfois le fond noir ou rougeâtre du rocher.

Une foule d'oiseaux avaient élu domicile dans la ramure de ces arbres géants, et leur plumage chatoyant, leurs pépiements joyeux rompaient seuls le silence pénible qui semblait planer sur ces lieux.

De l'autre côté, au contraire, la route surplombait l'abîme. Là, l'horizon était vaste, presque sans bornes : des forêts, des champs, des prairies immenses au milieu desquelles une petite rivière, scintillant au soleil comme un ruban d'argent, traînait paresseusement ses ondes ; des torrents bondissant par-dessus les arbres tombés en travers de leurs lits, les rocs amoncelés par le temps ; des villages cachés sous la verdure, tout cela se suivait, se succédait comme les tableaux d'un kaléidoscope géant.

Des collines aux formes indécises et à demi fondues dans l'éloignement, des pics bizarres, titanesques, servaient de cadre à ce grand décor, que le soleil levant baignait de sa lumière magique.

Les deux hommes poursuivaient leur route, babillant gaiement, s'arrêtant presque à chaque pas pour viser un aigle planant immobile dans les profondeurs des cieux, ou encore les lièvres, les lapins, qui débouchaient de tous côtés et leur passaient pour ainsi dire entre les jambes.

Soudain Hector s'arrêta.

— Ecoutez !... dit-il à Goliath.

— Je n'entends rien, répondit celui-ci ; rien que le frémissement du feuillage, le grondement du Saco contre les rochers.

— Me serais-je trompé ? Pourtant il m'a semblé entendre le galop d'un cheval...

Une détonation lointaine lui coupa la parole. Brusquement Goliath s'était jeté à terre, et, l'oreille appuyée sur la route, il écoutait.

— En effet, murmura-t-il, un cheval court à toute bride sur la route... Mais que veut dire cette détonation ?...

Il achevait à peine quand, au détour du chemin, parut un cheval lancé au triple galop. La bête semblait affolée et courait toujours droit devant elle sans rien perdre de son allure infernale, tandis qu'une femme, les mains convulsivement nouées autour de son col, les cheveux en désordre, la robe déchirée par les ronces du sentier essayait vainement de l'arrêter.

Des taches de sang jaspaient la route.

Derrière un cavalier, nu tête aussi, un revolver à la main, activait la marche déjà fantastique de sa monture. Mais ses efforts, ses cris n'avaient d'autre résultat que de précipiter encore l'allure désordonnée du premier cheval.

D'un coup d'œil, Hector avait compris la situation.

— Elle est perdue! dit-il.

La route, en effet, quelque cent mètres plus loin, tournait brusquement, presque à angle droit. Comment espérer que la malheureuse femme, impuissante à diriger sa monture, pût lui faire franchir ce coude? Hélas! le doute n'était pas permis : tous deux, bête et cavalière, devaient inévitablement rouler dans l'abîme.

— Vous ici, moi là, dit Hector à Goliath; il faut la sauver....

Et, jetant son fusil, il se plaça résolûment en travers de la route, tournant le dos à l'abîme, pendant que Goliath opérait la même manœuvre du côté du talus.

Il était temps! D'un dernier élan, l'animal furieux fut sur eux. Résolument, ensemble, les deux hommes bondirent à la bride. Emporté par son élan, le cheval ne s'arrêta pas, et, au risque d'être précipités dans l'abîme avec celle qu'ils voulaient sauver, ils ne lâchèrent pas prise et se laissèrent traîner l'espace de quelques secondes.

Frémissante, mais domptée, la bête s'abattit sur ses genoux.

Hector se précipita et reçut dans ses bras l'imprudente écuyère.

Brisée par tant d'émotions foudroyantes, elle s'était évanouie.

— C'est égal, Monsieur, murmura Goliath en s'épongeant le front, voilà un sauvetage qui peut compter!... Une minute de plus, et tout était bien fini...

— Oui, répondit Hector en frissonnant.

En ce moment, ils furent rejoints par le cavalier, un respectable gentleman de cinquante-cinq ans environ. En voyant sa compagne privée de sentiment, il se laissa rapidement glisser à terre, et, prenant la main d'Hector :

— Morte!... dit-il d'une voix rauque, morte!...

Hector sourit doucement.

— Rassurez-vous, Monsieur; cette jeune personne n'est qu'évanouie... dans quelques minutes, elle aura repris ses sens...

— Fatale promenade! Je me défiais de cette bête, qui me paraissait ombrageuse et difficile à mener; mais Jane a voulu la monter... Enfin la catastrophe aurait pu être plus terrible... que de reconnaissance je vous dois!

— Il est vrai, répondit Hector, que cette jeune miss se trouvait dans une situation terrible. Mais Dieu n'a pas permis qu'un malheur arrivât...

— Grâce à vous, Messieurs...

— Grâce à nous, soit! Mais, avant de nous congratuler mutuellement, occupons-nous de cette pauvre enfant, dont l'évanouissement prolongé commence à m'inquiéter. Goliath, courez en avant, trouvez de l'eau à tout prix; voyez aussi s'il n'existe pas une ferme, une maison dans les environs...

— Ah! dit le vieux gentleman, mon flacon de sels...

En même temps, il sortit de sa poche un de ces petits flacons de cristal ornés d'or que tout le monde connaît, et le fit plusieurs fois respirer à la jeune fille.

Bientôt elle ouvrit les yeux.

— Mon père! dit-elle, en entourant de ses deux bras le cou du vieux gentleman.

Puis, apercevant Hector immobile à quelques pas de là, elle interrogea son père du regard.

— C'est ce gentleman qui vous a sauvée, Jane, dit-il; remerciez-le en votre nom et au mien.

Pour toute réponse, elle tendit sa petite main à Hector.

— Vous m'avez sauvé la vie, vous avez conservé une fille à son père, dit-elle d'une voix douce et musicale, soyez béni!... Les paroles me manquent pour vous témoigner l'étendue de notre reconnaissance; mais souvenez-vous de ceci : dès aujourd'hui vous avez deux amis dévoués de plus.

Hector s'inclina en silence, l'œil humide d'émotion : il se trouvait déjà trop payé du peu qu'il avait fait pour cette charmante enfant...

VI. — COMMENT ON SE MARIE EN AMÉRIQUE

Goliath revint bientôt.

— J'ai trouvé un petit *cottage* à un demi-mille d'ici, dit-il. C'est un vrai nid enfoui sous le feuillage. Les propriétaires, de braves gens, se sont entièrement mis à notre disposition.

— Marchons donc, répondit le vieux gentleman. Monsieur?...

— Hector Lassalle... répondit Hector qui comprit que l'heure de la présentation était arrivée...

— Hector Lassalle!... Seriez-vous justement ce français, héritier de monsieur Creikfoorth?...

— Dont tous les journaux se sont occupés? oui, Monsieur, j'ai cet *honneur*, et voici justement un des héros de ce drame, John Hylliars, que tout le monde appelle *Goliath*.

— Je vous connaissais pour un homme intrépide; aujourd'hui, je vois que vous êtes un brave cœur, reprit le vieux gentleman. Je suis le colonel Mac Dowel ; voici ma fille, miss Jane Mac Dowel.

Entre chaque présentation, on avait échangé de profonds saluts. Puis on s'était mis en route. Goliath, tenant en main les deux chevaux, marchait le premier.

— Mais cette bête est blessée !... dit Hector, remarquant que la jument de la jeune écuyère avait la croupe ensanglantée et ne se traînait qu'avec peine.

— Oui, répondit le colonel Mac Dowel. Quand j'ai vu la jument s'emballer, ma première pensée a été de faire feu. J'espérais la blesser mortellement et arriver avant qu'elle ne s'abatte. Mais l'évènement a trompé mes prévisions : la balle a glissé sur la croupe, et cette blessure, au lieu de l'arrêter, n'a fait que la rendre plus furieuse.

En cheminant, on causait. Le colonel Mac Dowel, en quelques mots, mit le jeune homme au courant de son histoire. C'était un Ecossais, dont les aïeux depuis plus de cent ans habitaient l'Amérique. Veuf depuis peu, il s'était retiré du service pour se consacrer à sa fille, alors âgée de dix-huit ans, et s'était retiré à Boston où il possédait de vastes propriétés.

Quant à Hector, il n'eut pas besoin de se faire connaître, car, depuis le célèbre procès Creikfoorth, tous les journalistes s'étaient chargés de composer sa biographie.

On arriva au petit cottage en question, véritable nid situé au milieu d'un vallon ombreux, auquel on parvenait par un sentier en zigzags et tout bordé de fleurs. La maison, construite en briques et couverte en tuiles rouges, n'avait qu'un étage et ressemblait à un chalet suisse. Prévenus par Goliath, les propriétaires de cette charmante maisonnette, deux jeunes Irlandais nouvellement mariés, attendaient sur le seuil.

— Soyez les bienvenus sous notre toit! dit l'homme en se découvrant gravement, tandis que sa femme accueillait la jeune fille avec un sourire engageant.

Quelques minutes après, nos personnages étaient réunis dans un petit parloir à l'ameublement coquet et gracieux.

Bien que les Irlandais ne missent aucune limite à leur hospitalité, il fallait songer à regagner le village de Conway, d'où l'on était parti le matin.

— Voici ce qu'il faut faire, proposa Hector : Goliath va monter à cheval et courir à Conway, où le *lundlor* de l'hôtel lui fournira une voiture et des chevaux pour nous ramener. De cette façon, nous serons à Conway avant la nuit.

— C'est en effet le plus sage, répondit le colonel.

Goliath ne se fit pas prier; il monta le cheval du colonel Mac Dowel et disparut bientôt au fond de la vallée.

Cependant la maîtresse de la maison avait déjà disposé la table. Sur une nappe blanche s'étalèrent bientôt la théière fumante, des tasses, des *crakers*, du pain blanc, du lait et du beurre jaune et appétissant : goûter auquel les convives firent largement honneur.

La conversation s'animait. Tandis qu'Hector échangeait quelques paroles avec la jeune Irlandaise et miss Mac Dowel, le colonel, un agronome distingué, causait agriculture avec O'Kellay, l'Irlandais.

Encouragé par la bienveillante attention du vieux gentleman, O'Kellay en arriva bientôt à raconter son histoire, ce thème éternellement rabâché par ceux qui ont beaucoup voyagé, beaucoup vu.

Quelque vingt ans auparavant, ses parents, embrigadés par une de ces *Compagnies pour l'Emigration*, qui pullulent en Angleterre, ayaient quitté la *Terre des Saints* (1) sans un penny vaillant. O'Kellay avait alors dix ans. Hélas! à peine avait-il touché le sol de la libre Amérique, de cet Eden sans cesse promis aux malheureux émigrants, qu'il avait perdu père et mère...

Il se trouvait seul, sans ressource... Les spéculateurs qui avaient engagé ses parents, se souciant peu d'un *boy* qui ne pouvait leur rendre aucun service, l'abandonnèrent.

— Je ne désespérai pas, pourtant, continua O'Kellay. Un fermier du Massachusetts eut pitié de moi et me prit pour garder ses troupeaux, et, à quinze ans, du métier de pâtre, je passais à celui de garçon de ferme avec des gages relativement importants. Ne m'enivrant jamais comme le font malheureusement trop de mes compatriotes, travaillant assidûment, je vis ma position s'améliorer encore, et, grâce aux écoles du dimanche, je pus acquérir une certaine instruction.

D'un autre côté, mon petit pécule n'était pas inactif : je le confiai au fermier qui le fit valoir et, bientôt m'associa pour une large part dans ses bénéfices. Je n'aurais jamais quitté ce brave homme. Malheureusement la mort l'enleva à mon affection, et ses héritiers avides, intéressés, n'eurent rien de plus pressé que de diviser, morceler ses terres pour les vendre plus facilement.

C'est alors que je connus ma chère Betty. Comme moi, elle était orpheline, comme moi elle possédait une petite fortune. Nous associâmes nos existences, nos intérêts, et aujourd'hui nous possédons tout le sol de cette vallée, trois cents vaches, soixante chevaux, des chèvres, des moutons;... notre avenir est assuré.

(1) Nom que l'on donne à l'Irlande.

La journée s'écoula comme un songe dans le petit cottage de la vallée. Vers trois heures de l'après-midi, Goliath revint ; il était accompagné de madame Lassalle.

— Mon fils, dit-elle en tendant les bras à Hector ; enfin, je te revois !...

— Goliath a bavardé... dit-il en riant.

Et, présentant madame Lassalle au colonel :

— Ma mère ! fit-il simplement.

Le vieux gentleman s'inclina.

— Madame, dit-il, en lui prenant la main, nous avons contracté aujourd'hui une dette de reconnaissance envers votre fils : permettez qu'elle s'étende jusqu'à vous, et nous n'aurons plus rien à désirer.

— Hector a fait ce que tout autre eût fait à sa place, répondit madame Lassalle. Vous ne nous devez donc aucune reconnaissance. Quant à notre amitié, continua-t-elle avec un sourire, d'ores et déjà elle vous est tout acquise.

La voiture attendait sur la route. On laissa la jument blessée au cottage, et, après avoir remercié O'Kellay et sa femme de leur touchante et cordiale hospitalité, la petite troupe s'éloigna dans la direction de Conway.

Après un mois, pendant lequel les deux familles n'en firent qu'une, un mois consacré à explorer les cimes les plus hardies des White-Mountains, Washington, Webster, Pleasant, Whiteface, Red-Hill... on songea au retour.

— Venez donc avec nous, proposa le colonel à Hector. C'est la belle saison pour la chasse, et mon parc fourmille de gibier. Nous allons être bien seuls si vous nous laissez... Venez donc : nous chasserons, nous pêcherons, nous patinerons ensemble...

Comment résister à une offre aussi engageante, surtout quand miss Mac Dowel ajouta de sa voix douce :

— Ne nous refusez pas !...

La mère et le fils se laissèrent convaincre.

Boston, la ville où naquit Franklin, la capitale de l'État de Massachusetts, est à la fois un port de commerce et une cité industrielle de grande importance. Bâtie sur trois collines, la ville offre encore l'imprévu des rues tortueuses, bizarrement contournées, sur lesquelles les toits surplombants des maisons, construites sous le roi Georges, répandent une ombre éternelle. Les vieilles demeures y sont entassées sans ordre et sans alignement.

Les quartiers modernes sont, au contraire, régulièrement bâtis. Leurs larges voies, où roulent les omnibus et les tramways, y sont toutes coupées à angles droits. Partout apparaissent des squares exubérants de verdure, décorés de bassins, de statues, surtout de celle du général Washington, qui orne presque toutes les villes de l'Union américaine.

Les quais larges et bien entretenus, contre lesquels s'appuient de magnifiques vaisseaux, constituent presque une ville à part avec leurs docks immenses, leurs magasins, leurs fabriques, leurs usines, dont les mille cheminées vomissent sans cesse de noirs torrents de fumée. Partout siffle la vapeur, grincent les chaînes, les treuils, les poulies, passent des locomotives aux flancs enflammés. Tout un monde d'employés, de matelots, de portefaix, de douaniers, hurle, crie, s'agite, se démène : c'est le tableau le plus saisissant de l'activité humaine.

Boston est fier de ses églises, de ses temples, de son *State-House*, de ses faubourgs surtout, véritables paradis habités par les privilégiés de la fortune.

Le colonel Mac Dowel habitait à Brookline (1) une charmante villa gothique, qu'entouraient de grands jardins, un parc immense.

C'est là qu'il s'était retiré après la mort de sa femme. Sa fortune, peu considérable, mais sagement administrée, lui permettait de tenir dignement son rang dans l'élite de la Société Bostonienne.

Hector, en accédant au désir du vieux gentleman, n'avait écouté que son cœur. Dans cette intimité sincère, qui s'établit forcément en voyage, il avait pu juger Jane, l'apprécier à son juste mérite. Il la savait belle ; il vit bientôt que sa bonté dépassait sa beauté ; il découvrit en elle toutes les qualités qu'il pouvait désirer chez une femme, et, peu à peu, sans s'en apercevoir, il se laissa doucement glisser sur la pente qui conduit de l'estime à une tendre affection.

Six mois plus tard, madame Lassalle demandait solennellement au colonel Mac Dowel la main de Jane, pour son fils.

Le vieux gentleman, la paupière humide, prit la main de sa fille et la mit dans celle du jeune homme tremblant.

— Vous lui avez sauvé la vie, dit-il d'une voix émue, il est de toute justice qu'elle vous la consacre : Prenez-la, elle est à vous.

VII. — OU L'ON VOIT REPARAÎTRE WILLIAM CLARKE ET SON DIGNE
AMI BOB THORPS

— A mort! criaient les naufrageurs, en brandissant des gaffes, des crocs, armes terribles entre leurs mains. A mort!!!

(1) Ne pas confondre avec Brooklin, autre faubourg de New-York.

Les naufragés de l'*Eagle*, —ils étaient dix à peine!—groupés sur la grève, ne pouvaient tenter aucune résistance.

La tourbe humaine se précipita sur eux.

— A mort! cria une sorte de géant qui, dégoûtant encore d'eau salée, l'œil en feu, faisait un rempart de son corps à deux jeunes gens étroitement enlacés. A mort!... Venez donc!...

C'était Goliath qui, comme il se l'était promis, avait arraché Hector et Jane des flots furieux.

Et, brandissant une gaffe qu'il avait enlevée aux naufrageurs, il décrivit un moulinet rapide. Les assaillants s'écartèrent avec terreur.

— Il faut en finir! dit Joë Thorps; le jour va paraître.

Les naufragés étaient perdus sans Ned et un autre boy, qui accoururent hors d'haleine.

— Les Dragons de la Reine! dirent-ils. Vite, il faut détaler...

En une seconde, tout changea : hommes, femmes, enfants, chargèrent sur leurs épaules les trésors ravis aux flots et se disposèrent au départ.

— Au Château du Diable! dit Joë rapidement. Là se fera le partage.

— Et les naufragés? demanda Dick Wingh, un des pilleurs d'épaves.

— Séparez-les en deux bandes, et chargez-vous de la première, répondit Joë; j'emmènerai la seconde.

Pareils à des oiseaux de proie, chargés de leur butin, les naufrageurs disparurent bientôt par tous les sentiers de la grève.

Thorps et une vingtaine des siens entouraient les dernières victimes de cette grande catastrophe

— Marchez, leur dit-il brutalement; et pas un cri, ou sinon...

Il n'acheva pas, mais brandit sa gaffe avec un air qui complétait éloquemment sa pensée.

Pendant le reste de la nuit, les pilleurs d'épaves et leurs victimes marchèrent au milieu des rochers, des grèves sans fin; puis, à travers des plaines horriblement convulsées, à peine couvertes d'une maigre végétation de chênes, de mélèzes et de pins rabougris.

Enfin, aux premières lueurs de l'aube, ils s'arrêtèrent en face d'un entassement de rochers aux formes bizarres.

On appelait ce lieu le Château du Diable, sans doute à cause des nombreux pics qui, par leurs formes, rappelaient vaguement les tourelles crénelées, les beffrois aigus des manoirs féodaux.

— Hélas! murmura Jane en français, nous n'avons échappé à la mort que pour subir une captivité honteuse...

— Courage! répondit doucement Hector, courage, ma Jane bien aimée : Dieu ne nous abandonnera pas!.,.

— Et au besoin, nous l'aiderons puissamment, ajouta Goliath. By-God!

10

je ne me sens pas l'humeur portée à la plaisanterie ! Que ce soit d'une
façon ou d'une autre, nous échapperons à ces bandits.

— Espérons-le, mon ami ! soupira Jane.

Cependant, Joë et les siens avaient ébranlé puis écarté un énorme bloc,
qui semblait soudé à la base des rochers, mais que quatre ou cinq hommes
vigoureux pouvaient facilement déplacer. Une ouverture basse, étroite,
apparut alors aux regards des captifs. Brusquement, Joë la leur montra.

— Entrez, dit-il de sa voix aux intonations rauques et sauvages.

Frémissants, mais contraints à une obéissance passive, les malheureux
pénétrèrent dans un couloir étroit et tortueux qui, quelques mètres plus
loin, aboutissait à une sorte de rotonde spacieuse, dont la voûte, supportée
par une infinité de colonnes naturelles, laissait passer par une large ouverture à la fois l'air et la lumière.

Les prisonniers étaient seuls.

Le jour commençait à poindre et déjà ses rayons, glissant obliquement le
long des parois de granit, répandaient dans l'immense salle une clarté faible
et douteuse d'abord, mais dont l'intensité allait en augmentant de minute
en minute.

Nos trois amis avaient pour compagnons d'infortune le lieutenant de
l'*Eagle*, Edward Bakley, et un matelot nègre, Tom Wilson.

Muets, le visage sombre, ils se regardaient d'un air profondément découragé.

Ce fut Goliath qui, le premier, rompit le silence.

— Le diable me torde le cou ! fit-il avec violence, nous avons fait là une
belle équipée !.. Quoi ! quatre hommes comme nous se sont laissé traîner,
emprisonner par une vingtaine de bandits !... C'est une honte véritable...

— Que pouvions-nous sans armes?... murmura Edward Bakley, avec un
triste sourire.

— Nous faire tuer, by God ! Allons, j'oubliais que nous ne sommes pas
seuls, que nous avons une femme à défendre, à protéger... Millions de ton-
nerres !.. il faut pourtant sortir d'ici !... il le faut !

— Mais comment?...

— On ne nous laissera pas crever de faim, j'imagine ! on viendra nous
apporter des vivres !... Eh bien, voici ce que nous ferons ! quand les bandits entreront, fussent-ils dix, fussent-ils vingt, nous nous jetterons dessus,
nous leur enlèverons leurs armes et nous les laisserons solidement liés et
ficelés à notre place. Il y a des risques à courir; mais, vous savez, comme
dit le proverbe français : *Qui ne risque rien n'a rien !* Est-ce dit?

— C'est dit ! répondirent les captifs d'une seule voix.

— Alors, répliqua Goliath, nous n'avons plus qu'à attendre.

Et il se coucha, exemple qui fut aussitôt imité par Edward et Tom, sur le sol rocailleux de la grotte, tournant et retournant son idée pour essayer de la rendre plus féconde. A quelques pas de là, assis l'un près de l'autre, la main dans la main, le regard noyé dans le regard, Jane et Hector songeaient tristement à leurs parents, à leur bonheur perdu.

Deux jours se passèrent, deux jours pendant lesquels les malheureux se consumèrent dans une attente vaine et pleine d'angoisses terribles. Personne ne vint!... Alors commencèrent des tortures sans nom : la soif, la faim, commençaient leur œuvre; les malheureux se sentaient perdus...

— Misère de moi! disait Goliath à chaque minute, ils ont donc juré de nous laisser périr de faim!...

Mais ses compagnons étaient trop abattus pour lui répondre.

Ce soir-là, Joë Thorps, assis près d'une table grossière, fumait tranquillement sa courte pipe, tout en donnant de fréquentes accolades à sa bouteille de gin, car il dédaignait les verres et les gobelets, ce digne homme!

— Père, dit tout à coup Ned, que comptez-vous faire des prisonniers enfermés au Château du Diable?

— Ils sont bien là, qu'ils y restent! répondit Joë Thorps entre deux bouffées de tabac.

— Mais ils sont sans vivres, sans eau... ils mourront...

— La belle affaire! Croyez-vous maintenant, Ned, que je vais m'apitoyer sur leur sort? Ce sont des ennemis dont la mort nous débarrassera d'un grand poids... Qui ira dénicher leurs cadavres dans ce trou de rocher?...

Et il lampa une nouvelle gorgée.

— Père, reprit Ned, savez-vous que c'est affreux? Tuer un ennemi dans l'enivrement de la lutte, cela ne m'épouvante pas; mais, le combat fini, laisser ces malheureux périr misérablement, périr de faim surtout, voilà qui est infâme! Ces hommes, cette pauvre femme, ne nous connaissent pas. Enlevés dans la nuit, ils ne pourront trahir le secret de notre retraite. Pourquoi ne pas enlever la roche qui ferme la grotte, et les laisser se débrouiller comme ils l'entendront!

Thorps réfléchit un moment. Cet expédient, ce compromis plutôt, lui souriait assez. En effet, en remettant les captifs en liberté, on ne pouvait l'accuser de vouloir leur perte, et s'ils succombaient sous la dent des fauves, s'ils ne pouvaient résister aux fatigues, aux privations, en était-il la cause? Non.

— Et tu crois que seuls, sans chevaux, sans armes, ils pourront résister aux attaques des lynx, des loups et des ours, qu'ils réussiront à atteindre une des stations britanniques? fit-il, avec un sourire où se lisait sa pensée.

— Qu'importe ! répondit avec le même sourire le digne fils du pilleur d'épaves. Laissons-les libres, et, s'ils périssent, notre conscience n'aura plus rien à nous reprocher.

Joë allait répondre, quand la porte s'ouvrant brusquement, livra passage à deux hommes, dont l'un semblait être le maître, l'autre le valet.

Brusquement le père et le fils s'étaient redressés, la main sur la crosse d'un revolver.

— Eh quoi, frère Joë! dit un des nouveaux-venus ; c'est ainsi que vous me recevez?...

— Bob ! s'écria Thorps, c'est vous !...

— Moi en chair et en os, quoique diablement fatigué. Le pays où vous nichez, Joë, peut être pittoresque, mais n'est pas agréable aux voyageurs. Mais je bavarde et oublie de vous présenter un très digne gentleman, qui est venu vous visiter rien que pour avoir de votre bouche des détails sur le naufrage de l'*Eagle*.

Le visage déjà soupçonneux de Joë se rembrunit encore.

— Oh ! vous pouvez parler sans crainte, Joë, reprit Bob. Monsieur n'est pas de ces curieux qui fourrent le nez où ils n'ont que faire. S'il vous demande des renseignements, soyez persuadé que ce n'est pas pour le compte de la police, et qu'il vous les paiera cher.

— Joë, ajouta l'inconnu, qui n'était autre que William Clarke, votre frère m'a affirmé que je pouvais me fier à vous. De mon côté, je ne vous trahirai pas : j'ai mes raisons pour cela. Écoutez-moi bien : parmi les passagers de l'*Eagle*, il en est trois auxquels je m'intéresse spécialement; il faut savoir ce qu'ils sont devenus...

— La mer a rejeté bien des cadavres, gentleman, et comment reconnaître parmi les survivants ceux qui vous sont si... chers?...

— C'est peut-être plus facile que vous ne le pensez, car l'un de ces passagers est français, le second est une sorte d'hercule à la taille remarquable, et la troisième personne, enfin, une toute jeune femme.

— J'y suis ! s'écria Joë, en se frappant le front, les prisonniers du Château du Diable !... En effet, parmi eux est une jeune femme, la seule d'ailleurs qui ait échappé au naufrage, et je me rappelle justement ce grand diable qui voulait me fendre la tête,

— Ils sont en votre pouvoir?

— Oui, et vous arrivez à propos, gentleman, car cette nuit même j'allais leur donner l'envolée.

— Il était temps ! Voulez-vous me les livrer?

— Contre combien?... demanda Joë Thorps effrontément.

— Contre cinq cents livres! répondit William Clarke, en jetant sur la table un petit sac de cuir, dont le son révélait assez le contenu.

— Marché fait... Suivez-moi, gentleman, je vais vous conduire au Château du Diable ; là, vous vous débrouillerez comme vous l'entendrez.

— Père, interrompit Ned, vous oubliez les deux autres prisonniers.

— Aoh ! ils sont cinq, c'est vrai !...

— Comment alors, fit Bob brusquement, voulez que seuls nous nous rendions maîtres de quatre hommes ?... Le tenter serait folie...

— Modérez votre langue, Bob, ou buvez une gorgée de gin pour l'assouplir. Je ne vous ai pas dit qu'ils sont sans armes, que, depuis trois jours, ils n'ont pas rompu une bouchée de pain, ni bu une goutte d'eau.

— Sans compter que le bain qu'ils ont pris avant a dû leur creuser l'estomac ! ricana Bob.

— Ceci me décide, dit William Clarke résolûment. Guidez-nous, Joë.

Le naufrageur alluma une petite lanterne et guida les deux hommes jusqu'au pied de la *Roche-Rouge*. Là, William et Bob retrouvèrent leurs montures et s'élancèrent en selle. Joë et Ned, comme tous les riverains, possédaient aussi des chevaux à demi sauvages qu'ils laissaient errer autour de leur demeure. Ils eurent bien vite fait d'en capturer deux, de les brider, de les seller, et la petite troupe s'éloigna dans la direction de l'ouest, guidée par le vieux pilleur d'épaves.

— Etes-vous content ? demanda Bob à William Clarke.

— J'eusse préféré les voir morts ! répondit-il d'une voix sourde. Enfin, je leur parlerai, j'essayerai de les fléchir, et s'ils refusent...

— Alors ?... — Les évènements en décideront...

VIII. — OÙ LA CHANCE TOURNE ENFIN

Moins d'une heure après, la petite troupe s'arrêtait en face du Château du Diable.

Réunissant leurs efforts, les quatre hommes parvinrent à ébranler l'énorme rocher qui fermait l'entrée de la grotte. Alors Joë se tourna vers William Clarke.

— Voilà votre route ! dit-il, en désignant le couloir sinueux. Adieu et bonne chance.

— Arrêtez ! interrompit William brusquement. Voulez-vous gagner vingt guinées en plus de notre marché.

— Que faut-il faire ?

— Nous accompagner : nous ne sommes pas en nombre.

— Soit ! accepta le bandit.

Ils s'engagèrent tous quatre dans le long couloir, laissant leurs chevaux attachés aux basses branches des pins. Joë marchait le premier, élevant sa lanterne, qui projetait devant lui une lumière faible et rougeâtre. Pas un bruit humain : seul on entendait l'écho répéter lugubrement les pas, puis les gouttes d'eau, s'infiltrant et tombant régulièrement du haut du rocher.

— Décidément, murmura Thorps, je crois que nous arrivons trop tard...

Il se trompait. Les captifs avaient entendu, et, subitement, comme galvanisés, ces quatre spectres épuisés par trois longs jours de souffrances horribles, d'angoisses plus terribles encore, s'étaient redressés...

— Les voilà! dit Hector. Du courage, mes amis, et n'oublions pas que notre salut dépend de cette lutte suprême.

— Nous sommes prêts I répondirent les trois hommes.

Hector prit dans ses bras Jane que la souffrance rendait presque insensible, et la porta derrière un des énormes piliers naturels qui supportaient la voûte.

— Confiance, Jane I dit-il doucement. Nous allons tenter un dernier et suprême effort.

Cependant William Clarke était enfin parvenu dans la grotte.

— Personne ! dit William stupéfait, car les quatre hommes, pour ne pas être surpris, s'étaient dissimulés derrière les quartiers de rochers.

— Tu te trompes, bandit, je suis là! fit une voix rauque.

Il recula d'un pas, mais trop tard : des bras noueux, puissants, l'avaient saisi par le milieu du corps et paralysaient toutes velléités de révolte. En même temps, trois ombres avaient surgi du fond de la grotte, et Joë, Ned et Bob se virent chacun en présence d'un adversaire...

La lutte fut courte. Pareils à des bêtes fauves, les prisonniers avaient bondi sur leurs ennemis, les empêchant par la soudaineté, la violence de leur attaque, de se mettre en défense, de faire usage de leurs armes. La rage qui les animait décuplait leurs forces ; quelques minutes plus tard, William Clarke et ses lâches compagnons étaient terrassés, maintenus impuissants sur le sol.

— Jane, cria Hector, ramassez la lanterne et éclairez-nous. Nous allons garrotter ces misérables, qui ne méritent que notre mépris, et les laisser où ils nous ont laissés.

En déchirant et en tordant comme des cordes les vêtements de leurs ennemis, les prisonniers eurent vite fait de les réduire à l'impuissance. Tout à coup Goliath poussa un cri :

— Lui! dit-il. Non, je ne me trompe pas!... Malgré ta perruque rouge, je te reconnais, bandit !... tu ne m'échapperas pas, Archibald Loyton!...

Les deux hommes bondirent à la bride. (page 189)

— Lui! exclama Hector à son tour, lui!... Aristide ne s'était donc pas trompé?... il vit!...

— Il a vécu! répondit froidement Goliath, qui ramassa un revolver sur le sol et appuya le canon glacé sur le front du misérable.

Edward Bakley s'interposa.

— Que vous a fait cet homme? dit-il.

— Ce qu'il m'a fait!... Demandez-le à M. Lassalle et il vous répondra... Cet homme est un lâche faussaire, un bandit, un assassin. Longtemps nous l'avons cru mort... mais je le retrouve enfin, et puisque ici il n'y a ni juge ni bourreau, je serai le juge et le bourreau...

Edward Bakley ne protesta plus. William Clarke, se voyant perdu, priait, suppliait, mais en vain : il allait mourir quand, à son tour, Jane se précipita entre Goliath et lui.

— Non, dit-elle, pas de meurtre, pas de sang!... Epargnez cet homme, si coupable qu'il soit... Il est là garrotté, impuissant, il peut se repentir encore... oh! laissez-le, je vous en supplie, laisse-le!

— Jane, répondit Hector, vous ne savez pas quel démon est cet homme.

— Que me fait son passé! c'est la possibilité du repentir, du retour au bien que j'implore pour lui... Ne lui fermez pas cette porte de salut. Hector, c'est la première grâce que je vous demande : me la refuserez-vous?...

— Vous le voulez, cet homme vivra, Goliath, laissez-le...

— Dieu veuille que vous ne vous repentiez pas un jour de votre générosité, mistress! murmura le brave garçon, en passant le revolver à sa ceinture. Mais ne prenons pas racine ici, nous sommes libres, filons.

Etroitement garrottés, les quatre bandits hurlaient, rugissaient, se tordaient, se démenaient sur le sol.

— Adieu! leur cria Goliath, et fasse le ciel que je ne vous retrouve plus sur mon chemin.

Les fugitifs étaient libres, mais brisés, anéantis par trois jours de souffrances, par les péripéties de cette lutte sauvage. A peine sortis, grâce aux faibles rayonnements que projetaient les astres sur la campagne désolée, ils aperçurent les quatre chevaux des bandits attachés aux branches des pins.

— Bonne prise! cria Goliath qui, le premier, se mit en selle.

Ses compagnons imitèrent son exemple; Hector prit sa jeune femme en croupe, et bientôt la petite cavalcade put s'éloigner au galop de ce lieu sinistre.

— Par où nous diriger? demanda Edward Bakley.

— Marchons vers le sud, répondit Hector, c'est le plus sûr moyen de trouver aide et protection.

Grâce aux étoiles nombreuses qui brillaient dans l'azur profond des cieux, il était facile de se diriger. Toute la nuit, la petite troupe garda une allure infernale, tant elle avait hâte de fuir le voisinage des pilleurs d'épaves; mais ce fut en vain; pas une ferme, pas une hutte dans ces solitudes désolées! on eut pu se croire en plein désert.

Quand le soleil radieux versa à flots ses rayons sur la plaine aride, quand les brouillards de la nuit se dissipèrent comme un rideau que l'on soulève, Goliath poussa un cri de triomphe.

— Sauvés! dit-il, en désignant une cinquantaine de cavaliers qui s'avançaient en bon ordre : les Dragons de la Reine!

Lord Wilmoore, le capitaine du détachement, en voyant ces malheureux pâles, hâves, déguenillés, plus semblables à des spectres qu'à des hommes, piqua droit vers eux.

— Qui êtes-vous? leur demanda-t-il, non sans défiance.

— Naufragés de l'*Eagle*, répondit Edward Bakley.

En quelques mots rapides, il mit le capitaine au courant de la situation. Celui-ci était justement à la recherche des survivants de l'*Eagle;* mais depuis trois jours qu'il fouillait les environs, il n'avait rien trouvé, rien que des cadavres..

— Ah! dit-il en frisant sa moustache, les principaux meneurs sont pris au piège! c'est bon à savoir. Par eux nous connaîtrons les autres.

— Vous connaissez le Château du Diable?

— Comme tout le monde ici; mais j'étais loin de me douter qu'il servît de refuge aux pilleurs d'épaves. En route, enfants! Quant à vous, continua Wilmoore, en s'adressant aux naufragés, si vous voulez vous reposer, vous réconforter, tournez à l'est, et, à moins d'un mille, vous trouverez un phare où vous serez cordialement accueillis. Adieu!

En même temps il rendit la main à son cheval. Les dragons s'ébranlèrent et disparurent bientôt aux regards des naufragés, mais disons tout de suite que leurs recherches n'eurent aucun succès. Quand ils arrivèrent au Château du Diable, la grotte était vide : les bandits avaient réussi à briser leurs liens et à prendre la clef des champs.

— Voilà bien le nid, murmura Wilmoore qui s'arracha presque la moustache de dépit; mais les oiseaux se sont envolés.

— Oui bien, Votre Honneur! répondit Jack Bourrough, le sergent du détachement.

Wilmoore n'avait pas trompé les naufragés; moins d'un quart d'heure après, ils apercevaient sur le fond bleu du ciel, la silhouette du petit phare.

Ce n'était pas un de ces édifices aux murailles de granit, au système compliqué de lampes et de réflecteurs, mais une simple tourelle faite de planches barbouillées de chaux, et supportant une sorte de gril où brûlaient, la nuit et les jours de brouillard, des matières résineuses, répandant presque autant de fumée que de flamme. Ces sortes de phares ne sont pas rares d'ailleurs sur les côtes américaines, où l'on bâtit vite et à peu de frais.

Au pied de la tourelle était la demeure du gardien, une charmante maisonnette au grand toit de tuiles rouges, aux murs aussi blancs que le lait.

Les naufragés saluèrent d'un hurrah joyeux cette maisonnette si coquette dans ce paysage désolé, car les côtes du Labrador offrent partout un aspect chaotique ; des roches entassées les unes sur les autres, des caps sombres, des falaises à pic, que la mousse marine couvre à peine de ses pâles broderies, où nichent par milliers les mouettes et les goëlands.

Au-delà des rochers, la mer s'étendait à perte de vue, bleue, étincelante sous les chauds reflets du soleil, parsemée de voiles blanches, qui semblaient des ailes d'oiseaux voyageurs rasant de près les flots...

— Quel calme après tant de tempêtes terribles ! murmura Jane émue.

— Oui, répondit Hector, le contraste est saisissant ! Mais oublions cela et ne songeons qu'à remercier Dieu, qui nous a conduits au port.

— Et les bandits ? demanda Edward Bakley.

— Dans quelques heures ils seront entre les mains de la justice, ce qui ne les amusera guère, répondit Goliath : car, au Canada, la loi est terrible pour ces gentlemen : pour eux, pris est synonyme de pendu...

— Au moins n'aurons-nous pas versé leur sang ! ajouta Hector, comme pour conclure.

Quelques instants plus tard, cordialement accueillis par le garde et sa femme, ils oubliaient autour d'une bonne table leurs peines et leurs fatigues.

Cependant, le lecteur se demandera peut-être comment il se fait que Hector et Jane, que nous avons laissés à Boston à la veille de se marier, se soient trouvés sur l'*Eagle* au moment de son naufrage...

En Amérique, comme en Europe d'ailleurs, où l'habitude devient si souvent une loi, il est d'usage que les nouveaux époux entreprennent un long voyage, le voyage de noces, enfin.

Certains endroits sont fréquentés de préférence par les jeunes couples, et bien des hôtels, bien des sompteux caravansérails, situés dans des sites romantiques, loin du bruit, du tumulte des affaires, ne doivent leur prospérité qu'à cette coutume constamment suivie par la fine fleur du high-life américain.

Hector ne pouvait aller contre l'usage établi. Mais il était français, et, aux plus beaux sites américains, il préférait le Canada, cette ancienne terre française. Jane avait consenti avec joie aux projets de son mari, et tous deux s'étaient embarqués sur l'*Eagle*, dans l'intention de remonter le Saint-Laurent jusqu'à Québec et Montréal, de visiter le lac Ontario, célébré par

Cooper, les chutes du Niagara, et, enfin, de revenir par le railway de New-York et Boston.

Immuable dans son dévouement, Goliath avait voulu être de la partie.

— Souvenez-vous de nos derniers voyages, avait-il répondu à toutes les objections d'Hector, et vous comprendrez que vous ne devez pas, que vous ne pouvez pas partir sans moi.

— Venez donc ! avait dit Hector.

Et on était parti.

IX. — DE QUÉBEC AU NIAGARA

Les exigences sans cesse renaissantes de notre récit nous conduisent des plaines glacées du Labrador à Montréal, la deuxième ville du Canada par son importance, la première peut-être par son commerce.

Montréal, en effet, est un des grands entrepôts de fourrures de l'extrême nord. Presque tous les Canadiens sont d'excellents chasseurs, et, s'ils ne reculent pas devant une rencontre avec les terribles fauves des montagnes, ils ne dédaignent pas non plus de tendre des filets, creuser des trappes, traquer l'hermine et le castor.

Après avoir longuement parlé de Québec, nous ne fatiguerons pas nos lecteurs d'une description détaillée de Montréal. Comme Québec, la ville où nous nous arrêtons est bâtie sur le penchant d'une haute colline et comprend la ville haute et la ville basse. Ses rues sont larges, bordées de beaux hôtels aux façades sculptées, enjolivées d'ornements capricieux. Beaucoup de magasins brillants de dorures, aux enseignes, les trois quarts du temps rédigées en français ; beaucoup de monuments, dont le principal est sans contredit l'église Notre-Dame ; des squares, des jardins plantés d'érables et de tilleuls : voilà l'ensemble.

Les quais sont vastes et admirablement appropriés à leur destination. D'innombrables navires chargent et déchargent sans cesse et font vivre toute une population de joyeux débardeurs. Sur le fleuve ensoleillé, que ride à peine un souffle léger, passent de grands steamers, des steamboats, conduisant les touristes à l'île Hélène, puis des barques de plaisance, aux voiles blanches comme les ailes des oiseaux marins.

Hector et sa jeune femme ne s'étaient arrêtés que quelques jours à Québec ; le temps de visiter les environs, d'accomplir un pieux pèlerinage aux tombeaux de granit où dorment du même sommeil les deux plus grands hommes de la guerre Anglo-Française : Wolfe et Montcalm...

Les plaines d'Abraham virent le même jour tomber ces deux héros, auxquels les soins pieux des Anglais et des Canadiens ont donné la même sépulture.

Il avait été facile à Hector de se procurer, à Québec, les sommes qui lui étaient nécessaires pour continuer son voyage. Puis il avait télégraphié à Boston pour rassurer madame Lassalle et le colonel Mac Dowel, car de Québec à New-York tous les journaux regorgeaient de détails sur la catastrophe de l'*Eagle*.

A peine arrivés à Québec, Edward Bakley et Tom Wilson avaient pris congé de leurs nouveaux amis.

— Monsieur, dit Goliath à son maître, ne serait-il pas plus prudent de retourner à Boston et de là en France? Je connais Archibald Loyton; s'il n'a pas le courage sanguinaire de Nichols Godvolke, de funeste mémoire, il lui aurait rendu des points pour la ruse et la perfidie. Il n'a pas renoncé à sa vengeance, vous avez pu le voir, et plus nous serons loin de lui, mieux ça vaudra.

— A quoi bon nous inquiéter de cet homme? A cette heure, sans doute, il est prisonnier et, vous l'avez dit, les lois anglaises ne transigent jamais avec les naufrageurs : la potence les attend.

— Hélas! Monsieur, peut-on savoir ce qui adviendra de tout ceci? Tant que je n'aurai pas vu le corps de ce misérable se balancer à l'extrémité d'une corde, j'aurai peur de lui.

— Poltron! Mais pas un mot à Jane! elle ignore cette histoire terrible. Comprenez ceci : si nous retournons brusquement à Boston, on cherchera et on finira par trouver les motifs de ce prompt retour; je ne veux alarmer personne. Cependant je vous promets d'être prudent, très prudent...

Goliath avait dû se contenter de cette réponse, et, après un court séjour à Québec, on avait pris passage sur un des nombreux steamboats qui remontent le fleuve jusqu'au bord du lac Ontario.

Bien que le railway accomplisse le même trajet, les touristes, les vrais amateurs du pittoresque lui préfèrent généralement le steamboat.

Partout les deux rives sont couvertes de frais villages, de petites villes aux amas de blanches maisonnettes; les fermes se devinent sous les épais ombrages des chênes et des érables, qui fourniront une abondante récolte de sucre. Les cheminées, toujours couronnées de la fumée des usines, les moulins à huile, les clochers gothiques, que surmonte la croix latine, et qui percent les masses tremblantes du feuillage, ajoutent encore à la beauté du paysage.

Le soleil se couchait quand le steamboat s'arrêta au quai, en face de Montréal. La ville entière, étageant ses maisons pittoresques sur le flanc de la montagne, apparaissait comme baignée dans une buée rose, et les derniers feux du jour, irradiant splendidement les sommets des hauts édifices, les coupoles des temples, les tours jumelles de Notre-Dame, se réfléchissaient encore sur les vitres brillantes, qui de loin, ressemblaient à de larges rubis.

Au-delà, les piles rigides, le tablier métallique du pont Victoria, découpaient nettement leurs arches géantes.

Les voyageurs qui, en débarquant, avaient accepté les services d'un guide, se firent immédiatement conduire dans un des plus somptueux hôtels de Saint-James street.

Mais il était écrit qu'ils ne feraient pas long séjour au Canada. Après un repas pris à table d'hôte, en compagnie de ladys plus ou moins authentiques, de lords froids et gourmés, d'officiers supérieurs et de *clergymen*, Hector et Goliath, retirés dans un petit salon, fumaient d'excellents cigares, tout en parcourant nonchalamment les journaux.

Soudain Goliath bondit.

— Ah! fit-il d'une voix rauque, je vous disais bien que ce démon n'avait pas renoncé à la lutte, que nous n'étions pas débarrassés de ses poursuites odieuses ! Lisez...

En même temps, il passa à Hector le *Journal de Québec*, et lui désigna du doigt un article qui commençait par ces mots tracés en gros caractères :

RAPPORT DU CAPITAINE J. T. WILMOORE

Ce rapport racontait la déconvenue des dragons et de leur chef, lorsque, arrivés au Château du Diable, ils avaient trouvé la grotte veuve de ses prisonniers.

— C'est donc une guerre à mort! s'écria Hector en frappant du pied. Vous avez raison, Goliath, mieux vaut abandonner la place à ce gredin, mieux vaut quitter l'Amérique et gagner la France... Nous partirons demain.

— Pour Boston? demanda Goliath.

— Oui, mais en faisant un détour. Il importe que le misérable nous croie en pleine sécurité, il importe de ne montrer ni crainte ni défiance. Nous ne changerons rien à notre itinéraire, nous l'activerons seulement ; nous allons prendre le railway jusqu'à Kingston ; là, nous traverserons le lac Ontario, nous jetterons un coup d'œil sur les chutes du Niagara, et, à Buffalo, nous reprendrons le train pour Albany et Boston.

Goliath hocha tristement la tête.

— L'amour-propre est une bonne chose, Monsieur, dit-il ; mais, en présence de tels coquins, croyez-moi, il est préférable de se hâter, de prendre immédiatement le railway qui conduit à Boston : dans quarante heures nous serons rendus.

— Auriez-vous peur, Goliath ?...

— Monsieur, je me suis donné à vous et vous l'ai dit une fois pour toutes : *Commandez, j'obéirai !*...

— Brave cœur, va, je ne serai point ingrat ! Mais ne changeons rien à notre premier itinéraire, c'est plus prudent. Surtout, pas un mot à Jane : qu'elle ignore tout.

— Vous serez obéi, Monsieur. Ah ! continua le brave garçon, pourquoi n'avons-nous pas écrasé cette vipère ! ce sera l'éternel regret de ma vie...Si un malheur arrive, je ne m'en consolerai jamais...

— Confiance, ami. Allez et préparez tout pour notre prochain départ ; nous prendrons le premier train.

Goliath sortit en hochant la tête. Resté seul, Hector, profondément découragé, se laissa tomber dans un fauteuil, et, la tête ensevelie dans ses deux mains, il réfléchit longtemps.

— Toujours la lutte ! toujours cet éternel combat ! murmura-t-il d'une voix triste. Ah ! si j'étais seul encore, si une autre existence n'était pas liée à la mienne, avec quelle joie je poursuivrais ce misérable ! avec quelle joie je l'écraserais sous mon talon !... Mais il n'y faut pas songer, je ne suis plus maître de ma vie ; je l'ai consacrée à Jane... Aristide, Weddy, dignes amis, pourquoi faut-il que nous soyons séparés ?... Mais je m'égare... Quelques jours encore, et la mer, comme une barrière infranchissable, nous séparera de ce maudit.

Le lendemain, de grand matin, Hector, Jane et Goliath montaient dans un des wagons du railway qui court de Montréal à Kingston.

La jeune femme n'avait fait aucune observation ; elle était surprise cependant de quitter si vite une ville que, quelques jours auparavant, Hector se faisait une grande fête de visiter en détail.

Le lourd convoi filait avec rapidité. Il franchit sur un pont l'Ottawa, dont la large embouchure scintillait au soleil, et continua sa marche, suivant de près le cours du Saint-Laurent. Le paysage, aux lignes calmes et sévères, était égayé par une multitude de villages, de fabriques, de cottages à l'architecture fantaisiste ; de nombreux navires aux grandes voiles, de petits canots manœuvrés à l'aviron, glissaient mollement sur le fleuve.

Kingston, où l'on arriva bientôt, est une petite ville coquettement assise sur la rive de l'Ontario, presque au point où le fleuve, bouillonnant dans les chenaux étroits qu'il s'est creusés au milieu d'îles sans nombre, sort du lac pour se précipiter après un long parcours dans les flots tumultueux de l'Atlantique.

Constamment visité par les curieux, par les touristes qui se rendent au

Niagara, Kingston jouit d'une prospérité qui ira toujours croissant.
Le lac Ontario n'est plus ce qu'il était au temps où Cooper célébrait ses
beautés. Partout, sur ses rives jadis foulées par le mocassin du Delaware
ou de l'Iroquois, courent, serpentent, s'enchevêtrent de longues lignes fer-
rées : l'industrie, l'agriculture, ont accaparé ses îles nombreuses : des
steamboats, de fins voiliers sillonnent sans cesse ses flots profonds : des
villes, enfin, les unes anglaises, les autres américaines, s'élèvent sur ses
bords, au pied de collines couvertes d'une puissante végétation.

Mais, à part ces *embellissements* forcés de la civilisation, ce sont toujours
les mêmes paysages calmes et placides, les mêmes aspects, grandioses ici,
là riants et pleins de poésie agreste. Et quand, perdu au milieu de ce lac
immense, on ferme instinctivement les yeux, on croit apercevoir dans un
mirage trompeur la barque de *Jasper-Eau-douce* glissant doucement sur
la vague, ou la *Fille du Sergent* assise à la pointe d'un îlot et baignant ses
pieds blancs dans l'onde transparente.

Telles étaient sans doute les pensées de Jane et d'Hector, alors que
debout, à l'arrière du steamboat, ils contemplaient les magnifiques scènes
qui se déroulaient à leurs yeux.

X. — OU HECTOR RETROUVE UNE VIEILLE CONNAISSANCE

Le docteur Livingstone, en décrivant les admirables chutes Victoria, sur
le Zambèze, ne leur trouve qu'un seul point de comparaison : le Niagara.

Pour décrire un tel tableau, la plume est faible, la pensée impuissante :
il faudrait les magiques couleurs d'un pinceau habile... et encore!...

Jadis, selon toutes probabilités, selon les affirmations des géologues les
plus autorisés, les lacs Ontario et Erié ne communiquaient pas ensemble,
séparés qu'ils étaient l'un de l'autre par une barrière de rochers : il a fallu
l'action latente et corrosive des flots pendant des siècles et des siècles, pour
creuser ce chenal gigantesque d'où ils se précipitent d'une hauteur de plus
de 300 mètres.

Ce n'est que des sommités voisines, toutes fort pittoresques, que le touriste peut contempler à son gré cet étonnant phénomène, ce travail sublime
de la nature, voir cette chute géante élargir en éventail ses eaux colorées
de toutes les nuances du prisme, et les précipiter dans un abîme sans fond.
De tous côtés, l'air est obscurci par un brouillard humide et pénétrant; l'on
n'entend que des sanglots, des clameurs infernales, et, si les yeux se por-

tent au fond du gouffre, il faut être bien sûr de soi, ou se cramponner solidement aux cordes, aux broussailles, pour échapper au vertige.

Un tel spectacle gagnerait à être vu dans un site solitaire, loin du bruit,
de l'agitation. Mais la spéculation, la concurrence, règnent souveraine-
ment dans ces parages, et si, grâce à elles, la fatigue, le danger même, ont
été supprimés, le pittoresque y perd, n'en doutons pas.

Tous les points qui dominent les chutes ont été victorieusement conquis
par les spéculateurs. Ici courent des sentiers en zigzags, longeant les
abîmes et les franchissant parfois sur des troncs tremblants ; là se creusent
des tunnels, se dressent des ascenseurs, des escaliers aux degrés de bois.
Enfin, des ponts métalliques, d'une solidité éprouvée, ont été jetés au-
dessus des chutes mêmes par l'illustre constructeur du pont de Brooklyn, à
New-York.

Des hôtels confortables, des maisons de secours couvrent toutes les hauteurs et tiennent à la disposition des touristes des guides expérimentés, des
vêtements spéciaux contre l'humidité et le froid, car les chutes du Niagara
jouissent, hiver comme été, de la même vogue.

Hector et Jane, le lendemain de leur arrivée, se firent conduire à la *table-
rock*, d'où l'on jouit sans danger de la plus belle vue des chutes.

Là une surprise les attendait.

Comme toujours, les abords des chutes étaient encombrés d'une foule
nombreuse et mélangée : beaucoup de Français railleurs, babillards, sacri-
fiant tout au plaisir de faire un bon mot ; plus encore d'Anglais maigres,
rigides, au poil roux, traînant après eux femmes, enfants, gouvernantes ; de
miss aux cheveux d'or, aux toilettes impossibles, à la recherche de maris ;
et, brochant sur le tout, des Yankees à l'air ennuyé, des révérends plongés
dans une rêverie profonde...

Seuls les vrais amis de la nature contemplaient, le cœur ému, cette splendide nappe d'eau, que le soleil pailletait d'étincelles diamantées, puis écoutaient ces grondements sauvages qui couvraient tous les bruits.

Tel n'était pas le cas d'un jeune gentleman qui, le monocle à l'œil, le jonc
à la main, pérorait entouré d'un auditoire nombreux. A son petit chapeau
crânement posé de travers, à son veston étriqué, à son large pantalon à carreaux, à sa barbe en broussaille, il était facile de le reconnaître pour un
Français, un artiste peut-être.

La lèvre dédaigneuse, le geste inspiré, il essayait d'*expliquer* — qu'on
nous pardonne le mot — les chutes aux Anglais et aux Américains, qui les
connaissaient mieux que lui.

Un grand escogriffe, aux cheveux de filasse, se tenait à quelques pas en
arrière, chargé d'un immense parapluie, d'un pliant et d'un plaid écos-
sais.

11

— Mais je ne me trompe pas ! s'écria Hector soudain, c'est l'ami Aristide !...

Et il marcha droit à l'individu en question.

Celui-ci l'avait aperçu aussi.

— Hector ! dit-il, en courant au-devant de son ami, sans se soucier de son auditoire, qu'il plantait là d'une façon si peu parlementaire. Enfin, je te revois !...

Mais, apercevant Jane :

— Ta femme ? dit-il.

— Oui, miss Jane Mac Dowel, aujourd'hui madame Lassalle, fit Hector en souriant. Jane, continua-t-il, je vous présente mon meilleur, mon plus fidèle ami.

La jeune femme tendit sa petite main à Aristide Bonneau, qui la serra énergiquement.

— Madame, reprit-il, nous vous en voulions tous à Paris d'avoir enchaîné la liberté de notre ami ; nous ne lui pardonnions pas de s'être marié en Amérique. Mais, en vous voyant, je comprends combien il avait raison. Puisse cet aveu dépouillé d'artifice, comme on dit aux *Français*, me mériter votre pardon...

— Vous êtes tout pardonné, dit Jane en souriant.

— Mais, continua Hector, pourquoi es-tu ici ?

— Tu es épatant, mon cher ! Pourquoi ? parce que tu y es, ingrat. Tu m'écris que tu te maries, naturellement je me décide à passer la mer pour signer à ton contrat, mais par un funeste concours de circonstances, comme les légendaires carabiniers, j'arrive trop tard... Plains-moi, mais ne me blâme pas. Bref, j'arrive à Boston : là, ta mère m'apprend ton départ et me donne l'itinéraire que tu devais suivre. Courir après toi, c'était risquer de faire le tour du monde avant de te rejoindre ; je préférai donc courir à ta rencontre par une autre route, et, grâce au Pensylvania-Road-Erié, j'ai pu te devancer et t'attendre.

De nouveau, Hector lui serra la main, et se penchant à son oreille :

— Merci, dit-il, tu ne saurais croire combien je te suis reconnaissant !...

Il n'est pas mort...

— Ah ! je me disais bien qu'un tel coquin ne pouvait mourir d'un bain froid ! Tu l'as revu ?...

— Oui. Mais rentrons, je te raconterai cela plus tard.

— Jasmin, suivez-moi, dit Aristide au grand escogriffe.

— Quel est ce Jasmin ?

— C'est mon laquais. A vrai dire, il s'appelle Joseph Servant, un nom stupide ! aussi, de mon autorité, je l'ai débaptisé pour le rebaptiser Jasmin. C'est plus Régence. Au fond, un garçon intelligent et capable, quoique paresseux en diable. Il a de solides qualités : ainsi il ne décachète jamais mes lettres, il comprend un ordre quand on le lui a répété trois fois seulement, il sait faire la cuisine et boit comme un allemand sans s'enivrer.

— Toujours fou !...

— Allons donc !... je suis sage, très sage.

Et, tout en causant, on atteignit l'hôtel où le jeune couple était descendu la veille, on pourrait presque dire *monté*, car cet hôtel, vrai palais des *Mille et une Nuits!* où un landlor intelligent avait réuni tout le luxe, tout le confort des deux mondes, était situé au sommet d'un plateau boisé, dominant le lac.

Goliath attendait son maître.

— Monsieur Bonneau ! fit-il, en reconnaissant Aristide.

— Moi-même, digne Yankee ! Il paraît que vous avez une mémoire de créancier? Tenez, voilà un garçon que je vous confie. A Paris, il est intelligent comme pas un; mais ici, il faut bien le reconnaître, il se trouve stupide comme une oie. Vous le formerez.

Tout en parlant, il s'était débarrassé de son attirail de touriste.

Hector revint vers lui.

— Jane change de toilette pour le dîner, dit-il; profitons de ce moment pour causer sérieusement.

— Je ne demande pas mieux. Parle, j'écoute.

Laissons nos amis en tête-à-tête, et voyons ce qui se passait à Buffalo deux jours plus tôt.

Buffalo, situé sur les rives du lac Erié, au point où la rivière Niagara se jette dans le lac, est un des grands centres industriels de cette région. C'est une ville toute moderne ; elle ressemble par beaucoup de points : par ses parcs, ses squares, ses larges voies, aux autres cités américaines.

Sa position à l'extrême pointe du lac, à l'embouchure de la rivière canalisée qui traverse l'Etat de New-York et rejoint l'Hudson, en fait une place maritime de premier ordre. C'est de Buffalo que partent chaque année les immenses chargements de grains, venus sur des bâtiments légers des Etats de l'ouest et du nord-ouest.

Tout cela donne à la petite ville une animation extraordinaire.

Pénétrons dans la maison de Phinéas Griffit.

Phinéas Griffit était un petit vieillard, ayant depuis longtemps dépassé la soixantaine. Proplet, guilleret, ayant le mot pour rire et grimaçant toujours comme un singe, il était, de plus, fort ami de la bonne chère et des plaisirs. Il avait longtemps dirigé un commerce assez étendu de pelleteries et de cuirs tannés; mais, depuis la mort de sa femme et le mariage de sa fille aînée, Ellen, avec John Winkook, il s'était retiré des affaires, et occupait avec sa deuxième fille, miss Mary, une des petites maisons du quai.

On le disait riche de quelques milliers de dollars. Cependant, son existence était des plus simples et son domestique ne se composait que de deux personnes : un nègre aux cheveux blanchis et une virago, d'une quarantaine d'années environ, répondant au doux nom de Barbara.

Assis dans une petite salle à manger simplement décorée, mais tenue avec une propreté hollandaise, le vieux Phinéas parcourait distraitement son journal, tout en jetant d'amoureux regards sur la table déjà servie.

Une lampe, accrochée au plafond, éclairait la petite salle d'un jour discret.

Mary, une jeune fille de vingt-deux ans, vive, alerte, charmante dans son simple costume d'intérieur, allait et venait de la table au buffet ; du fond de la cuisine, on entendait le remuement des plats, des casseroles, bruit plein de promesses, que dominaient pourtant l'organe masculin de Barbara et la voix chevrotante du vieux Salm.

— Hé ! hé ! voilà comment je comprends la vie ! dit Phinéas, en repliant son journal. Un intérieur confortable, une bonne table autour de laquelle se placent de vrais amis; les joies de la famille enfin, voilà mon rêve. Mary, soignez le dîner, car cette oie de Barbara n'en fait jamais qu'à sa tête, et celui que nous attendons n'est pas le premier venu.

— Qui donc, mon père ? interrogea Mary, en venant s'asseoir auprès de lui.

— Monsieur William Clarke, mon correspondant de Québec à l'époque où j'étais encore dans les affaires. Il m'a télégraphié qu'il viendrait aujourd'hui pour *affaires sérieuses*. Ma foi, je l'enverrai à John. En attendant, Mary, faites-vous belle : ce gentleman, très convenable, est encore garçon, et peut-être... Hé ! hé ! vous m'avez compris...

— Non, mon père, déclara nettement la jeune fille. Si c'est pour moi que ce gentleman se dérange, il perd son temps. Je n'épouserai jamais que quelqu'un que j'estimerai, et vous savez, mon père, que vos correspondants de Québec et d'ailleurs ne sont pas dans ce cas...

— Que voulez-vous dire, Mary? fit le vieillard, dont l'œil lançait des éclairs. Tout doit plier sous ma volonté, ne l'oubliez pas.

Miss Mary, élevée à l'américaine, avait sa volonté aussi. Elle se contenta de hausser les épaules à la virulente apostrophe du vieillard, et répondit froidement :

— Quand il sera question de décider de ma vie entière, vous me permettrez de me consulter, mon père.

Un coup violent frappé à la porte de la rue empêcha Phinéas de répondre.

— Voici mon convive ! dit-il en se levant. Salm, vieille carcasse ! Barbara, vieille folle ! prenez de la lumière et allez ouvrir...

Le vieux nègre s'empressa d'obéir. L'escalier cria sous des pas lourds et

précipités, et la porte s'ouvrant livra passage non à un, comme le croyait
Phinéas Griffith, mais à quatre hommes.

XI. — Ou le complot se dessine

Le bonhomme ne put s'empêcher de faire la grimace à la vue de ce sur-
croît de convives, et son regard piteux alla de la table si appétissante aux
quatre énormes gaillards qui se présentaient.

— Soyez les bienvenus ! dit-il néanmoins. Mais William Clarke, je le
déclare ici, c'est une traîtrise, une véritable traîtrise, de m'envoyer trois
convives sans au moins me prévenir... J'aurais pris mes dispositions en
conséquence.

— Allons, vénérable Phinéas, ne vous fâchez pas, interrompit William.
Ces honorables *gentlemen* se contenteront de ce qu'il y a. A table donc,
j'ai une faim de loup...

Sur un signe de son maître, Salm apporta de nouveaux couverts, et les
cinq hommes se mirent à table, Mary ayant déclaré qu'elle mangerait dans
sa chambre. Phinéas avait splendidement ordonné les choses à son point
de vue du moins : un potage succulent, d'énormes tranches de bœuf, une
oie grasse et un saumon monstrueux composaient le menu, que couronna
un pudding au rhum.

Pour boisson, de l'eau claire ou du thé, au gré des convives.

Les cinq hommes eurent bien vite englouti cette énorme quantité de vic-
tuailles. Phinéas ordonna alors de préparer le grog, et quand cette boisson
eut été apportée toute bouillante de la cuisine, il ferma lui-même la porte
et revint près de ses convives.

— Voilà du tabac de Virginie ; bourrez vos pipes et causons, dit-il.

— Oui, causons l répéta William Clarke. D'abord, père Phinéas, laissez-
moi m'excuser de vous avoir amené tant de bouches affamées ; mais quand
vous connaîtrez les messieurs Thorps frères et fils, vous m'approuverez
pleinement. Maintenant une question : êtes-vous riche ?

Phinéas bondit sur son siège.

— Riche !... dit-il, riche !... Je calcule...

— Ne calculez rien.

— Je déclare pourtant...

— Ne déclarez pas.

— Je suppose enfin...

— Inutile de supposer, vous dis-je ! Je ne viens pas vous emprunter vos dollars. Ils sont à vous ; gardez-les. Ce que je veux savoir, c'est si vous prêteriez les mains à une affaire qui peut doubler, tripler votre avoir...

— Sans risques?

— Oh! oh! vieil Harpagon, comme vous y allez! Sans risques, non ; mais je prends la majeure partie du danger pour moi. Ecoutez bien : à quelque centaine de lieues d'ici, sur les rives du Susquehanna, dort un trésor que j'évalue à un million de dollars... Vous avez entendu, un million de dollars !...

Phinéas, Bob, Joë et Ned Thorps bondirent sur leurs sièges.

— Un million de dollars ! reprit Phinéas. Et vous savez l'endroit exact où repose cette fortune?

— Je l'ai enfouie moi-même.

— Alors, il n'y a qu'à partir. Nous sommes ici cinq hommes énergiques, résolus ; une nuit nous suffira pour faire l'affaire et enlever le magot.

— Malheureusement, fit William, en hochant la tête, entre cette fortune et nous se dresse un obstacle qu'il faut supprimer. Tant que cet homme vivra, nous ne pourrons rien.

— Et vous le nommez?

— C'est un Français, un nommé Hector Lassalle.

— Le neveu d'Ichabod Creikfoorth! dit Phinéas avec un sourire malin. Je comprends. Mais je suppose que cet homme n'est pas invulnérable ; on peut l'attaquer une nuit, lui chercher une bonne querelle, le supprimer sans éclat... C'est si facile de faire disparaître un homme dans notre libre Amérique !...

William plia les épaules.

— Vous ne connaissez pas cet homme, dit-il, c'est un véritable démon. Maintenant il m'a vu et il se tient sur ses gardes. Oh! me venger !... me venger !...

Joë Thorps, qui, jusqu'alors, s'était contenté de s'empiffrer consciencieusement, releva la tête.

— Il me semble, gentleman, dit-il, qu'il y a un moyen bien simple de paralyser, de réduire à l'impuissance cet homme que je hais autant que vous, pour le mauvais tour qu'il nous a joué au Château du Diable. Je suppose qu'on lui enlève sa femme, qu'on la séquestre dans quelque ville éloignée... Que croyez-vous qu'il fasse alors? Il oubliera tout, il abandonnera tout pour ne songer qu'à elle, pour essayer de découvrir sa trace...

— Ce serait jouer gros jeu, hasarda Phinéas.

— Oh! gentleman, nous ne lui ferons aucun mal. Nous serons au contraire pour elle des serviteurs dévoués et respectueux. Je n'ai pas l'esprit inventif, mais je suppose qu'il serait facile d'arriver à notre but sans courir de grands

risques. La jeune femme en notre pouvoir, le mari se livrerait pieds et
poings liés, et nous n'aurions qu'à lui imposer nos conditions.

— La chose est faisable en effet, murmura William Clarke; mais! pour
cela, il faudrait éloigner le mari.

— Rien de plus facile, dit encore Phinéas. Cet homme possède-t-il toujours les sources de pétrole d'Ichabod Creikfoorth?

— Il en a vendu une partie ; mais il lui en reste d'importantes. Pittrole-
Lake entre autres, une exploitation qui occupe plus de cent ouvriers, entre
Harrisburg et Lewistown.

— Alors nous n'avons plus à nous en inquiéter : il délogera. Mais, avant
tout, convenons de nos conditions. Quelle sera notre part du trésor déniché?

— La moitié pour vous quatre, l'autre moitié pour moi, déclara nettement William Clarke.

— Soit ! acquiescèrent les bandits.

Et tandis que le rhum coulait à flots, que les pipes lançaient au plafond
des nuages de fumée, nos cinq gredins examinèrent sous toutes ses faces
leur plan infernal et convinrent de frapper immédiatement le premier coup.

Phinéas Griffit, on l'a deviné, n'était autre qu'un des nombreux correspondants de l'agence peu avouable de Québec. Voilant sous des dehors
hypocrites ses instincts mauvais, il avait réussi à se faire passer pour un
bon bourgeois, un être inoffensif, et, à Buffalo, où il était connu de tous,
nul ne soupçonnait sa coupable industrie.

Nous avions laissé nos quatre coquins pieds et poings liés dans la grotte
du Château du Diable. Malheureusement leurs liens, faits de lambeaux de
vêtements, étaient peu solides, et il avait été facile à Ned, garçon robuste
et résolu, de les user sur les aspérités des rochers. Libre, son premier soin
avait été de délivrer ses compagnons, et tous quatre, rugissant de rage,
s'étaient précipités au-dehors.

Là, nouvelle déception : les chevaux avaient disparu.

— Damnation sur nous ! s'était écrié William Clarke. Les misérables ont
enlevé nos chevaux, nous ne pouvons les poursuivre...

Seul le vieux Joë n'avait rien perdu de son sang-froid.

— Nous trouverons d'autres montures à la roche rouge, avait-il dit.

Mais les fugitifs avaient trop d'avance pour qu'on pût les rejoindre.

William et ses dignes complices avaient pris la route de Québec où ils
avaient retrouvé Hector et Jane. Certains alors que les jeunes époux n'a-
vaient pas renoncé à leur voyage de noces, ils avaient pris les devants et,
par le railway, s'étaient rendus à Buffalo, où William savait trouver dans
Phinéas Griffit l'appui nécessaire pour mener à bonne fin le projet qui
germait déjà dans sa fertile cervelle.

Joë et Ned Thorps, qui comprenaient que le séjour du Labrador et même du Canada leur serait malsain tant que les dragons n'auraient pas renoncé à leurs poursuites, s'étaient décidés à associer leur fortune à celle de William Clarke.

Mais abandonnons ces misérables, et retournons au Niagara, à l'*hôtel du Faucon*, où nous avons laissé nos héros.

C'était le soir. La lune, qui s'était levée belle et sereine dans un ciel pur, éclairait splendidement les Chutes Géantes, réfléchissant sa large face sur les eaux calmes de l'Erié et de l'Ontario, tandis que la brise fraîche et parfumée continuait dans le feuillage son éternel concert.

Pendant que les vrais touristes, les amis du pittoresque contemplaient sous les pâles lueurs de la lune cette cataracte qu'ils avaient vue si belle, si grandiose sous les brûlantes caresses du soleil, les autres assiégeaient les tables de jeux, remplissaient les salons, pleins de fleurs et de parfums, que des lustres de cristal inondaient de mille feux

Ici c'était un orchestre dissimulé dans de grands massifs de plantes tropicales; là, un théâtre était dressé, où gambadaient des clowns, où roucoulaient des chanteurs, des cantatrices d'occasion; ailleurs on buvait, on riait.

Hector, Aristide et Jane, isolés dans l'embrasure d'une fenêtre, s'abandonnaient au charme d'une causerie, que berçaient les flons-flons de l'orchestre, les rugissements lointains, mais menaçants encore, de la cataracte.

Aristide parlait de Paris, qu'il vantait outre mesure selon sa louable habitude, et les deux époux écoutaient en souriant ses tirades passionnées, ses aperçus aussi étranges qu'humoristiques.

— Vous n'êtes donc jamais venue à Paris? demanda-t-il à Jane.

— Jamais, répondit la jeune femme.

Hector saisit la balle au bond.

— Eh bien, Jane, fit-il brusquement, que diriez-vous si, au lieu de cette insipide tournée dans un pays que vous connaissez par cœur, je vous offrais un véritable voyage en France, à Paris?

— Ce serait charmant! fit-elle en frappant des mains.

— Eh bien, nous partirons demain. Vous allez m'appeler égoïste, visionnaire, continua Hector avec un pâle sourire; mais c'est plus fort que ma volonté. Quand tant d'éléments de bonheur sont réunis ici, quand je vous ai près de moi, Jane, je suis presque malheureux, presque ennuyé! Comme le disait si bien tout à l'heure Aristide à qui je me suis confessé, Paris me manque, j'ai la nostalgie du boulevard...

Il fut interrompu par un domestique en habit noir qui s'approcha de lui.

— Il y a un télégramme pour monsieur, dit-il.

— J'y vais, répondit Hector.

Il suivit le domestique au bureau télégraphique de l'hôtel, où, contre un reçu, on lui remit une enveloppe fermée. D'une main fébrile il déchira l'enveloppe, et parcourut rapidement le télégramme qui, d'ailleurs, ne contenait que ces mots :

« Pittrole Lake, 21 juin 187... — Hector Lassalle, Hôtel Faucon — » Niagara.

» Puits brûlent depuis ce matin. Accourez. —

» R. BARCKUS ».

Ce Barckus était le gérant de l'exploitation ; on pouvait donc avoir toute confiance en lui, et, d'ailleurs, le lieu d'origine de la dépêche levait tout soupçon, si le soupçon pouvait exister. Néanmoins Hector hésitait encore : comment Barckus avait-il appris son adresse ?

Ce dernier doute fut levé par une nouvelle dépêche, datée cette fois de Boston.

« R. Barckus télégraphie que puits brûlent à Pittrole Lake. — Où » répondu immédiatement et fait connaître votre adresse. — Avisez en » toute hâte. —

» MAC-DOWEL ».

Rapidement Hector avait pris une détermination.

— J'irai là-bas ! dit-il.

Il revint dans la salle où il avait laissé Jane et Aristide, et leur fit part de ce qu'il venait d'apprendre.

— Mon devoir m'ordonne de me rendre sur le théâtre de la catastrophe, de diriger les secours, d'aider les malheureux ouvriers, de secourir les victimes, dit-il résolument.

— Partons alors, répondit Jane.

— A quoi bon ! dit encore Hector, de quel secours me serez-vous là-bas ? Faites-mieux, demain prenez le train de Boston, et attendez-moi chez votre père. Maintenant, je vais faire atteler et descendre à Buffalo, où je profiterai du premier train pour Harrisburg.

Dix minutes plus tard, il était prêt.

Jane et Aristide l'accompagnèrent jusqu'à la voiture.

— Surtout, dit-il à Aristide, en lui serrant fortement la main, veille sur elle, je te la confie...

— Sois tranquille, on aura les yeux ouverts. Mais pourquoi ne pas t'accompagner ?

— C'est inutile.

— Emmène Goliath, au moins.

— Non. Goliath est intelligent, dévoué, il veillera avec toi. N'oublie pas que le bandit est peut-être sur nos traces, qu'il ne reculera devant rien pour assurer sa vengeance. Adieu.

Il pressa tendrement Jane, serra encore une fois la main que lui tendait Aristide, et monta dans la voiture, qui l'entraîna rapidement vers Buffalo.

XII. — UNE NUIT TERRIBLE

Quand Hector arriva en gare, le dernier train de New-York venait d'arriver et déversait sur le quai le flot bariolé de ses voyageurs, mélange indescriptible d'Anglais, d'Allemands, de Yankees et même de Français, accourus tous pour contempler les célèbres chutes.

Hector laissa passer la foule et s'informa si un train ne partait pas bientôt pour Elmira, où il lui faudrait changer de wagon et suivre la ligne qui court de cette dernière ville à Harrisburg. Sur la réponse affirmative de l'employé auquel il s'était adressé, il télégraphia immédiatement à Rodolphe Barckus sa prochaine arrivée.

Puis, pour tuer le temps, il entra dans un *bar-room*, ou débit américain. Là, il se fit verser un verre de scherry, et, après avoir allumé un cigare, revint sur le quai.

Les cloches tintaient maintenant, la vapeur fusait et derrière les *cars* ou chariots à bagages, les voyageurs arrivaient se pressant, se bousculant. Hector monta dans le premier wagon à sa portée, et, usant du droit incontesté en Amérique du premier occupant, s'installa le plus confortablement qu'il put dans son coin.

Enfin, la machine exhala un dernier rugissement, les portières violemment refermées claquèrent avec bruit, et le train, s'ébranlant, glissa lentement d'abord, puis à toute vapeur sur la voie ferrée.

Grâce aux globes de cristal dépoli, contenant les lampes à pétrole qui éclairaient le wagon, Hector put examiner à son aise ses compagnons de voyage.

Ils étaient peu nombreux : deux gros négociants d'abord, l'éternel ministre qu'en Amérique on est toujours sûr de rencontrer partout; une dame d'âge respectable accompagnée de ses trois jeunes filles, ensuite; enfin, un homme paraissant âgé déjà, qui, une casquette de loutre enfoncée sur les yeux, le collet de son immense ulster relevé jusqu'aux oreilles, occupait un coin en face de notre héros.

Tout ce monde paraissait vivre sur le pied de la plus parfaite égalité. Le

Non, dit–elle, pas de meurtre... (page 153)

convoi filait avec une vélocité fantastique, les roues tournaient avec fracas, la vapeur sifflait et répandait dans l'espace ses tourbillons humides. Malgré tous ces bruits formant une cacophonie assourdissante, les négociants causaient affaires, la vieille dame et le respectable clergyman discouraient sur les effets de la grâce et la conversion des nègres du Congo, Hector rêvait et les jeunes miss, leurs grands yeux bleus démesurément ouverts, écoutaient sans comprendre.

Quant au vieux voyageur, sans aucun égard pour la respectable société, il avait tiré de sa poche un grand couteau et une tablette de tabac; puis, se coupant une chique de belles dimensions, il se l'introduisit dans la bouche, et, s'accolant de nouveau dans son coin, il parut s'endormir.

Hector enviait la tranquillité de ses compagnons de voyage.

— Ils sont heureux! murmura-t-il, ils ne désirent rien! C'est étonnant, je me sens le cœur bourrelé de sinistres pressentiments... Oh! que j'ai hâte d'être arrivé là-bas... plus hâte encore d'en être revenu!

Puis sa pensée se reporta sur Jane, et il sourit au fantôme gracieux qu'évoquait son imagination. Mais en même temps il avait peur, il se reprochait de ne pas l'avoir emmenée : Archibald Loyton n'était-il pas capable de tout? s'il allait se venger sur elle?...

— Allons, murmura-t-il encore, je suis fou! Aristide et Goliath veillent, et, avant d'arriver jusqu'à elle, il faudrait leur passer sur le corps.

Le train roulait toujours. A Elmira, on changeait de ligne. Le ministre et les dames suivaient une autre direction. Seuls Hector, les deux yankees et le vieux voyageur montèrent dans la même voiture.

Puis le train s'ébranla pour Harrisburg.

Les deux Yankees chiquaient, crachaient, causaient toujours; le vieux voyageur continuait à dormir. Fatigué par cette conversation peu intéressante, Hector, à son tour, ferma les yeux et s'endormit en pensant à sa mère, à Jane, à Aristide et Goliath, ces vieux et fidèles amis.

Combien de temps dura ce sommeil? Il n'eût pu le dire lui-même. Tout à coup une lourde main s'abattit sur son épaule et une voix rauque cria à son oreille :

— Souviens-toi d'Archibald Loyton!

Brusquement réveillé, Hector jeta autour de lui des regards effarés... Le wagon, éclairé par les rouges lueurs du pétrole, était désert : seul le vieux voyageur, le poignard levé, le regardait d'un air satanique.

Hector voulut crier, saisir le cordon qui fait mouvoir la sonnette d'alarme; mais l'inconnu ne lui en laissa pas le temps : brusquement il leva le bras; le poignard s'enfonça et disparut jusqu'à la garde dans la poitrine d'Hector.

— Jane... adieu! balbutia-t-il.

Et, étendant les bras, il glissa de la banquette et s'affaissa lourdement sur le parquet.

L'assassin le considéra quelques instants en silence.

— Mort! dit-il enfin, mort! Allons, je n'aurai pas volé ma part du trésor... Mais ce n'est pas tout; il faut que ce meurtre ne passe pas pour une vengeance; mais bien pour le fait d'un voleur...

Et, fouillant les poches de sa victime, il s'empara du portefeuille et des bijoux les plus apparents.

Puis, ouvrant la portière, au risque de se tuer, il enjamba la balustrade de la plate-forme qui court d'un wagon à l'autre, et bondit brusquement sur la voie.

— Le train filait toujours, rapide comme une vision infernale.

. . . .

. . . .

La nécessité de ne point perdre de vue les principaux personnages de cette histoire, nous oblige à retourner encore à l'hôtel du Faucon du Niagara.

Après avoir accompagné Hector jusqu'à la voiture, Aristide avait reconduit Jane à son appartement et pris congé d'elle.

— Voyons, se dit notre Parisien, puisque Hector m'a nommé garde du corps, m'a confié sa femme, je manquerais à mes principaux devoirs si je plantais ma tente à un demi-mille d'elle. La nuit est belle, poussons jusqu'à l'hôtellerie où je suis descendu, payons le landlor et donnons des ordres pour que nos malles soient dès demain transportées à l'hôtel du Faucon.

Et il alla réveiller Goliath et Jasmin.

— Hâtons-nous surtout! recommanda Goliath : monsieur Hector nous a bien recommandé de ne pas perdre madame de vue; c'est la consigne et il ne faut pas y manquer.

— Je vous admire, *my dear fellow!* fit Aristide en riant; mais il ne faut pas non plus prendre cette recommandation à la lettre... Monsieur Hector, comme vous le dîtes, nous a bien recommandé de veiller sur sa femme; mais non d'épier tous ses mouvements, de nous étendre, pendant son sommeil, en travers de sa porte, un poignard d'une main, un tromblon de l'autre.

Goliath sentit la sagesse de cette observation et ne répondit pas.

Restée seule, la jeune femme s'était assise auprès de la fenêtre grande ouverte de sa chambre. De là, la vue planait sur la cataracte et elle voyait les chutes géantes, se précipiter rugissantes, échevelées, dans l'immense cuve qu'elles s'étaient creusée. Le ciel était d'une sérénité admirable; la lune, comme un bouclier de diamant suspendu dans l'espace, versait à flots sa lumière argentée, et la brise de nuit agitait avec un doux murmure les grandes masses de feuillage qui croissaient au bord de l'abîme.

Caché dans un buisson, le rossignol américain égrenait dans l'ombre ses roulades mélodieuses.

Frileusement pelotonnée au fond de son grand fauteuil, la jeune femme se laissait bercer par cette harmonie des voix de la nature.

C'était à peine si elle pensait, tant les charmes et le calme de cette belle nuit l'enveloppaient de leurs molles effluves.

Soudain la porte s'ouvrit, et Clara, la jeune mulâtresse, qui lui servait de femme de chambre, entra.

— Mistress, dit-elle, il y a là un gentleman qui demande à vous parler.

— A cette heure !...

— Il arrive de Buffalo et dit qu'il a des choses importantes à vous communiquer.

— De Buffalo !... Je suis à lui...

En même temps, elle se leva et pénétra vivement dans le petit parloir où le visiteur inconnu attendait.

C'était un petit vieillard aux cheveux gris, qu'il portait demi-longs à la manière des ministres protestants. Il était convenablement vêtu de noir et tenait dans sa main gantée une canne à pomme d'argent, sans laquelle il paraissait ne pouvoir marcher.

— Mistress, dit-il en saluant respectueusement, pardonnez-moi de vous déranger à pareille heure... Mais... on a dû vous dire que je venais de Buffalo...

— Eh bien? demanda Jane, qui se sentit terrassée par une angoisse sans nom.

— Eh bien, mistress... Dieu sait si je voudrais pouvoir atténuer le coup que je vais vous porter !... Monsieur Lassalle est dangereusement blessé, et il m'envoie près de vous...

— Blessé, dites-vous ?... C'est impossible !... Il y a une heure à peine qu'il m'a quittée plein de force et de santé... Vous vous trompez... c'est impossible...

— C'est malheureusement trop exact ! En entrant en gare sa voiture a versé, et il a fallu le transporter chez moi. Hâtez-vous : il vous attend, il vous appelle sans cesse...

Si invraisemblable que fût une pareille fable, Jane n'eut pas l'ombre d'un doute. La douleur est crédule. Un moment atterrée sous ce coup affreux, elle se redressa pleine de force et d'énergie : Hector l'attendait, l'appelait, elle ne pouvait hésiter...

D'ailleurs, l'apparence du vieillard était si respectable qu'elle se serait fait un crime de le soupçonner.

— Clara, dit-elle d'une voix entrecoupée, vite un manteau, un chapeau, et demandez une voiture.

— La mienne attend en bas, mistress.

Jane ne fit aucune observation, et, quand la femme de chambre lui eut attaché son chapeau, jeté une longue pelisse sur ses épaules, elle se déclara prête à suivre le petit vieillard. Celui-ci avait sans doute expliqué le motif qui l'amenait, car le portier ouvrit la porte sans objection. Une voiture attelée de deux vigoureux trotteurs attendait sur la route.

— Montez, mistress, dit le petit vieillard, qui ouvrit lui-même la portière.

Quelques minutes après, la voiture roulait sur la route étroite. On arriva bientôt à Buffalo, dont les mille becs de gaz semblaient, dans la nuit, des mouches d'or suspendues dans l'espace, et la voiture, continuant sa course, traversa les rues, et descendit sur les quais, où les nombreux *élévateurs* se dressaient rigides et informes comme de noirs démons.

Puis elle s'enfonça dans la direction du lac.

— Mais où me conduisez-vous, Monsieur? demanda Jane, qui s'aperçut qu'on venait de quitter la ville.

— Ne vous ai-je pas dit qu'on l'avait transporté chez moi?

— Arriverons-nous bientôt?

— Dans un quart d'heure, mistress.

En effet, ce laps de temps ne s'était pas encore écoulé, quand la voiture s'arrêta au pied de rochers bizarrement taillés et qui s'avançaient sur le lac comme un cap géant.

Le vieillard alors sauta lestement à terre et, tendant sa main à la jeune femme pour l'aider à descendre :

— Nous sommes rendus ! dit-il.

XIII. — SUR LE LAC ERIÉ

Jane jeta autour d'elle un long regard.

Devant elle, le lac s'étendait calme, immense comme une mer, argenté ici par les pâles réfractions de la lune, là glauque, assombri par l'ombre des rochers énormes et dentelés qui se dressaient de tous côtés.

Au pied du cap, dont nous avons parlé plus haut, se balançait un petit sloop à la mâture basse et lourde, à la grande voile carrée, s'agitant au souffle de la brise.

Deux hommes, vêtus comme les mariniers du lac, fumaient leurs pipes, nonchalamment étendus sur le dos. A l'approche du vieillard et de la jeune femme, ils se levèrent et hâlèrent sur l'amarre de la barque, qui se rapprocha aussitôt du rivage.

— Montez! dirent-ils durement.

Jane alors comprit qu'elle était la victime d'un odieux complot.

Mais elle était Américaine, c'est-à-dire résolue, et ce fut d'une voix ferme qu'elle reprocha au vieillard son infâme trahison.

— Pourquoi m'avez-vous conduite ici? fit-elle. Que voulez-vous de moi?

— L'heure n'est pas aux phrases, mistress! interrompit un des mariniers. Vous êtes en notre pouvoir: résignez-vous. D'ailleurs, à quoi bon résister! nous sommes à plus d'un mille de toute habitation; nul n'entendrait vos cris...

— Mais c'est infâme! Que vous ai-je fait? Ah! n'espérez pas me contraindre... Avant de faire un pas de plus, je veux savoir qui vous êtes, quel but odieux vous poursuivez...

— Qui nous sommes, ma belle enfant, fit le vieillard, c'est ce qui ne vous avancera guère, car vous ne nous connaissez pas. Mais ce que je puis vous dire en mon nom et en celui de ces honorables *gentlemen*, mes amis, c'est que si vous ne vous soumettez pas de bonne grâce, nous emploierons la violence.

— Osez-le donc, misérables! s'écria Jane indignée.

Et, d'un mouvement rapide, elle démasqua un mignon revolver, qu'en digne fille de Yankee elle portait toujours sur elle. Puis, visant le vieillard, elle reprit:

— Vous êtes trois, j'ai cinq balles!... Osez donc, et je vous tue comme des chiens!...

Mais, plus prompt que l'éclair, un des bandits s'était déjà emparé du revolver.

— Mistress, reprit-il, écoutez-nous bien. Ce n'est pas, croyez-le, pour vos beaux yeux que nous vous avons enlevée; mais l'heure est terrible et il faut, entendez-vous, il faut que nous ayons une explication avec votre mari. Vous libre, il ne nous aurait jamais écoutés; vous en notre pouvoir, il sera forcé de subir nos conditions, et il les subira avec joie, car de sa condescendance seule dépendra votre liberté. Soumettez-vous donc sans murmurer; votre détention ne sera pas de longue durée, et, je vous le promets ici, on aura pour vous tout le respect, tous les égards qui vous sont dus...

— Osez-vous bien parler de respect, d'égards, misérables! Non, n'espérez pas que je faiblisse... Si je cède à la force aujourd'hui, demain je crierai, je protesterai, et il se trouvera bien, n'importe où vous me conduirez, un homme de cœur pour me défendre, des policiers pour vous arrêter...

— Alors votre mari mourra, mistress! Vous êtes en notre pouvoir main-tenant; dans quelques heures peut-être son tour viendra. Ah! vous me menacez, eh bien, à mon tour, et, sachez-le, tout ce que j'ai promis, je l'ai tenu! Criez donc!... appelez..., vous êtes libre!... faites-nous arrêter, nous y consentons!... Mais rappelez-vous que s'il tombe un seul cheveu de notre tête, ce sera l'arrêt de mort de votre mari...

— Oh! c'est trop affreux! murmura-t-elle, en se tordant les mains de désespoir. Quoi! vous n'avez donc pas de cœur?... vous ne vous laisserez donc pas fléchir?... Oh! pitié, pitié pour lui! Tuez-moi, mais qu'il vive!...

— Sa vie dépend de votre soumission, mistress.

— Mon Dieu! comment toucher ces cœurs de rocher?...

— Il faut en finir! dit le vieillard brusquement.

Et, prenant la main de Jane, sans qu'elle tentât autre chose qu'une résis-tance passive, il l'entraîna vers l'embarcation. A leur tour, ses complices prirent place; l'amarre fut larguée, les écoutes serrées, et le petit navire, coquettement penché sur la hanche de tribord, cingla rapidement sur le lac silencieux.

L'un des mariniers avait pris la barre; son compagnon et le vieillard, re-tirés à l'avant, causaient à voix basse.

— Tout est prêt là-bas? demanda le vieillard.

— Tout! répondit le marinier. Miss Mary, Barbara et Salm sont arrivés hier à Cléveland, c'est moi qui les ai conduits.

— La maison?

— Elle est louée; une vieille bicoque du temps de la guerre anglo-cana-dienne, avec des murs à défier le canon, des volets et des barreaux de fer à toutes les fenêtres... La cage est solide, et si la colombe s'échappe, ce sera bien de notre faute.

— Ned a réussi à incendier les puits de pétrole, puisque le Français est parti ce soir; Joë s'est élancé sur ses talons; mais arrivera-t-il à son but?

— C'est ce que l'avenir nous dira. Mais qu'importe! nous voulions un otage précieux qui pût répondre de la sincérité de ce maudit Français, le forcer à subir nos plus dures conditions, et cet otage, nous l'avons! Que Thorps réussisse ou non, nous sommes maîtres de la situation; le trésor du Susquehanna est à nous!

Il est inutile d'apprendre à nos lecteurs qu'ils se trouvent encore en pré-sence de ces trois sinistres gredins : William Clarke, Bob Thorps et Phi-néas Griffit.

Poussée par un bon vent d'est, la petite barque filait gaillardement, lais-sant derrière elle un long sillon tremblant, où se jouaient les pâles clartés de la nuit.

Des phares nombreux miraient dans les flots leurs lumières tremblantes;

ailleurs apparaissaient les becs de gaz des villes riveraines; les îles, avec leurs forêts, leurs rocs contournés, s'estompaient vigoureusement en noir dans la brume transparente dont s'enveloppait le lac.

La barque passa devant Erié, que l'on devinait au fond de sa baie profonde. C'était autrefois une place forte, que se disputèrent longtemps les peuples rivaux; aujourd'hui, Erié se contente d'exploiter ses magnifiques mines de charbon bitumineux, source de prospérité plus durable que la gloire et surtout plus solide.

Les heures se traînaient lentement. Tandis que William et Phinéas causaient à l'avant du canot, Jane, assise à l'arrière, demeurait plongée dans une sorte de prostration inconsciente. Tout cela, pensait-elle, n'était qu'un rêve, un cauchemar affreux, et elle attendait le jour pour se réveiller.

Le jour parut bientôt. Aux pâles et indécises clartés de l'aube succéda une lueur intense, éblouissante, qui empourpra soudainement la surface du lac. La nature se réveillait enfin; les cloches des usines tintaient gaiement, appelant les travailleurs à l'ouvrage; les *steamboats*, les *ferryboats*, comme des monstres brusquement tirés d'un sommeil léthargique, lançaient au ciel de noirs tourbillons de fumée, des sifflements stridents; les barques hissaient leurs voiles blanches, que la brise agitait et tordait dans son souffle capricieux...

Puis, chassés par la brise, pompés par les éclatants rayons du soleil, les brouillards disparurent bientôt et découvrirent dans toute sa beauté ce décor sublime.

William alors se rapprocha de Jane.

— Voici le jour, et bientôt nous aborderons à Cleveland, dit-il. Vous serez libre alors de crier, de protester. Cependant, n'oubliez pas que d'un mot, d'un geste imprudent, dépend la vie de votre mari.

Jane ne répondit pas.

— J'ai votre parole? continua le bandit.

William Clarke s'en fut rejoindre ses compagnons. Silencieux comme Caron, le farouche nautonier du Styx, Bob Thorps, dirigeait la marche du petit navire. Le frère du pilleur d'épaves n'en était pas à son coup d'essai, sa coupable industrie exigeant qu'il sut monter et, au besoin, diriger un navire.

Jane priait ardemment le ciel de la protéger, de l'arracher des griffes de ces bandits. Chaque fois que passait près de la barque un vapeur rapide, une goëlette, un brick penché sous sa blanche voilure, il lui prenait des envies folles de crier, d'appeler à l'aide. Mais la sinistre recommandation des gredins lui revenait à la mémoire, et elle refoulait ses sanglots, retombait morne et découragée au fond de la barque.

Enfin parut Cleveland, dont les blanches maisonnettes, les hôtels, les monuments somptueux s'étagent sur les flancs de deux collines séparées par une charmante rivière, la Cuyahaga. Avant de se jeter dans le lac, ses eaux font tourner les roues d'innombrables moulins destinés à l'épuration du pétrole, la principale richesse du pays.

Cleveland, comme toutes les cités du lac dont elle est la reine, a sa page glorieuse dans le livre d'or de la nation américaine, car elle a noblement combattu pour l'indépendance. Vue du lac, la ville semble un énorme bouquet de verdure, d'où surgissent, éclairés par un soleil radieux, les clochers aériens d'églises appartenant à toutes les sectes, les coupoles, les dômes, les flèches des monuments publics, les cheminées toujours panachées de fumée des usines et des manufactures.

La population de Cleveland se compose d'Allemands très nombreux, de Yankees naturellement, enfin de Français et de quelques Anglais.

La barque accosta bientôt le quai où les noirs navires qui chargent le pétrole étaient rangés à la file les uns des autres. Phinéas seul en descendit, et, prenant le bras de Jane :

— Je ne suis pas bien redoutable, dit-il avec un sourire cynique; mais, pour me protéger, j'ai votre promesse, mistress... D'ailleurs, on vous l'a dit, vous n'avez rien à craindre; vous serez traitée avec le plus grand respect tant que votre conduite ne donnera pas lieu à des représailles...

Ils s'engagèrent bientôt dans la grande rue, sillonnée de tramways, d'équipages élégants, bordée de maisons à l'architecture un peu froide; mais pleine de grandeur.

La maison choisie par William Clarke était un spécimen de ces demeures basses et fortifiées comme on les construisait à l'époque des troubles suscités par la guerre de l'Indépendance. On ne pouvait rêver un plus triste séjour. La façade, où s'ouvrait une porte basse et cintrée, semblait aveugle, tant ses rares fenêtres déployaient un luxe formidable de grilles et de barreaux; le crépissage, écaillé par le temps, découvrait les pierres noires et rongées par l'humidité; le toit d'ardoises était couvert de mousse et de plantes parasites, qui formaient comme une couronne tremblante au faîte des hautes cheminées.

Au milieu de cette ville riche et puissante, la vieille maison, retirée à l'écart comme un lépreux ou un mendiant, formait un contraste saisissant.

Phinéas frappa; le vieux nègre vint ouvrir.

— Miss Mary est-elle là ? demanda le vieillard.

— La jeune maîtresse aide Barbara à tout ranger.

— C'est bien ! Entrez, Mistress, continua Phinéas Griffit; vous êtes ici chez vous.

Elle démasqua un mignon revolver. (page 177)

XIV. — LE DOCTEUR HIMMAN

Jane ne releva pas l'ironie renfermée dans ces dernières paroles. Docilement, elle suivit le vieillard, qui la fit gravir un large escalier aux marches de chêne, à la rampe de fer ouvragé. Puis il ouvrit une porte et, s'effaçant sur le seuil :

— Voilà votre appartement, Mistress, dit-il. Vous le voyez, il est séparé du reste de la maison et, au besoin, en poussant ces verrous, vous pourriez vous isoler chez vous, où d'ailleurs personne ne pénétrera sans votre permission.

Jane jeta autour d'elle un regard investigateur. La chambre, grande, basse, était meublée dans le goût antique d'un énorme lit à colonnes torses supportant un lourd baldaquin, d'un bahut sculpté, d'une table massive, de chaises et de fauteuils également sculptés ; les fenêtres où pendaient des rideaux de serge étaient étroitement grillées.

Elle était bien prisonnière. .

Accablée par tant d'émotions terribles, assaillie de soupçons atroces, brisée de lassitude, la jeune femme se laissa tomber dans un fauteuil et, prenant sa tête à deux mains, pleura amèrement.

Elle était seule, sans appui, livrée à des bandits qui ne reculeraient pas devant un crime, si ce crime servait leurs intérêts ; elle était sans nouvelles de son mari, que menaçait le poignard des assassins, de son père, qui, à cette heure sans doute, la croyait perdue à jamais : c'était trop horrible !...

En ce moment, elle sentit une petite main écarter doucement ses deux mains ; elle baissa les yeux alors et vit, agenouillée à ses pieds, une jeune fille qui lui souriait tendrement.

— Je ne puis donc rien pour vous ? fit-elle d'une voix douce.

Le premier mouvement de Jane fut de saisir cette main que lui tendait la jeune fille et de la presser avec joie. Mais la réflexion vint, et elle repoussa brusquement Mary toujours agenouillée à ses pieds.

— Non, dit-elle, votre pitié m'avilirait, car c'est une ruse infâme... Levez-vous : on ne s'agenouille pas devant une victime ! Levez-vous ; et allez rapporter à ceux qui vous ont envoyée que si vous m'avez vue pleurer, vous m'avez aussi trouvée résolue, prête à accepter la lutte...

— Mistress ! fit la jeune fille en joignant les mains.

— Qui vous _tient? continua Jane, cruelle dans sa douleur. Vous avez vu ce que vous vouliez voir... Sans doute vos complices attendent vos révé-

lations : ils veulent savoir si la victime est assez humiliée, assez abattue...
Allez donc vers eux, ne leur ravissez pas ce sublime bonheur...

— Mistress ! s'écria Mary impétueusement, vous ne croyez pas vous-même ces cruelles paroles que vous dicte la douleur... Regardez-moi en face, et voyez si je veux vous tromper, jouir de votre humiliation?... Dès que je vous ai vue, je me suis sentie attirée vers vous par une sympathie irrésistible, et s'il ne dépendait que de moi, vous seriez libre à l'instant... Oh ! ne m'accablez pas ! moi aussi, je subis le joug de ces infâmes... moi aussi, je suis obligée de courber la tête, de dévorer affront sur affront, humiliation sur humiliation... Hélas ! un de ces malheureux, plus égaré que coupable, est mon père !... Peut-on dénoncer son père?... dites, le peut-on?... Vous voyez bien que je suis mille fois plus à plaindre que vous...

Jane considéra avec plus d'attention celle qui lui parlait ainsi. Mary était belle d'une beauté sympathique. Elle avait les cheveux d'un blond fauve et, par un contraste étrange, ses yeux brillants d'audace et de résolution étaient noirs comme le jais. En ce moment surtout, où, pâle de honte, de colère peut-être, la voix vibrante, le geste brusque et saccadé, elle se tenait devant la jeune femme ; sa beauté défiait toute description.

— Voulez-vous une preuve de ma sincérité? continua-t-elle. Tenez, prenez ce revolver et, si les bandits vous menacent, ne craignez pas d'en faire usage...

— Un pas lourd fit crier les marches de l'escalier. Mary écouta.

— Voilà Barbara, l'âme damnée de mon père, dit-elle rapidement. Plus un mot ! Ma chambre est au-dessus de la vôtre ; si jamais un danger vous menace, frappez, je serai toujours prête à vous défendre... Adieu.

Quand Jane, à demi convaincue, se détourna pour lui répondre, la jeune fille avait disparu.

En choisissant Cleveland, les bandits avaient fait preuve d'intelligence. Personne d'abord ne les connaissait dans cette ville, ce qui assurait leur sécurité, et, en supposant qu'une complication imprévue, un danger, vinssent déranger leurs plans, ils n'avaient qu'à traverser le lac, plus long que large, pour se trouver en sûreté sur le territoire britannique.

En effet, Sandwich, Victoria, villes anglaises, s'élèvent de l'autre côté de l'Erié comme un refuge assuré à ceux qui redoutent le séjour des villes de l'Union.

En quittant la petite maison de la Grand-Rue après une explication orageuse avec Mary, Phinéas était redescendu sur le quai où l'attendaient ses complices.

— Eh bien ? lui demanda William, pendant que Bob orientait les voiles pour retourner à Buffalo.

— L'oiseau est en cage...

— Je suppose que miss Mary n'aura fait aucune difficulté pour remplir le rôle que vous lui destiniez...

— Au contraire. La tête de buse! elle a commencé par protester, par refuser, et il a fallu, non pour obtenir sa coopération, mais son silence, que je lui fasse toucher du doigt la plaie, que je lui montre, en quelque sorte, la cravate de chanvre s'enroulant autour de mon cou.

— Et qu'a-t-elle répondu?

— Qu'il ne fallait rien moins que cette considération pour acheter son silence. Mais qu'importe! Salm et Barbara sont là!... Je leur ai promis mille dollars s'ils veillaient attentivement sur la prisonnière, s'ils empêchaient qu'elle ne communique avec qui que ce soit, et pour une pareille somme ils vendraient leur âme.

— Tout va bien! Fasse l'enfer que Joë ait réussi et le trésor est à nous! . . . .

. . . .

Le train entrait en gare d'Harrisburg, sur la rive droite du Susquehanna. Ce fleuve puissant, gonflé de ses nombreux affluents, se décharge dans l'immense baie de Chesapéake. Harrisburg est un des grands centres manufacturiers de l'Union, la capitale de l'État de Pensylvanie.

La ville est essentiellement américaine, c'est-à-dire qu'elle est magistralement bâtie, que ses rues, ses larges avenues, toutes tracées au cordeau, se coupent à angle droit, sont bordées d'édifices plus semblables à des palais qu'à des maisons bourgeoises.

Au milieu de la ville se dresse un mamelon, Bran-Hill, d'où la vue embrasse un panorama immense et où les Américains, grands amateurs de la nature, quoi qu'on en dise, ont construit leur *Capitole*. Nul site ne pouvait être mieux choisi, et cette masse imposante, se profilant avec tous ses détails sur l'écran lumineux du ciel, tandis qu'à ses pieds Harrisburg, comme une ruche merveilleuse, s'agite et bourdonne, personnifie admirablement le génie Yankee.

Mais avant tout, Harrisburg est un centre industriel. Aussi quelle animation dans ses larges avenues, sillonnées sans cesse par les tramways, les voitures de toutes sortes, depuis le vulgaire camion transportant les marchandises, jusqu'à l'élégant équipage du millionnaire de la veille, éclaboussant sans pitié le millionnaire du lendemain!...

Le train entrait en gare, disions-nous. Tumultueux, étreints par cette fièvre de spéculation qui semblait flotter dans l'air, les voyageurs se hâtaient de descendre sur le quai, pendant que la machine, comme un cheval fourbu, exhalait son dernier souffle. Les contrôleurs se faisaient délivrer les tikets et jetaient un dernier regard dans les wagons pour réveiller les endormis, s'il s'en trouvait, et refermer les portières.

La foule s'écoulait déjà, quand un des hommes d'équipe poussa un cri de surprise, de terreur même.

Etendu sur le dos au milieu d'une mare de sang noir et coagulé déjà, était un cadavre !...

Au cri de l'employé, la foule, dans l'attente d'un grand évènement, s'était ruée vers le wagon, et ce ne fut qu'à grand'peine que le chef de gare, un constable et quelques policemen parvinrent à l'écarter.

— Cet homme est mort! dit le chef de gare. Nous n'avons qu'à laisser agir la police.

— Non, fit un vieux gentleman à cheveux blancs, qui s'était agenouillé près du corps étendu et avait appuyé son oreille contre sa poitrine ; le cœur bat, faiblement à la vérité, mais il bat.

— Alors aussitôt les constatations légales, nous le ferons transporter à l'hospice.

— Faites mieux, reprit le vieux gentleman, qui n'était autre que le célèbre docteur Jacob Himman, accordez-moi l'autorisation de le faire transporter chez moi. Rarement praticien trouve aussi belle occasion d'exercer sa science ! S'il en réchappe, la cure me fera honneur; s'il meurt, sa mort sera encore utile à la médecine.

Et, toujours agenouillé, il posa rapidement un premier appareil sur la blessure de l'inconnu.

Pendant que le constable dressait un procès-verbal sommaire, les policiers fouillaient les poches du blessé dans l'espérance d'y découvrir des titres, des papiers pouvant établir son identité. Mais cet espoir fut déçu : sauf un porte-monnaie contenant une vingtaine de guinées, ils ne trouvèrent rien.

En emportant le portefeuille de sa victime, l'assassin avait en même temps emporté ses papiers.

Cependant le docteur avait fait avancer une voiture, dans laquelle on étendit un matelas et quelques oreillers. Le blessé, toujours inanimé, y fut déposé avec mille précautions, et le docteur, recommandant au cocher d'aller au pas, se plaça à ses côtés.

Le docteur habitait dans Washington-Street un confortable hôtel, qui, par sa singularité, faisait l'admiration des touristes. Qu'on se figure, en effet, une maison dont le rez-de-chaussée, avec son grand vestibule, son fronton, ses pilastres, appartenait au style grec le plus pur, tandis que les deux autres étages se paraient de tous les ornements, de toutes les fantaisies qu'on est convenu d'appeler rococo et se terminaient en terrasse chargée de plantes et d'arbustes...

Plus bizarre encore était l'esprit du docteur. Riche, considéré de tous, marié à une femme charmante, qui l'avait rendu père de trois enfants, le docteur vivait chez lui comme un étranger, ne se connaissait, à son dire du moins, ni parents ni amis. La science seule le fascinait, et c'est une maîtresse tyrannique, exigeante que la science! Malgré tous ces travers, le docteur était un excellent homme, et on l'avait vu refuser de quitter le chevet d'un pauvre diable sans sou ni maille, qu'il soignait depuis longtemps avec un dévouement évangélique, bien qu'il fût attendu chez un de ses plus riches clients.

— Le riche trouvera des médecins tant qu'il en voudra, avait-il répondu au domestique qui était venu le relancer jusque dans cette pauvre demeure; tandis que ce malheureux, si je le quitte, crèvera comme un chien, sans que personne vienne à son secours.

Tel était l'homme qui s'était chargé d'Hector.

XV. — PITTROLE LAKE

On peut se figurer l'inquiétude, le désespoir d'Aristide et de Goliath quand, le lendemain de ce jour mémorable, Clara la mulâtresse, leur apprit la disparition de la jeune femme.

Ils étaient atterrés; ils comprenaient que cette disparition cachait un mystère terrible, que si Hector avait réellement été victime d'un accident, plutôt que d'affliger sa femme, il se serait d'abord adressé à eux...

— Un crime a été commis! dit Goliath, qui se tordait les mains de rage. Que va-t-il dire, lui qui nous l'avait confiée, quand il saura avec quelle scrupuleuse exactitude nous avons tenu notre promesse? Oh! jamais je n'oserai soutenir sa présence; il vaut mieux mourir!...

Dans le paroxysme de sa douleur, le malheureux prit un poignard et voulut se l'enfoncer dans la poitrine. Mais, plus prompt que lui, Aristide s'empara de l'arme homicide.

— Goliath, dit-il sévèrement, rentrez en vous-même, n'imitez pas celui qui, par lâcheté, abandonne la lutte, quand il la croit perdue! Que savons-nous, au fait? Rien! Qui prouve qu'un malheur ne soit pas arrivé, qu'Hector ne soit pas réellement blessé? Mais s'il en est autrement, si les bandits ont un nouveau crime à leur actif, ne nous laissons pas abattre; poursuivons-les jusque dans leurs repaires infâmes, et nous réussirons encore à les démasquer...

Ils descendirent à Buffalo, interrogèrent les employés de la gare, fouillèrent les cafés environnants. Les renseignements touchant Hector furent on ne peut plus satisfaisants : dans le bar-room où le jeune Français s'était arrêté, on leur affirma qu'on l'avait vu monter en wagon ; d'accident arrivé à la gare, personne n'en avait entendu parler.

Donc Jane avait été la dupe d'un mensonge odieux ; on s'était servi de la tendresse qu'elle portait à son mari pour l'attirer dans un piège. Mais où et dans quel but ? C'est ce que Goliath et Aristide ne purent savoir malgré toute leur activité. Ce fut en vain qu'ils fouillèrent la ville, qu'ils interrogèrent les cochers, les loueurs de voitures, les capitaines des steamboats, rien ! la trace de la jeune femme était bien perdue...

Comment faire luire la lumière dans ce chaos ?

— Ecoutez, dit tout à coup Aristide, rien n'est désespéré, si nous savons agir promptement. Il est évident qu'Archibald Loyton et ses complices ne se sont emparé de Jane que pour avoir entre leurs mains un otage qui réponde d'eux en cas d'insuccès de la campaque qu'ils méditent. Cette campagne, soyez en sûr, ne vise autre chose que le trésor caché sur les rives du Susquehanna. Il faut les devancer, il faut qu'un de nous prévienne Hector ; grâce au ciel, nous savons où il est...

— Faites-le donc, Monsieur ; car pour moi, je n'oserai jamais me présenter devant lui.

— Soit, j'irai. Mais vous, pendant ce temps, que ferez-vous ?

— Je prendrai la ligne de Boston, et j'irai prévenir Mme Lassalle et le colonel Mac Dowel. Puis, quand les bandits seront assurés de mon départ, sous un déguisement quelconque, je fouillerai les environs de Buffalo, la ville même ; je périrai à la tâche ou je découvrirai les misérables...

Aristide, ému de la douleur sincère du brave garçon, lui tendit sa main, que Goliath pressa faiblement.

— Confiance ! continua Aristide ; avant tout, il faut convenir d'un centre d'opérations, trouver une maison où nous puissions nous adresser nos correspondances, nous prévenir en cas de besoin.

— Rien n'est plus simple ! vous avez là votre domestique ; installons-le à Buffalo, laissons-lui l'itinéraire que nous devons suivre, et, par son intermédiaire, il nous sera facile de correspondre.

— L'idée est excellente. Malheureusement, Jasmin est d'une bêtise plus qu'idéale, et ne comprend pas un mot d'anglais.

— Tant mieux, nous correspondrons en français. D'ailleurs il est inutile qu'il comprenne, et son ignorance de l'affaire l'empêchera de nous trahir.

Une heure après, maître Joseph Servan, autrement dit Jasmin, était installé dans une petite maison avoisinant le quai. Aristide et Goliath lui laissèrent leurs instructions par écrit, et, après l'avoir menacé de lui couper la tête et de le faire cuire auparavant à petit feu s'il parlait, ils s'acheminèrent vers la gare.

Aristide s'embarqua le premier. Il serra de nouveau la main de Goliath,

lui recommanda mille fois de l'informer à Pittrole Lake des moindres inci-
dents qui pourraient survenir et promit d'en faire autant de son côté.

Parti à quatre heures du soir de Buffalo, Aristide arriva le lendemain
dans la matinée à Harrisburg. Ne s'inquiétant aucunement d'Hector, qu'il
croyait retrouver à Pittrole Lake, il déjeuna sommairement dans le premier bar-room venu, puis chargea le landlor de lui procurer une voiture et
deux bons chevaux.

Pittrole Lake, l'établissement d'Hector Lassalle, était situé da··· les montagnes, à douze lieues environ d'Harrisburg.

Quelques dix ans auparavant, ce site était solitaire et abandonné. C'était
à peine si, de temps à autre, d'intrépides chasseurs gravissaient péniblement les déclivités des monts, car si le gibier abondait dans la vallée, il
n'existait en échange ni hôtellerie, ni maisons d'aucune sorte à plusieurs
milles à la ronde.

La découverte du pétrole avait changé tout cela. D'abord, sous la direction intelligente d'Ichabod Creikfoorth, des puits avaient été forés, des
hangars, où mugissaient les machines à vapeur destinées à pomper l'huile
minérale, avaient été élevées ; on avait mis à profit, pour faire mouvoir les
roues des moulins, les eaux rapides d'une petite rivière, qui tombaient per-
pendiculairement, en cascades rageuses, du haut des rochers à pic, avant de
traverser la vallée ; enfin, la maison du gérant, un petit chalet suisse au toit
de *shingles*, aux balcons découpés, les demeures des ouvriers, la petite
église au clocher de bois, le presbytère, l'école, les boutiques, les marchands faisaient de Pittrole Lake une ville véritable.

Le gérant, Richard Barckus, un homme de quarante-cinq ans environ,
grand, robuste, barbu comme un beau diable, dirigeait admirablement
l'exploitation, et, par sa fermeté, la droiture incontestée qu'il apportait
dans ses moindres actions, il s'était fait adorer des rudes ouvriers. L'oncle
Ichabod avait en lui une confiance illimitée, confiance bien placée d'ailleurs.
Richard Barckus avait épousé la fille aînée du révérend Samuel Wood, le
ministre de Pittrole Lake, de sorte que si l'un administrait le temporel,
l'autre dirigeait le spirituel de ce petit coin de terre. Les contestations, les
haines de famille à famille, qui ailleurs dégénèrent si souvent en rixes, en
querelles, ou vont piteusement échouer devant les tribunaux, étaient pour
ainsi dire inconnues au village. Grâce à l'esprit de charité et surtout d'im-
partialité du révérend et de son gendre, jamais ni avocats ni procureurs
n'avaient pu s'y établir.

Quand Aristide arriva au village, il faisait nuit déjà.

L'aspect de Pittrole Lake était navrant ! Presque toutes les gracieuses
maisonnettes avaient été jetées à bas ; les hommes, les femmes, courbés
sous de pesants fardeaux, couraient comme des ombres dans la nuit

éclairées par de hautes colonnes de fumée qui semblaient jaillir du sol.

Sous ces lueurs ardentes et colorées, les rochers, les cimes des monts, les maisons, revêtaient des formes sataniques; la petite rivière, réfléchissant l'embrasement général, semblait rouler des torrents de feu.

Aristide descendit de voiture et marcha résolument vers la maison du gérant.

Il le trouva sur le seuil en compagnie du ministre, donnant des ordres aux ouvriers.

Aristide connaissait Barckus, qu'il avait vu lors du règlement de la succession Creikfoorth; il était même venu à Pittrole Lake en compagnie d'Hector; aussi le gérant le reconnut tout de suite.

— Monsieur Bonneau ! dit-il, en s'avançant au devant du Parisien. Allons, puisque M. Lassalle ne pouvait venir lui-même, il ne pouvait mieux faire que de vous envoyer à sa place.

Ce fut un coup de massue pour Aristide.

— Hector !... balbutia-t-il, il n'est donc pas venu?

— Depuis hier une de nos voitures attend en gare d'Harrisburg, mais en vain.

— C'est impossible!... Voyons... au reçu de votre dépêche, avant-hier, il a quitté Buffalo pour se rendre ici...

— Nous ne l'avons pas vu, déclara Barckus qui, lui aussi, commençait à se sentir inquiet.

— Rentrons, fit brusquement Aristide, et expliquons-nous.

Et, sans cérémonie, il passa devant Barckus et le Révérend qui s'écartèrent pour lui livrer passage, et pénétra dans le parloir où mistress Barckus, une jolie brune de vingt-huit ans, aidée de sa servante et de ses deux fillettes, faisait des paquets de ses objets les plus précieux.

— Expliquons-nous! reprit-il.

Hélas! l'explication ne fut ni longue, ni difficile. Barckus et le Révérend confirmèrent leur dire : depuis la veille, ils attendaient Hector qui, de Buffalo, leur avait télégraphié son arrivée; en voyant Aristide, ils avaient pensé que, retenu par une cause quelconque, il s'était fait suppléer par lui.

— Mais rien de tout cela n'est exact! s'écria Aristide bouleversé. Il est parti, j'en ai la certitude, et devrait être ici. Mon Dieu ! serait-ce encore un nouveau malheur?...

— Nous sommes trop prompts à nous alarmer, dit le Révérend; un jour de retard n'est rien. Qui sait si monsieur Lassalle ne s'est pas arrêté à Harrisburg pour organiser le secours? Qui sait si nous ne le verrons pas demain, aujourd'hui, dans une heure peut-être ?

— Vous avez raison, mon Révérend, dit Aristide. Attendons donc jusqu'à demain, et alors, s'il n'est pas arrivé, si aucune nouvelle ne nous parvient, nous aviserons.

Déjà mistress Barckus avait dressé la table, autour de laquelle prirent place Aristide, Barckus, le Révérend, sa femme et leur fille cadette. On fit largement honneur au repas, car les Américains ont cela de bon qu'ils ne se laissent démonter par aucune préoccupation. A chaque minute arrivaient des hommes au visage noirci de fumée ; ils venaient apporter des nouvelles ou demander des ordres. Barckus les leur donnait de cette voix brève, impérative, que confère l'habitude du commandement, ou sortait avec eux pour examiner les nouveaux ravages du sinistre.

— Voilà quelle est notre vie depuis quatre jours, dit le Révérend. Ce coin de terre si paisible, si retiré, semble frappé de la colère divine ! Depuis le commencement du sinistre, Richard, pas plus que moi, n'a pris une minute de repos ! il faut s'attendre à tout...

— Hélas ! répondit mistress Wood.

— Mais, interrompit Aristide, sait-on la cause de ce terrible accident?

— La cause? dit Barckus, qui rentrait en ce moment : la malveillance ! Il y a cinq jours un jeune homme, un solide gaillard, est venu nous demander de l'ouvrage. Cordialement accueilli, car les bras nous manquaient un peu, il travailla courageusement toute la journée et fut bientôt au courant de l'exploitation. Le soir, il se retira dans la maison de la vieille Kate Meeke, où il déclara vouloir loger, et, dans la même nuit, les deux plus beaux puits de pétrole flambaient comme des bols de punch... Sans s'inquiéter du nouveau venu, on organisa rapidement les premiers secours ; au jour seulement on s'aperçut qu'il avait disparu.

— Mais cet homme avait donc intérêt à commettre ce crime?

— Sans doute ; un intérêt purement mercantile, une rivalité de commerce !... Dans notre pays, Monsieur, les extrêmes se touchent ; on commet de sang-froid les plus grandes atrocités, comme on se laisse naturellement aller aux actions les plus généreuses, aux dévouements les plus sublimes. Or, pour cette infamie, il ne fallait que de l'audace, qualité qui fait rarement défaut au Yankee. Ici, Monsieur, nous vivions sur un volcan ; les ouvriers soumis à un régime sévère, ne pouvaient ni boire, ni fumer ; quoiqu'il nous eût été facile d'établir un railway, nous avons dû y renoncer à cause du danger ; les maisons, comme vous avez pu le voir, bien que séparées des puits par la rivière, sont isolées les unes des autres et construites de façon à pouvoir se démonter instantanément... Eh bien ! rien n'y a fait, et la catastrophe que notre prudence avait toujours su éviter, a eu lieu, grâce à la malveillance.

— Mais quels moyens employez-vous pour combattre le fléau?

— Ceux que nous suggère la situation. Nous sommes seuls ici, Monsieur, livrés à nous-mêmes : à quelques milles au sud, au nord, on ignore que nous dansons sur un volcan. Jeter de l'eau sur le pétrole ne servirait à rien ; le liquide enflammé surnagerait toujours ; un autre moyen se présente : boucher l'orifice des puits et laisser le feu s'étouffer de lui-même ; mais, en le faisant sans ménagement, on risque l'explosion. Nous sommes donc réduits à essayer de combler les puits avec du sable que l'on nous apporte sans cesse, à détourner, si faire se peut, la source souterraine.

La soirée s'écoula lentement. Assis autour de la table ronde où fumait la théière, on essayait de causer de choses indifférentes ; mais toujours les terribles préoccupations du moment reprenaient le dessus. Mistress Barckus avait fait préparer un lit pour Aristide ; le jeune homme refusa, préférant partager les travaux, les fatigues du gérant et du ministre.

Il avait confiance, mais la journée du lendemain s'écoula encore et Hector ne reparut pas...

XVI. — FIÈVRE ET DÉLIRE

Nous avons laissé notre héros en compagnie du docteur Himman, devant la petite maison de Washington-Street.

Arrivé là, le cocher descendit et offrit ses services pour transporter le blessé. Mais Himman ne l'entendait pas ainsi.

— Non, dit-il, vous me le *gâteriez* !

Et, avec une force qu'on n'eût pas soupçonnée chez un vieillard, l'excentrique docteur enleva dans ses bras malade et matelas, et gravit d'un pas pressé le large escalier, suivi à peu de distance par le cocher stupéfait. Ce fut dans sa chambre même, sur son propre lit, qu'il déposa Hector, toujours privé de sentiment.

— Rien de plus pour votre service, M. Himman ? dit alors le cocher.

— Rien. Appelez Herber pour qu'il vous paye, et filez.

Herber Tompson était élève du docteur, pour lequel il professait une admiration sans borne, et c'était justice.

Il était fils de pauvres ouvriers, et était resté orphelin à douze ans ; le docteur l'avait recueilli, fait instruire, et, comme dernier bienfait, lui destinait sa clientèle ; car son fils Gérald, un brillant officier d'artillerie, s'entendait bien mieux à l'art de tuer qu'à celui de guérir.

Il accourut au premier appel.

— Regardez ma trouvaille, Herber ! fit le docteur en prenant une prise, et dites-moi si je n'ai pas eu la main heureuse...

— Mais cet homme est mort!

— Il devrait l'être, car il en a reçu plus que son compte! Enfin, nous allons le déshabiller et soigneusement examiner sa blessure. Fermez la porte, Herber, afin que les femmes n'entrent pas...

Tout en parlant, aidé d'Herber, le docteur, fendant les vêtements, avait rapidement mis à nu l'horrible blessure. Il fronça alors le sourcil et frappa du pied d'un air contrarié : la plaie apparaissait large, béante et déjà toute bleue ; le sang ne coulait plus.

— Joli ouvrage! grommela-t-il entre ses dents. S'il en réchappe, il aura de la chance!

Et, prenant une sonde d'argent que lui tendait Herber, il l'introduisit délicatement entre les lèvres de la plaie.

Le malade fit entendre un léger gémissement.

Le docteur respira.

— Allons, murmura-t-il, le mal n'est pas aussi grand que je le croyais. La plaie est large, mais peu profonde, et aucun organe essentiel ne me paraît lésé...

— Vous pensez le sauver, maître ?

— Je l'essayerai du moins et peut-être réussirai-je. Cet homme est admirablement bâti, plein de vie, de force; il peut réagir contre le mal : sans la fièvre de suppuration qui va se déclarer bientôt, je répondrais de lui... Attendons donc! Herber, donnez des ordres pour qu'on me dresse un lit à côté, dans le cabinet d'anatomie; je ne veux pas le quitter d'une minute.

Herber se hâta de faire exécuter les ordres du docteur, et bientôt Hector déshabillé, pansé à nouveau, reposa dans le grand lit, dont les rideaux entièrement tirés interceptaient toute clarté.

Il était toujours dans le même état, les yeux démesurément ouverts, mais mornes et sans expression, le teint pâle, le nez pincé ; et, sans le souffle rauque et sifflant qui, par moments, entr'ouvrait ses lèvres blêmes, on eût pu le croire mort déjà.

Assis au chevet du lit, ses grandes lunettes à cheval sur son nez busqué, le docteur ne le quittait pas du regard. Plus loin Herber pesait, triturait, manipulait les drogues.

Pour sa famille, le docteur s'était contenté de lui faire dire par un domestique qu'il était occupé. Or, comme cela arrivait régulièrement chaque jour, Mistress Honora Himman et ses deux filles, bien que sachant qu'un inconnu avait été transporté sous leur toit, s'étaient bien gardées de le déranger, trop certaines de l'accueil qui leur aurait été fait.

Coulant sur tous les autres points, le docteur ne souffrait pas que des profanes, surtout des femmes, missent le pied dans l'Arche sainte.

13

— Qu'elles s'occupent de leurs chiffons ! disait-il brutalement. ·

Pendant huit jours, Hector resta entre la vie et la mort. Dès la première nuit, la fièvre s'était déclarée terrible, sauvage. Le malheureux bondissait, se tordait sur sa couche, hurlait, se démenait, les yeux injectés de sang, l'écume à la bouche. Dans de pareils moments, le docteur et son aide pouvaient à peine le contenir. Puis, subitement, le délire se calmait, et c'était d'une voix douce, avec un pâle sourire, qu'il évoquait les êtres chers, les doux fantômes dont son imagination peuplait son chevet.

Un nom surtout revenait sur ses lèvres quand, abattu, brisé par une crise violente, il retombait sans force sur son lit : Jane ! Alors il l'appelait, lui parlait, la conjurait de lui répondre, il étendait les bras pour la saisir et la presser sur son sein...

— Jane ! murmurait-il, Jane, viens près de moi !... plus près ! plus près encore !... Ah ! quel horrible cauchemar ! Pauvre enfant, j'avais rêvé que des misérables nous avaient brusquement séparés... qu'ils m'avaient frappé... Jane, dis-moi que tout cela n'est qu'un songe... que tu ne me quitteras plus... Non, ce n'était pas vrai !... tu es près de moi, ma main tient ta main, tout le reste est oublié...

— C'est sa femme..., disait le docteur. Pauvre enfant !

— Hélas ! ajoutait Herber, puisse cette erreur de ses sens se prolonger longtemps encore !... Dans l'état actuel, il ne sent pas sa souffrance, il vit dans son rêve, il est heureux... Mais qu'arrivera-t-il lorsqu'il se réveillera, lorsqu'il ne retrouvera plus à son chevet celle qu'il appelle sans cesse ?...

— J'y songeais...

Cependant le danger s'effaçait et faisait place à l'espérance : la guérison s'affirmait. Point de demi-mesures, Himman traitait son malade à l'Américaine, usait des remèdes les plus audacieux. Chaque jour, il lui consacrait de longues heures, ét quand ses occupations l'obligeaient à sortir, Herber prenait sa place.

C'était en vain que Mistress Honora essayait d'interroger son mari sur le *Français ;* le docteur était aussi muet qu'une carpe.

— Je ne sais rien !

Telle était sa réponse.

Plusieurs fois, la justice s'était présentée dans la petite maison de Washington Street ; mais le blessé n'était pas en état de répondre, et, chose étrange ! jamais, même dans ses accès de délire les plus furieux, il n'avait prononcé le nom de son meurtrier.

Enfin, le neuvième jour, la fièvre tomba subitement.

En revenant à lui, Hector jeta un regard surpris sur les objets qui l'environnaient. Tout dans cette chambre lui était inconnu, et le docteur puis Herber, debout à quelques pas de là, à peine visibles dans la demi-obscurité ménagée à dessein, lui semblaient des êtres fantastiques créés par le cauchemar.

Il voulut porter la main à ses yeux pour chasser cette vision importune; mais une vive douleur le ramena bien vite à la réalité.

— Je suis donc malade! fit-il d'une voix faible.

A ces paroles, le docteur se rapprocha.

— Vous l'avez été, en effet, dit-il. Mais rassurez-vous, tout danger est passé; je réponds de vous maintenant.

Rapidement, le docteur lui apprit comment on l'avait trouvé sanglant, inanimé dans un wagon, et comment la justice, croyant à un crime, parlait de le faire transporter à l'hospice quand lui, Himman, l'avait réclamé.

— C'est vrai!... murmura Hector. Je me souviens maintenant... Mais depuis, il s'est passé bien des jours, deux, trois peut-être...

— Vous êtes resté neuf jours entre la vie et la mort.

— Neuf jours!... Et pendant ce temps, que s'est-il passé? Oh! je tremble!... j'ai peur!...

— Pas un mot! dit le docteur avec autorité. Si vous avez besoin de vivre, il faut que vous m'obéissiez, ou je ne réponds plus de rien. Quels que soient vos désirs, ils seront exécutés, quels que soient ceux que vous voulez voir, je les ferai appeler. Mais encore une fois, du calme : si la fièvre vous reprend, vous êtes un homme mort...

— Oh! vous avez raison, docteur, il faut que je vive, il le faut! Comment vous remercier? Quels termes employer pour vous témoigner toute ma gratitude? Oh! n'en doutez pas, si mes lèvres sont muettes, mon cœur parle éloquemment!... Soyez béni, mille fois béni!...

— Allons, il est dit que je ne vous empêcherai pas de parler? Ménagez vos forces, cependant, car bientôt il vous faudra subir un assaut redoutable : il vous faudra répondre à la justice, faire connaître le motif du crime, dépeindre votre meurtrier.

— Aucun crime n'a été commis, reprit, après un moment, Hector, qui avait déjà réfléchi. Je me trouvais seul avec un individu dans un wagon de la ligne d'Harrisburg, lorsque, sous je ne sais quel prétexte, nous nous sommes pris de querelle, et je le souffletai... Vous connaissez l'esprit Yankee. Nous étions armés tous deux, nous nous sommes battus. Je succombai et, me croyant mort sans doute, craignant qu'on ne l'accusât de meurtre, mon adversaire a pris la fuite.

Le docteur hocha la tête.

— Non, dit-il, ce n'est pas cela. Racontez cette fable à la justice, elle vous croira ; mais moi qui ai sondé, soigné votre blessure, je ne me laisserai pas

tromper à ce point. Quel que soit le motif qui vous guide, je le respecterai,
soyez en sûr.

Hector tendit au docteur sa main amaigrie.

— Je n'aurai pas de secret pour vous docteur, dit-il. Dans combien de
temps serai-je debout?

— Dans quinze jours, si vous ne vous émotionnez pas, vous pourrez gravir le Bran-Hill.

— Quinze jours !... Mais c'est un siècle !...

Le docteur sourit.

— Oh! si vous saviez! continua Hector en s'animant. Je vous l'ai dit :
« Je n'aurai pas de secrets pour vous... » Ecoutez donc...

Le docteur fit un signe à Herber, qui sortit sans affectation, et, revenant
s'asseoir au chevet du malade, il lui prit la main.

— Parlez donc, dit-il, et songez que ce n'est pas un juge, mais un médecin, presque un confesseur qui vous écoute.

Hector remercia d'un regard et, aussi succinctement que possible, il
raconta les évènements qui l'avaient envoyé en Amérique, la haine des
bandits, et enfin le stratagème dont ils s'étaient servi pour l'attirer dans un
guet-à-pens.

Le docteur l'avait écouté en silence.

— Vous avez raison, dit-il, cette affaire n'est pas du ressort de la justice :
c'est par la ruse, l'audace qu'il faut dévoiler de tels coquins. D'ailleurs,
bien que vous connaissiez le bras qui l'a armé, vous ne connaissez pas l'assassin. Qu'importe! je me mets entièrement à votre disposition, et ce soir
Herber, un garçon en qui vous pouvez avoir toute confiance, prendra vos
instructions et partira pour Boston et le Niagara. Cela vaut mieux de toutes
façons, car une lettre, un télégramme risqueraient d'être interceptés par vos
ennemis.

— Que vous êtes bon, docteur !

— Ne faut-il pas que je vous sauve en dépit de vous-même? Maintenant
bouche close! cet entretien n'a que trop duré.

Le lendemain, le *Schief of Justice* et ses acolytes se transportèrent au
chevet du malade. Hector leur raconta son prétendu duel avec un inconnu.
En Amérique, où toutes les libertés même celle de tuer sont admises, de
tels faits ne sont pas rares. La fable d'Hector ne rencontra pas d'incrédu-
lité ; il signa, parafa sa déposition et l'affaire en resta là.

XVII. — Où Phinéas Griffit et ses compagnons risquèrent de passer un mauvais quart d'heure

Revenons maintenant à Goliath, que nous avons laissé à Buffalo sur le point de partir pour Boston.

En arrivant dans cette ville célèbre, que Barnum lui-même appelle l'*Athènes moderne*, le brave garçon sauta dans un cab et se fit conduire à Brookline où, si l'on s'en souvient, habitait le colonel Mac Dowel. Il préférait s'adresser au vieux soldat, pensant que le coup qu'il allait lui porter, tout en étant aussi affreux, le laisserait plus énergique que madame Lassalle.

Il ne se trompait pas. Atterré un moment, le colonel releva la tête, et ce fut d'une voix brève, quand Goliath lui eut répété par deux fois les détails de ce rapt odieux, qu'il murmura :

— Les misérables !

— Oui, les misérables ! répondit Goliath.

— Mais que fait Hector? Pourquoi vous envoie-t-il? Pourquoi n'est-il pas sur la trace des ravisseurs?...

— Hélas ! il n'est pas encore revenu de Pittrole Lake où l'a attiré un télégramme, menteur peut-être.

— C'est vrai... les puits en feu !... Mais nous agirons, nous. Ma fille ! ma pauvre fille ! où l'ont-ils entraînée? Ah ! maudit soit ce jour où je l'ai laissée partir! Pouvais-je prévoir pourtant?... Hélas ! qui sait si je la reverrai jamais !...

Accablé sous le poids de cette douleur terrible, le vieux soldat se laissa tomber sur un siège, pleurant, sanglotant comme un enfant.

Mais cet homme de fer ne pouvait longtemps s'abandonner à une douleur stérile. Brusquement il se redressa et, l'œil en feu, les poings crispés, il marcha droit vers Goliath.

— Ils veulent la guerre, dit-il, soit, ils l'auront ! Dieu pouvait me demander ma vie, je la lui eusse accordée sans regret; mais me prendre ma fille, ma seule joie, voilà qui est horrible ! Que comptez-vous faire ?

— Retourner à Buffalo, essayer par tous les moyens possibles de découvrir la retraite des bandits, la sauver ou périr...

— Bien ! à cette tâche nous serons deux ! Et madame Lassalle ?

— J'ai voulu vous prévenir d'abord.

— Vous avez eu raison. Pauvre mère ! il vaut mieux qu'elle ignore la catastrophe. Restez ici; je passe chez elle. Surtout, pas un mot à personne.

Madame Lassalle habitait dans Chesnut-Hill, près des réservoirs de Brookline, un petit cottage, qu'elle avait loué seulement, son intention étant de retourner passer l'hiver à New-York. Le colonel la trouva seule, suivant son habitude, travaillant auprès d'une grande fenêtre donnant sur le jardin. En quelques mots, il lui annonça qu'il venait pour prendre congé d'elle, car il partait pour Buffalo y chercher Jane.

— Depuis le départ de son mari pour Pittrole Lake, ajouta-t-il négligemment, la pauvre chère s'ennuie à périr. D'ailleurs, de toutes façons, il vaut mieux qu'elle attende près de nous.

Sans défiance, madame Lassalle accepta comme valable la fable du colonel. Elle fit plus, elle lui proposa de l'accompagner.

— Ce serait une fatigue inutile, chère mistress, répondit-il, car mon intention est de revenir immédiatement. N'attendez donc ni lettres ni nouvelles, et, si par hasard notre absence se prolongeait, soyez sans inquiétude aucune.

Sur ce, il prit congé. Pendant ce temps, son valet de chambre avait préparé sa valise; il bourra son portefeuille de banknotes, et, se tournant vers Goliath :

— Partons, dit-il.

Une heure après, un train rapide les emportait vers Buffalo.

Nous retrouvons nos quatre coquins William, Bob et Ned Thorps, ainsi que le vieux Phinéas Griffit, dans la petite maison de Buffalo. Ils avaient établi là leur quartier général, la prudence leur interdisant de trop se montrer à Cleveland.

Comme toujours, on buvait, on fumait. Un nègre, qui avait remplacé le vieux Salm, bourrait les pipes, apportait sans cesse des bouteilles pleines, des tranches de jambon.

— Ça va! ça va! dit tout à coup William Clarke, en se frottant les mains. L'oiseau est en cage, et quand nous saurons au juste à quoi nous en tenir sur l'*affaire d'Harrisburg*, nous pourrons agir.

— Mais, s'il est vrai que l'homme ait passé de vie à trépas, interrompit Phinéas, que ferons-nous de la prisonnière?

— Nous la mettrons en liberté, à moins que vous ne préfériez la mettre à rançon, répondit William railleusement.

Ils en étaient là de leur conversation, quand l'escalier cria sous un pas lourdement cadencé. Les bandits prêtèrent l'oreille et se tournèrent vers la porte qui s'ouvrit aussitôt.

Joë Thorps entra.

—Eh bien? dirent toutes les voix.

Pour toute réponse, le bandit entr'ouvrit son paletot et en tira un long couteau, dont la lame était jaspée de taches brunes.

Si endurcis que fussent Bob et Phinéas, ils ne purent s'empêcher de frissonner à la vue de cette arme encore teinte de sang. William Clarke, lui, ne sourcilla même pas.

— C'est donc fait?... dit-il froidement.

— C'est fait! répondit Joë d'une voix sombre. Je l'ai frappé là, continuat-il, en portant la main à son cœur, et il est tombé comme une masse sans me reconnaître, sans même pousser un cri. Après avoir constaté sa mort, après lui avoir enlevé son portefeuille et ses bijoux, pour laisser croire que le vol a été le mobile du crime, j'ai ouvert la portière et je me suis élancé sur la voie. A la plus proche station que j'ai gagnée à pied, j'ai attendu un train de retour et me voilà...

— Enfin! s'écria William, il est donc mort cet homme que je haïssais tant! Merci, mon brave Joë, vous avez glorieusement gagné votre part du trésor. Demain, nous partirons pour Harrisburg, et dès demain les dollars seront à nous! Mais ce n'est pas tout; ce Goliath que Dieu confonde et le colonel Mac Dowel sont peut-être en ce moment à Buffalo; j'en ai été averti hier...

— Eh bien, pourquoi alors ne pas les prévenir? interrompit encore Phinéas. Notre refuge de Détroit est prêt; nous pouvons d'un moment à l'autre y conduire la prisonnière, car, il ne faut pas l'oublier, tant que cet otage sera en notre possession, nous serons maîtres de la situation.

— J'y songeais; dès demain elle quittera Cleveland pour Détroit. Ces démons ici, elle n'y serait plus en sûreté... à moins que...

— A moins!... répéta Phinéas.

— Que nous ne parvenions à les supprimer... Oh! je le hais, ce Goliath, autant, plus peut-être, que son maître...

— Je suis prêt! fit Joë Thorps, en serrant le manche de son couteau avec un geste farouche.

William allait répondre, mais la parole expira sur ses lèvres : brusquement, le nègre s'était précipité dans la chambre.

— Les policemen cernent la maison! dit-il d'une voix tremblante.

Phinéas bondit comme un tigre et écarta les rideaux de la fenêtre. Le nègre ne s'était pas trompé.

— Malédiction! dit-il.

La nuit était noire, nuageuse; mais de nombreux becs de gaz éclairaient le quai comme en plein jour et projetaient leurs traînées lumineuses sur les eaux glauques du fleuve.

Une douzaine de policemen aux uniformes sombres, aux casques de feutre rabattus sur les yeux, glissaient silencieusement le long des maisons voisines et venaient comme des ombres se grouper devant la porte de Phinéas Griffit.

On eût dit qu'ils n'attendaient qu'un mot d'ordre pour agir.

Soudain William Clarke, qui s'était aussi rapproché de la fenêtre, jeta un cri et recula pâle, hagard, comme frappé de la foudre.

— Que Satan le confonde! rugit-il. Nous sommes perdus!

Il venait de reconnaître Goliath, qu'accompagnaient le colonel et un shérif.

Phinéas eut un sourire mystérieux.

— Pas encore! dit-il. Tôt ou tard, je devais m'attendre à une pareille visite, et j'ai pris mes précautions en conséquence. Vous aviez raison, William, nous ne sommes plus en sûreté à Buffalo, nous devons même abandonner Cleveland. Venez...

Et, tenant dans la main droite un revolver, dans la gauche, une lampe, il descendit le premier.

Cependant, en bas, la porte résonnait sous des coups furieux; on entendait des appels réitérés, des sommations impérieuses d'avoir à ouvrir à la police.

— Frappez! impatientez-vous! ricana Phinéas. La porte est solide et résistera bien dix minutes, c'est plus qu'il ne nous en faut.

Ils étaient arrivés dans une des pièces du rez-de-chaussée. Alors Phinéas s'approcha du mur et pressa un bouton dissimulé dans la boiserie qui lambrissait la salle. Une trappe s'ouvrit aussitôt dans le plancher, démasquant les premiers degrés d'un escalier de pierre.

Les six hommes s'y engagèrent résolument. A peine le dernier était-il descendu, que la trappe, glissant dans des rainures invisibles, se referma comme d'elle-même. Ils se trouvaient alors dans une vaste cave encombrée de ballots, de caisses et de tonneaux.

— Eh! eh! que dites-vous de ceci? ricana Phinéas. Ces caves communiquent avec celles de John Winkook, mon gendre et successeur. Dans quelques minutes, nous serons sauvés.

— Il était temps! murmura William, en épongeant son front moite de sueur.

— Il était temps, en effet! A peine la trappe s'était-elle refermée que la porte, cédant sous des coups furieux et répétés, s'effondra, livrant passage aux gens de la police, Goliath et le colonel en tête. Ils se précipitèrent dans la petite maison qu'ils eurent bien vite fait d'explorer de bas en haut. Mais pas de traces des bandits: la maison était muette, lugubre comme un sépulcre.

— Trop tard! fit Goliath accablé, trop tard! Je l'ai pourtant vu entrer ici!

continua-t-il d'une voix sourde; je l'ai bien reconnu, ce vieux pilleur d'épaves !...

Mais ce fut en vain que les policiers recommencèrent : la trappe mystérieuse échappa à leurs investigations.

— C'est partie remise ! murmura le colonel, aussi atterré que Goliath. Pourtant je me demande par où ces scélérats ont pu prendre leur envolée...

— Hum ! répondit le shérif en hochant la tête, ce Phinéas Griffit est un rusé coquin ! Depuis longtemps on le soupçonne de se livrer à un trafic interlope, mais sans pouvoir le prendre la main dans le sac. Sa maison, soyez en sûr, est machinée comme une caverne de voleurs.

Et l'honorable James Law — un nom prédestiné — introduisit délicatement une énorme pincée de tabac dans ses larges narines. Puis ralliant ses hommes.

— Que trois de vous gardent les issues et empêchent que personne n'entre ni ne sorte, dit-il. En route les autres, nous n'avons plus rien à faire ici !

Accablés, découragés, Goliath et le colonel le suivirent.

Mais comment se fait-il que les deux hommes, à peine débarqués à Buffalo, aient si à propos découvert la retraite des bandits ?

C'est ce que nous allons expliquer sommairement.

Le hasard avait fait le miracle. Par une coïncidence étrange, les trains de Boston et d'Harrisburg. par Elmira, étaient entrés en gare à un quart d'heure de différence ; Goliath et le colonel étaient encore sur le quai quand, les mains dans les poches, le chapeau en arrière, fier de lui enfin, passa Joë Thorps.

Goliath tressaillit ; il venait de reconnaître le terrible naufrageur.

— Tenez, dit-il, en serrant la main du colonel, cet homme est un des complices d'Archibald Loyton... Il était avec lui dans la grotte du Château du Diable ; il a coopéré, j'en jurerais, à l'enlèvement de mistress Lassalle...

— Goliath, suivez cet homme, dit le colonel, ne le perdez pas de vue, et, quand vous saurez où il se rend, revenez...

— Mais alors ?

— Je vais au *State House* chercher main forte. Vous me retrouverez là avec les policiers. Allez...

Goliath n'était pas novice dans l'art de *filer* quelqu'un. Joë, d'ailleurs, satisfait de son expédition, qui le rapprochait du but, c'est-à-dire de la caisse aux dollars, était sans défiance, et c'est à peine si, en pénétrant dans la maison, il jeta par habitude un rapide regard derrière lui.

Mais la rue était tranquille et presque solitaire à cette heure.

Il poussa la porte et disparut dans la profondeur de l'allée.

Dix minutes après, Goliath était au rendez-vous, où le colonel l'attendait bien accompagné.

XVIII. — A DÉTROIT

Vingt jours se sont passés depuis les derniers évènements.

Nous sommes à Détroit.

Cette petite ville, bâtie à l'extrême nord-ouest du lac Erié, occupe dans le sens inverse, la même position géographique que Buffalo, sa rivale. Elle mire comme elle ses maisons dans les flots bleus d'une rivière, avec cette différence, pourtant, que la rivière de Détroit, encombrée d'îles verdoyantes, véritables jardins couverts de prés, de cultures, d'arbres fruitiers, est plus large que le cours d'eau du Niagara et laisse un libre accès à la navigation.

Mais là ne s'arrête pas la comparaison : si la ville de Buffalo commande pour ainsi dire l'Ontario et l'Erié, dont les eaux communiquent ensemble par les chutes géantes, la ville de Détroit est aussi située entre deux lacs : le Huron et l'Erié.

Détroit justifie donc admirablement son nom, car c'est un véritable *détroit* que cette rivière aux flots bleus et calmes ici, là rageurs et bruyants, promenant plus loin ses méandres capricieux au milieu de plaines, de vallées, où l'œil charmé croit reconnaître l'antique Arcadie.

D'ailleurs, il suffit de jeter un coup d'œil sur la carte pour reconnaître que ces cinq lacs immenses : le Supérieur, le Michigan, le Huron, l'Erié et l'Ontario communiquent ensemble par un système de canaux et de détroits naturels, avant de précipiter leurs eaux dans l'Atlantique par ce déversoir énorme : le Saint-Laurent.

Détroit, dont la position stratégique était fort importante autrefois, doit sa fondation à des Français. Comme toutes les cités des bords du lac, elle fut longtemps l'objet des convoitises des peuples rivaux, le théâtre de luttes sanglantes, acharnées, alors que le Canada appartenait à la France. Puis Anglais et Américains entrèrent en lice ; les Indiens se mirent aussi de la partie, servant et trahissant les deux peuples, exerçant de terribles et sanglantes représailles, et Détroit connut encore des jours de gloire et de triomphe...

Aujourd'hui, tout cela est oublié ; les vieilles maisons du siècle passé, détruites par un incendie, ont fait place aux régulières, mais peu poétiques, constructions modernes. Tel qu'un vieux soldat qui abandonne l'épée pour

De hautes colonnes de fumée semblaient jaillir du sol. (page 190)

conduire la charrue, Détroit, oubliant son passé guerrier, emportée par la fièvre de lucre et de spéculation qui s'est emparée de toutes les villes de l'Union, bâtit des usines, lance sur le lac et les rivières ses bateaux à vapeur, fait serpenter à travers les terres incultes et sauvages les lignes de fer de ses railways, s'agite, se démène, vit de la vie du siècle enfin...

Après l'échauffourée de Buffalo, Phinéas Griffit et ses complices, ne se sentant plus en sûreté, avaient abandonné Cleveland pour Détroit. Le choix était judicieux, en effet, car ils avaient la possibilité, en cas d'alerte, soit de se réfugier au Canada, soit de se jeter dans l'Etat de Michigan. Ce vaste territoire, coupé de lacs et de rivières, hérissé d'épaisses forêts, de collines boisées, donne encore asile, comme au temps de la conquête, à de farouches trappeurs, à des forestiers à peine civilisés, à des hordes d'Indiens.

Les *associés* paraissaient sombres et préoccupés; la discorde commençait à se mettre parmi eux.

— Puisque le maudit Français n'est plus, disait Phinéas avec humeur, pourquoi perdre notre temps à garder cette mijaurée qui ne peut rien contre nous? Ne vaut-il pas mieux en finir d'un seul coup? Ils nous croient au nord, prouvons-leur le contraire en agissant au sud... le trésor en notre possession, il nous sera facile de nous mettre en sûreté, fallût-il passer la mer.

Les trois autres coquins opinaient du bonnet.

Mais William hésitait... Après s'être vengé d'Hector, il voulait frapper Goliath; il éprouvait une joie amère, sauvage, à la pensée qu'il tenait entre ses mains la femme de celui qu'il avait tant haï; il voulait qu'elle aussi portât le poids de son effroyable haine...

Pourtant il ne s'était pas une seule fois présenté devant elle depuis le jour de l'enlèvement.

— Cet état de luttes incessantes, de ruses perpétuelles, nous pèse à la fin! reprit Phinéas. C'est tenter le sort... L'autre jour, nous avons failli être pris comme des rats dans une ratière: savons-nous ce qui arrivera demain? A force de jouer avec le feu, on finit par se brûler...

Plus que jamais Ned, Bob et Joë opinèrent du bonnet.

— Soit, agissons! dit enfin William. Mais cette femme?

— Il est si facile de s'en débarrasser, soit en la lâchant, soit en...

— Que voulez-vous dire?...

— Salm, mon vieux nègre, connaît des poisons qui ne laissent pas de trace...

William frissonna.

— Auriez-vous peur? continua Phinéas avec un sourire railleur. Quand on commet une faute, on doit en subir les conséquences... Cette femme ne nous gênait aucunement; vous avez voulu l'avoir, vous l'avez eue... Mais aujourd'hui que sa disparition importe à notre sûreté, hésiter serait folie... *Il n'y a que les morts qui ne reviennent pas.*

William devint blême... Il se rappelait ces paroles que Nichols lui avait dites bien des fois; il se souvenait que c'était faute de ne pas l'avoir écouté que la fraude de la villa Creikfoorth avait été découverte, et il courba la tête.

— Qui lui donnera le poison ?... fit-il après un long silence.

— Il est facile de le mêler à ses aliments, à sa boisson. Nous opérerons ce soir : la mort sera pour ainsi dire foudroyante, et, à la faveur de la nuit, nous pourrons lever le pied sans éveiller les soupçons... Personne ne nous connaît ici ; notre trace sera bien vite perdue.

— Qu'il en soit fait ainsi ! dit William d'une voix brève.

Cette conversation avait lieu à Détroit dans une petite maison située presque à l'entrée de la ville, au bord de la rivière.

Le crime résolu, les bandits parurent plus tranquilles et se séparèrent pour vaquer aux préparatifs de leur prochain départ.

Mais ce complot avait eu un témoin : Mary... accablée de sombres pressentiments, craignant pour la vie de celle à qui elle avait voué une amitié ardente, sachant les bandits capables de tout, même d'un crime, elle les épiait sans cesse, essayait de connaître leurs projets, de deviner leurs intentions. Ce jour-là, cachée dans une pièce voisine, elle avait entendu leur horrible conversation. A ce mot *poison*, elle avait senti un frisson glacial la secouer jusqu'à la moelle, tout son être vibrer de douleur et de honte, et il lui avait fallu se contraindre pour ne pas s'élancer dans la salle en criant :

« Lâches !... assassins !... je ne vous laisserai pas commettre ce crime » infâme !... »

— Et c'est mon père !... murmura-t-elle, les yeux pleins de larmes, la voix brisée; c'est mon père !... Oh ! mon Dieu, pourquoi m'avez-vous laissé vivre ? pourquoi ne m'avez-vous pas prise en même temps que ma pauvre mère, puisque pas une honte, pas une ignominie ne devait m'être épargnée ? C'est mon père !... et il me faut rougir de honte, l'accuser ! Oh ! c'est horrible !... Non, ce crime ne s'accomplira pas !... Dussé-je les accuser, elle ne mourra pas !... Accuser mon père... oh ! malheur !... malheur sur moi !...

Placée en face de ce dilemme affreux : accuser son père ou laisser le crime s'accomplir, la jeune fille hésita longtemps. Tout ce que sa nature avait de droit, d'honnête, se révoltait à la pensée que son silence la ferait en quelque sorte la complice tacite des assassins. Et pourtant! accuser son père, être la cause de sa condamnation, de sa mort peut-être !... C'est ce qu'elle ne pouvait supporter...

— Mon Dieu, éclairez-moi ! murmura-t-elle enfin. Non, elle ne mourra pas ; c'est impossible, et puisque la fuite est notre seule chance de salut, eh bien !...

Et plus calme depuis qu'elle avait pris une résolution, elle monta chez la jeune femme.

Cet appartement, à peine meublé d'un lit, d'une table et de quelques fauteuils, était éclairé par deux fenêtres, d'où la vue embrassait à la fois la rivière et la ville, qui découpait plus loin, sur l'azur vaporeux du ciel, les silhouettes de ses maisons, de son State-House, de ses temples.

Jane était assise près de la fenêtre. Repliée sur elle-même, pâle, le regard morne et sans expression ; la jeune femme était horriblement changée. Elle avait tant souffert, non seulement de sa captivité, mais encore des sombres chimères qui la hantaient, qu'elle en était venue à une sorte de prostration idiote et maladive.

Chaque jour elle s'affaissait davantage, chaque jour l'espoir insensé qui la soutenait dans les premiers temps de sa captivité se changeait en une sombre désespérance : elle souhaitait mourir.

— Pourquoi Hector ne l'avait-il pas délivrée, retrouvée ? Etait-il, lui aussi, victime des agissements de ces odieux bandits? Mais d'où venait cette haine ? Pourquoi s'attaquait-on à elle, pauvre créature, qui, dans le cours de sa vie, ne s'était pas connu un ennemi ?...

Autant d'énigmes qu'elle se posait sans pouvoir les résoudre.

A l'entrée de Mary, elle ne releva même pas la tête.

— Mistress, dit la jeune fille en s'avançant vers elle, réjouissez-vous : ce soir vous serez libre.

Elle bondit comme touchée par un fil électrique.

— Libre ! fit-elle, libre !... Mais alors il connaît ma retraite; mais il est ici !...

Mary hocha la tête. Elle savait, la pauvre fille, elle l'avait entendu dire par les bandits, qu'Hector n'était plus. Cependant, elle ne voulut pas la décourager.

— Non, mistress, c'est moi, moi seule qui vous reconduirai chez vos parents... Vous m'avez bien des fois proposé de faciliter votre fuite, offert de l'or, j'ai refusé. Aujourd'hui les motifs qui me guidaient n'existent plus ; nous fuirons ensemble.

— Oh ! s'écria Jane, en la pressant dans ses bras, soyez bénie !

— Ne me remerciez pas, mistress; car, à votre délivrance, je mets une condition.

— Parlez... laquelle?

— Quoi qu'il arrive, vous ne dénoncerez pas mon père.

— Je vous le jure, répondit Jane; je me tairai, quand ce ne serait qu'à cause de vous, pauvre enfant, qui avez adouci ma captivité, de vous, en qui j'ai trouvé une sœur véritable...

Mary hocha tristement la tête, pendant qu'un sourire radieux rayonnait sur les lèvres de sa compagne. La jeune femme avait retrouvé toute son énergie, et c'était avec une impatience fébrile qu'elle attendait l'heure de l'action.

Tout en causant, elle s'était approchée de la fenêtre ouverte.

Soudain elle poussa un cri.

— Cet homme! dit-elle, cet homme!... C'est lui!...

Et du doigt elle désignait un homme de haute stature, entièrement vêtu de noir, au visage glabre à demi caché sous un grand chapeau, qui, un paquet de livres et de brochures sous le bras, s'était arrêté devant la maison et la considérait attentivement.

Mary aussi s'était rapprochée de la fenêtre.

— Eh bien, dit-elle, c'est un clergyman, un distributeur de bibles.

L'explication pouvait être plausible. En Amérique, il existe de nombreuses sociétés créées pour la propagation des bons livres et surtout de la bible. Rien ne rebute les pieux fondateurs : pendant que les uns copient, annotent, corrigent, torturent parfois les textes; les autres, commis-voyageurs d'un nouveau genre, courent les villes, les campagnes, distribuent libéralement aux riches comme aux pauvres leurs petites éditions. On trouve partout de ces pieux distributeurs : aux courses, aux fêtes, à la sortie des théâtres, en chemin de fer, en bateau à vapeur; ils ont accès dans les prisons, les casernes, les maisons particulières.

Mais Jane avait reconnu cet homme.

— Non, dit-elle, folle de bonheur, ce n'est pas un clergyman, c'est John Hylliars, l'intendant de mon mari !...

Goliath, c'était lui en effet, au cri de la jeune femme, avait redressé la tête. Une expression de joie délirante se peignit sur sa physionomie, et, résolument, il marcha vers la porte.

Mais plus prompte que l'éclair, Mary lui fit signe de s'arrêter : un mouvement imprudent pouvant tout perdre. Déchirant alors une feuille d'un petit carnet, elle traça quelques mots à la hâte; puis, roulant le billet, elle l'introduisit dans l'orifice d'un dé à coudre et jeta le tout par la fenêtre.

Goliath se précipita sur le billet qu'il déploya et lut rapidement; et, faisant signe qu'il avait compris, il disparut dans la direction de la ville.

Les deux femmes eurent un soupir de soulagement.

— Soyez heureuse, mistress, murmura Mary avec un pale sourire; ce soir, vous serez sauvée. Mais je vous quitte. Un plus long séjour ici pourrait éveiller l'attention des... autres. A ce soir.

Et elle sortit. A peine avait-elle franchi le seuil que Salm, le vieux nègre, un sourire sinistre aux lèvres, entra et déposa sur la table un verre et une carafe d'eau glacée.

XIX. — L'EMPOISONNEMENT

Rapide comme un voleur qui emporte un trésor longtemps convoité, Goliath s'éloigna à grands pas de la petite maison. Quand il se crut assez éloigné, il ouvrit de nouveau le billet que lui avait jeté Mary :

« Ce soir, à minuit « écrivait la jeune fille » attendez-nous sur la route. » Nous serons prêtes. »

— Allons, fit-il avec un sourire joyeux, nous n'avons pas perdu notre temps:

Et il pressa le pas autant que le lui permettait le grave costume qu'il portait.

Car c'était une des idées de Goliath : Américain pur sang, il connaissait la vénération qu'inspirent les pieux *commis-voyageurs* en bibles ; il savait que leurs allées et venues ne sont suspectes à personne, que toutes les portes leur sont ouvertes. C'était donc sous ce costume que le colonel et lui se disposaient à quitter Buffalo, lorsqu'ils y furent rejoints par Aristide.

Le pauvre garçon avait perdu sa gaieté, son insouciance habituelles. Il apportait de si mauvaises nouvelles !... Pittrole Lake était en feu, et, malgré ses actives recherches sur la ligne d'Harrisburg à Buffalo, il n'avait pu trouver la trace d'Hector.

On oublie vite en Amérique, où chaque jour apporte des préoccupations, des évènements nouveaux! Le lendemain de la catastrophe, personne à Harrisburg ne se souvenait de cet étranger trouvé assassiné dans un wagon...

Désespérés, mais puisant dans l'excès même de leur douleur une énergie, une activité nouvelles, les trois hommes avaient successivement exploré toutes les petites villes de la région : Kingston, Oswégo, Rochester, Port-Hope, sur les rives de l'Ontario; Cleveland, Erié, Sandusky, Victoria, Détroit, sur celles de l'Erié.

Chaque jour, ils communiquaient avec Jasmin, laissé comme on le sait à Buffalo, et lui demandaient s'il était sans nouvelles d'Hector. Mais, hélas !

14

les réponses se suivaient avec la même désespérance : Rien ! toujours rien !...

Nos amis avaient pris gîte à Détroit, dans un bar-room tenu par un Français ; du moins il se disait tel ; il prétendait descendre des premiers colons qui, en 1610, s'établirent dans ces parages solitaires. Le fait n'avait rien de bien extraordinaire; car, aujourd'hui encore, presque tout le Michigan est peuplé des descendants de ces colons, mêlés à des métis nés de pères français et de mères indiennes.

Cette population est fort attachée à la religion catholique et possède de nombreuses églises, tant à Détroit que dans les villes et les villages environnants.

Quoi qu'il en soit, nos amis s'étaient bien gardés de contredire Louis Douville, dont le baragouin moitié français, moitié anglais, les amusait, et duquel, sans qu'il s'en doutât, ils espéraient bien tirer des renseignements précieux.

Un soir, ils étaient réunis dans l'unique chambre que Louis Douville avait pu leur céder, quand la porte s'ouvrit brusquement.

Un homme hâve, défait, mais le regard étincelant, entra.

— Hector ! s'écria Aristide en lui tendant les bras. Toi !... mais d'où sors-tu donc ?...

— De la tombe ! fit-il avec un pâle sourire ; et voici mon sauveur...

En même temps il démasqua un nouveau personnage, le docteur Himman.

— Tu as donc retrouvé notre trace ?

— Oui. En quittant Harrisburg où... mais je vous conterai ça plus tard. En quittant Harrisburg, je me suis dirigé sur le Niagara. Déjà un ami, Herber, était allé à Boston trouver ma mère; mais la pauvre femme ne savait rien, si ce n'est que le colonel aussi était parti pour le Niagara. « Au Niagara donc ! » dis-je; et malgré mes souffrances, à peine remis, je voulus partir. Comprenant qu'il le fallait, qu'il n'obtiendrait rien de moi, le docteur s'est résolu à m'accompagner. Hélas ! nos épreuves n'étaient pas finies !... A l'hôtel du *Faucon*, on nous renvoya à Buffalo trouver un certain Jasmin qui, lui, à son tour, nous donna votre adresse, et nous voilà...

— Pauvre ami ! fit Aristide en lui pressant les mains.

— Mais Jane ?... Jane ?... reprit Hector, qu'est-elle devenue ?... Oh ! je prévois un malheur !... Qu'importe, parlez... Oh ! parlez !... parlez... j'aurai la force de vous entendre...

Ni Goliath ni Aristide n'osaient répondre. Quant au colonel, la tête baissée, il tenait les mains sur ses yeux pour ne pas montrer ses larmes.

— Parlez! reprit Hector avec une impatience fébrile. Parlez que je sache au moins si je dois la pleurer... la venger...

Et, accablé, éperdu, il se laissa tomber sur un siège.

Le docteur Himman se précipita vers lui.

— Oh! docteur!... docteur! reprit-il ; il valait mieux me laisser mourir... Je ne souffrirais plus...

— Non, fit le docteur d'une voix grave, non, car vous êtes un homme, car vous réagirez contre la douleur et le désespoir...

— Ah! docteur, vous ne pouvez savoir...

Puis, prenant la main d'Aristide, il reprit :

— Parle, j'écoute.

. . . .

La nuit étendait ses voiles ; des milliers d'étoiles brillaient sur la ville et la rivière de Détroit.

Sur les eaux, qui réfléchissaient toutes ces clartés tremblantes, les îles se profilaient grises, indécises, semblables, avec leurs grands arbres, à des navires à l'ancre.

Dix heures sonnaient. Sauf quelques ivrognes installés dans les bar-room et quelques coureurs d'aventures, glissant mystérieusement le long des voies ténébreuses, la ville était calme et silencieuse.

Pâle, tremblante mais résolue, Mary montait chez Jane.

Elle savait que les bandits, le soir, avaient l'habitude soit de courir les bar-room, soit de s'enivrer à domicile, et elle était résolue de mettre ce temps à profit pour courir au rendez-vous qu'elle avait assigné à Goliath.

Elle poussa la porte. Sur la table, auprès d'une carafe et d'un verre à moitié vide, brûlait une bougie ; à quelques pas de là, assise dans un grand fauteuil, Jane semblait reposer.

D'un coup d'œil rapide, la jeune fille embrassa cet ensemble.

Puis, courant à Jane, elle la toucha légèrement du doigt.

— Réveillez-vous, mistress, dit-elle. L'heure approche, et il nous faut tout préparer pour notre fuite.

Jane ne répondit pas. Alors elle lui prit la main ; mais elle recula, en jetant un cri : cette main était déjà rigide et glacée...

— Oh! fit-elle, assaillie par un soupçon atroce, morte!... Mais non, j'ai rêvé... je rêve... Mistress! mistress!... réveillez-vous...

Mais, pas plus que la première fois, Jane ne répondit. Folle de douleur, envahie par une angoisse horrible qui la secouait toute entière comme une feuille au souffle de l'orage, elle la prit dans ses bras, essayant de la ranimer sous ses baisers, sous ses larmes brûlantes... Hélas! un marbre n'est pas plus insensible que ne l'était la malheureuse jeune femme!

— Oh! qu'ils soient maudits! maudits! dit-elle avec égarement; ils l'ont tuée!... C'est ma faute aussi, reprit-elle; j'aurais dû la prévenir, lui montrer le danger... Et Dieu ne frappera pas de tels monstres?... Son tonnerre ne les écrasera donc pas une bonne fois? Ah! je suis folle!... j'ai peur! A moi! à moi!...

A ce cri déchirant, William, Phinéas et les autres coquins gravirent précipitamment l'escalier. Agenouillée près du fauteuil, le visage voilé derrière ses deux mains, Mary pleurait.

Il ne fallut qu'un coup d'œil aux bandits pour comprendre que leur œuvre infâme était consommée.

— Morte!... dit Phinéas.

— Oui, morte! s'écria Mary, qui se redressa sublime de douleur et d'indignation; morte, et c'est vous qui l'avez tuée... Oh! n'essayez pas de le nier: ce matin, j'ai surpris votre odieux complot. J'ai voulu la sauver... hélas! tout ce qui vous approche est maudit comme vous... Dieu m'a repoussée comme indigne...

— Mary! ma fille!... murmura le vieux Phinéas, bouleversé jusqu'au fond du cœur.

— Ne m'appelez plus votre fille, je ne vous connais plus! fit-elle avec un mépris écrasant. Mais qu'attendez-vous là? La justice?... Je l'attends aussi...

— Mary, il faut nous suivre...

— Jamais!... N'essayez pas de me contraindre, de m'arracher de cette chambre, de me séparer de cette chère dépouille... ne l'essayez pas. Il reste encore assez de poison pour moi, continua-t-elle en saisissant le verre laissé sur la table. Faites un pas de plus et je bois la mort...

Elle paraissait si résolue, si acerbe que les bandits, malgré eux, reculèrent jusqu'au fond de la chambre.

— Partons! dit William d'une voix sourde. On peut venir d'un moment à l'autre et, dans l'état où elle se trouve, elle n'hésiterait pas à nous livrer.

— Mais c'est ma fille!... mais je ne puis l'abandonner ainsi, la laisser près de ce cadavre!... s'écria Phinéas. Il faut qu'elle nous suive, fallût-il employer la violence...

— Laissez-là... Salm et Barbara ne quitteront pas la maison, et demain, quand son exaltation sera tombée, elle comprendra qu'elle ne peut livrer son père au bourreau; elle cédera...

Phinéas poussa un soupir et se laissa emmener par les sinistres gredins.

Restée seule, Mary s'agenouilla de nouveau près du cadavre, priant, pleurant ardemment. Son immense douleur l'envahissait toute entière, ne lui laissait même pas la faculté de sentir; les sanglots, les prières jaillissaient de ses lèvres sans qu'elle comprît seulement ce qu'elle disait.

Parfois pourtant, il lui semblait que la main qu'elle tenait tressaillait dans la sienne, que ce charmant visage n'avait pas la couleur terreuse, plombée de la mort. Alors elle se levait, prise d'un espoir insensé; mais la désespérance la saisissait de nouveau et elle se remettait à prier, à pleurer.

Les heures s'écoulaient lentes et pleines d'angoisses. Minuit sonna. Minuit! c'était cette heure qu'elle avait assignée à Goliath... il était là, il attendait... Ah! mieux valait qu'il vînt, la solitude de cette chambre mortuaire l'effrayerait moins; ils seraient deux pour pleurer, parler d'elle...

Elle se leva chancelante et marcha vers la fenêtre. Mais, à ce moment, des ombres nombreuses parurent dans l'entrebâillement de la porte, et un homme jeune encore, mais pâle et affreusement défait, se précipita dans la chambre, en criant :

— Jane! Jane, ne craignez rien, c'est moi!...

Mary se détourna. Elle n'avait jamais vu Hector, et pourtant, à ce cri parti du fond du cœur, elle eut l'intuition que c'était lui. Alors elle marcha droit à lui et, lui prenant la main, elle le conduisit en face du cadavre.

— La voilà!... dit-elle. Ils l'ont empoisonnée!

— Morte! s'écria-t-il avec une explosion de larmes et de sanglots. Morte, ma Jane adorée!...

Chancelant comme un homme ivre, abîmé dans une douleur sans nom, il s'abattit sur ses deux genoux, et, la tête ensevelie dans ses deux mains, il pleura...

Groupés au fond de la salle, Aristide et Goliath se regardaient, sombres, épouvantés des éclats de cette douleur farouche.

— Il en mourra, murmura Goliath, et ce sera de notre faute : nous n'avons pas su veiller.

Sans force, le colonel était tombé dans un fauteuil.

Ce coup affreux l'avait brisé.

Seul, le docteur était resté calme. S'approchant de la table, il s'empara du verre contenant encore un reste de poison, et, trempant son doigt dans le funeste breuvage, il le porta à ses lèvres. Son œil brilla. Puis il prit la main de Jane et la tint longtemps dans la sienne.

— Non, dit-il tout à coup, l'œil étincelant, le front radieux, elle n'est pas morte!...

— Mon Dieu! murmura Hector.

— Elle est seulement plongée dans une profonde catalepsie, causée par l'excès même du poison, continua le docteur. Les misérables avaient bien choisi leur agent : le suc vénéneux du *Yédra*, avec lequel les Indiens de la Californie empoisonnent leurs flèches; mais ils n'ont pas su en calculer la dose, ils l'ont dépassée, et j'en connais le contre-poison...

XX. — LE TRÉSOR DU SUSQUEHANNA

Transportons-nous sur les rives du Susquehanna, à deux jours d'intervalle.

C'est le soir. Voilée sous d'épais nuages aux teintes grisâtres et cotonneuses, la lune ne jette sur le paysage qu'à de rares intervalles sa clarté molle et vaporeuse; mais les millions d'étoiles diamantées, qui piquent le fond sombre du ciel, et dont les faibles rayonnements tremblottent comme des flèches d'argent sur la surface agitée du fleuve, tempèrent encore la profondeur des ténèbres.

En cet endroit, le fleuve, à peine encaissé, roule sans bruit ses eaux entre deux rives couvertes d'épaisses forêts de cèdres, de hêtres, de pins parasols et de merisiers blancs. Plus loin, le sol s'exhausse en collines aux croupes mollement arrondies. Mais tout cela apparaît faible, indécis, estompé dans la demi-transparence de la nuit.

D'ailleurs, en cet endroit, pas un village, pas une habitation; c'est la solitude complète.

Il pouvait être neuf heures, quand une barque, montée par cinq hommes, vint atterrir sur le sable d'une petite crique ombragée de trembles et de bouleaux aux grands troncs blancs et droits comme des colonnes de marbre, de saules aux cimes échevelées, aux racines bizarrement tordues baignant dans l'eau profonde.

Les cinq hommes amarrèrent leur bateau au pied d'un arbre, puis débarquèrent, portant sur leurs épaules des pics, des bêches, de grands sacs de cuir.

— Il fait noir comme dans un sac! grommela un des personnages en allumant sa pipe.

— Tant mieux, ami Joë! répondit celui qui paraissait guider la caravane; de cette façon, nous n'aurons pas à craindre les regards indiscrets.

— Mary! Mary! murmura le plus vieux des aventuriers. Qu'est-elle devenue, la pauvre enfant!...

— Je pense, master Griffit, fit sèchement celui qui avait déjà répondu à Joë, que si vous n'avez que ce refrain à nous corner aux oreilles, vous feriez bien mieux de vous taire. Rassurez-vous, les femmes ne se perdent pas comme cela; cette engeance, malheureusement, se retrouve toujours. Mais si vous redoutez tant de la perdre, qui vous empêche de courir après elle?...

Ils étaient cernés. (page 218)

Le vieux Phinéas — on a reconnu nos coquins — ne répondit que par un soupir et emboîta docilement le pas derrière son chef de file.

La petite troupe continuait sa route.

— Voilà l'endroit où s'élevait le *log-cabin* de Jim Bigg, reprit William. L'herbe et la mousse ont couvert les débris, mais l'emplacement est visible encore.

— Mais il sera plus difficile de reconnaître le lieu où dort le magot ? fit Bob.

— Je le trouverais les yeux fermés. Marchons.

Ils s'étaient engagés dans la forêt. Les arbres avaient tous leurs riches frondaisons. Les troncs noirs s'accusaient dans l'obscurité, ou émergeaient brusquement de l'ombre, semblables aux colonnes, aux piliers d'un temple fantastique.

Bientôt la forêt s'éclaircit et montra dans un espace entièrement nu une masse de rochers hauts, capricieusement taillés, qui, sous la pâle réfraction de la lune, affectaient la forme d'un château gothique avec ses tours, ses donjons crénelés, ses grandes portes pleines d'ombre et de mystère.

William marchait le premier, jetant autour de lui des regards investigateurs, comme s'il cherchait un point de repère. Soudain son indécision cessa; il alla droit à un quartier de roc avancé, et, frappant le sol du talon :

— Creusez ici, dit-il ; nous tenons le trésor !...

En même temps, il démasqua une petite lanterne qu'il avait jusqu'alors tenue sous son vêtement. Electrisés par ses paroles, les quatre bandits se mirent à l'œuvre, et bientôt on n'entendit plus que le bruit des pelles et des pioches. Les bandits, la sueur au front, mais l'œil étincelant, allaient, allaient toujours, ne sentant pas la fatigue.

La pensée du trésor qu'ils allaient conquérir les fascinait.

Enfin Bob Thorps s'arrêta.

— J'ai entendu le bois résonner sous ma pioche, dit-il.

— Alors il ne reste plus qu'à déblayer doucement, répondit William.

Quelques minutes après, la grande cassette, sortie de la fosse par quatre bras robustes, reposait sur le sol.

— Enfin, nous le tenons ! s'écria William. Rappelez-vous nos conventions et partageons.

— Partageons ! répétèrent les bandits.

— Pas encore ! fit une voix railleuse derrière eux.

Ils se détournèrent, prêts à punir l'imprudent qui venait les troubler dans leur joie. Mais le cri de mort qu'ils allaient proférer se changea bien vite en un cri de désespoir : ils étaient cernés par un détachement de policemen...

Pendant que, perdus dans leur travail, ils n'avaient de pensées que pour le trésor enfoui sous terre, une petite troupe, composée d'une vingtaine d'individus, était silencieusement sortie du bois. Chaque policeman tenait d'une main une de ces petites lanternes qui servent pour les rondes nocturnes, un revolver de l'autre.

Pris au piège, les bandits n'avaient même plus la ressource des ténèbres pour cacher leur confusion.

— Rendez-vous ! dit d'une voix brève, l'officier de police qui commandait le détachement.

— Et de quel droit, en vertu de quel ordre, venez-vous nous troubler ? essaya de protester William.

— En vertu d'un ordre de moi ! s'écria Hector, qui écarta les policemen, se plaça au centre du cercle lumineux produit par les lanternes. Nous vous tenons enfin, Archibald Loyton, autrement dit William Clarke, et cette fois vous ne nous échapperez pas...

Les cheveux hérissés sur son front moite de sueur, tout le corps agité par un tremblement convulsif, William se recula comme devant une vision infernale.

— Lui ! Lui !... Il n'est donc pas mort ! fit-il enfin.

— Non, misérable ! tes victimes t'échappent...

— Il faut en finir, dit le chef du détachement.

Surpris, foudroyés par cette apparition soudaine, les bandits n'avaient pu tenter aucune résistance et s'étaient laissé garrotter. Les policiers les placèrent au milieu d'eux, et, le revolver armé, l'œil aux aguets, reprirent le chemin de la forêt.

Hector, Aristide, Goliath et le colonel marchaient les derniers.

Un petit steamboat sous pression attendait sur le fleuve.

Au moment où les prisonniers allaient s'embarquer, Phinéas Griffit sentit une main délier les cordes qui le retenaient captif et une voix, la voix d'Hector, murmura à son oreille :

— Les policemen sont occupés ; profitez-en pour vous jeter sous bois, où l'on ne vous poursuivra pas. Voici de l'or, un revolver ; allez et bénissez le nom de votre fille, car c'est à cause d'elle, d'elle seule, entendez-vous, que je vous fais grâce...

— Et tâchez de changer de genre de vie, ajouta Aristide, car, vous le voyez, le crime souvent conduit ailleurs qu'à la fortune.

Confondu par tant de générosité, Phinéas s'enfuit sans pouvoir répondre.

Le trésor avait été emporté par les policiers.

Quelques minutes après, le petit vapeur se mettait en marche.

Bientôt les prisonniers furent débarqués à proximité d'une gare de chemin de fer, et, le lendemain, ils arrivaient sous bonne escorte à Philadelphie, la ville des *quakers*, la capitale de l'État de Pensylvanie.

La disparition de Phinéas Griffit avait été constatée sur le vapeur; mais alors il était trop tard pour le poursuivre.

Pendant que les policemen écrouaient leurs prisonniers au State Prison, Hector et ses amis remontaient en wagon et partaient pour Baltimore, où le docteur Himman avait conduit Jane, comptant avec raison sur le climat sain et tempéré, les fraîches brises de mer pour hâter sa guérison.

— Enfin! s'écria Aristide, pendant que le train courait à toute vapeur au milieu d'un paysage enchanteur; enfin, nous voilà donc sortis de cette série d'aventures? Pour ma part, j'avoue qu'il en était temps! Depuis près d'un mois je ne vivais plus, et, à l'heure actuelle, je suis sûr qu'il m'est poussé des cheveux blancs...

— William Clarke ou Archibald Loyton, Bob, Joë, Ned Thorps, à l'heure qu'il est, sont sous clef et ne nous gêneront plus de longtemps, continua Aristide. Seul master Phinéas Griffit court les champs; grand bien lui fasse! Mais je crois que nous avons été imprudents de l'épargner : le coquin a encore griffes et dents et pourrait bien mordre à l'occasion.

— Que peut-il? fit Hector.

— Hum! on ne sait... N'est-ce pas moi qui le premier me suis défié? N'est-ce pas moi qui le premier ai flairé la résurrection de ce coquin qui a nom Archibald Loyton?

— Ne regrettons pas cet acte de clémence, dit le colonel d'une voix grave. Phinéas avait de grands torts envers nous; le premier il a eu la pensée du crime, mais souvenons-nous aussi de ce que miss Mary a fait pour Jane, et oublions la scélératesse du père pour ne songer qu'au dévouement de la fille...

— Oui, murmura Goliath, avec une vivacité qui les surprit tous, pardonnons!

Le soir même, le train s'arrêtait à Baltimore

Les aventuriers saluèrent d'un joyeux hurrah cette belle capitale du Maryland, qui, depuis le xviiᵉ siècle, époque de sa fondation, a fait plusieurs fois peau neuve pour devenir la cité radieuse, éblouissante, que nous connaissons aujourd'hui.

C'est que Baltimore, s'élevant au fond de la splendide baie de Chesapeake, presque à l'embouchure du Susquehanna, est admirablement situé pour le commerce, sans lequel il n'est plus de prospérité aujourd'hui.

Autour de la ville se groupent des bourgs, de petits villages très peuplés, très commerçants; du sommet de *Fédéral-Hill*, qui domine le port, le glorieux drapeau étoilé flotte librement au souffle de la brise et semble protéger l'immense cité et ses habitants.

Mais voici la ville proprement dite : un fouillis, un entassement prodigieux de maisons toutes hautes, toutes monumentales, dont les toits de zinc ou d'ardoises brillent au soleil ; voici les bâtiments de l'archevêché, la cathédrale splendide, la douane, le State House ou maison d'Etat, les bourses, les théâtres, etc...

Et, dans ces larges avenues : Baltimore Street, Lombard Street, Ligh Street ; sur ces places, dans ces squares, ces jardins, quelle animation ! quelle surabondance de vie ! Négociants, oisifs, ouvriers, soldats, matelots, tout cela grouille comme une fourmilière immense, va des grandes artères aux quartiers excentriques, a des mouvements de flux et de reflux comme une mer véritable.

Descendons sur les quais, où s'entrecroisent des navires de tous les tonnages, portant tous les pavillons. Les porte-faix accourent, les grues à vapeur sifflent, et les marchandises, les amas de tonnes et de ballots, sortis avec rapidité des cales profondes, se placent immédiatement sur les plateaux des wagons, que remorquent des locomotives puissantes...

Des cavaliers fringants, des voitures traînées par deux et souvent quatre chevaux, passent au grand galop, transportant, les unes, les touristes à Druid-Hill-Park, à Prospeck-Hill, à Patterson-Park, au lac Rolland, etc.; les autres, les négociants, les banquiers, aux Docks, à la Bourse, à leurs bureaux du Quai.

C'est l'image de l'activité humaine poussée à ses dernières limites.

De même que Richemond, sa rivale, la ville de Baltimore fait un commerce étendu de coton, qui emploie des milliers de nègres, et nous n'apprendrons rien à nos lecteurs en leur disant que le tabac du Maryland jouit d'une réputation incontestée.

Cependant nos amis, en arrivant à Baltimore, n'avaient fait que sauter du wagon dans une voiture qui les conduisit rapidement à la place de l'*Exchange* où s'élevait le *Grand-Hôtel européen*.

Comme ils n'avaient fait qu'un saut du wagon à la voiture, ils ne firent qu'un bond de la voiture au grand parloir de l'hôtel.

Madame Lassalle, Jane, Mary et le docteur Himman étaient là qui les attendaient.

— Enfin, dit Jane, en se précipitant dans les bras de son mari, nous voilà réunis !...

— Oui, ma Jane aimée, fit-il d'une voix émue ; oui, nous voilà réunis pour toujours...

— Dites : grâce au docteur Himman, interrompit le colonel, car c'est lui qui l'a sauvée !

— Hum ! fit le docteur, je n'en ai pas toute la gloire. Comme ce vieux chirurgien Français, Ambroise Paré, je puis dire de mes malades : « *Je les soigne, Dieu les guérit !* »

. . . .

Débarrassés de leurs ennemis, impuissants maintenant à leur nuire, nos amis n'avaient qu'une hâte : retourner en France. Mais force leur fut cependant de rester encore à Baltimore ; le procès de William Clarke et de ses complices s'instruisait rapidement à New-York et à Philadelphie, ils ne pouvaient s'éloigner avant le prononcé du jugement.

La justice en Amérique n'a pas de ces lenteurs malheureusement si communes chez nous, et deux mois ne s'étaient pas écoulés que William ou Archibald, reconnu coupable sans circonstances atténuantes des crimes qu'on lui reprochait, était condamné à la peine capitale.

Il mourut comme un lâche, en implorant la pitié du bourreau.

Joë, Ned et Bob Thorps se virent, eux, condamnés à plusieurs années de travaux forcés et subissent en ce moment leur peine au *State Prison* de Jackson, près de cette ville de Détroit, théâtre de leurs derniers exploits.

Avouons que les misérables avaient bien mérité leur sort.

Quant à Phinéas Griffit, il jugea prudent de ne plus faire parler de lui.

Hector, ne voulant pas souiller ses mains de l'or déjà taché de sang du Susquehanna, le légua aux villes de Baltimore et de Philadelphie, pour y être employé à des œuvres de charité et de moralisation.

Puis, libre enfin de toutes préoccupations, envisageant l'avenir avec confiance, la petite colonie française reprit le chemin de New-York où elle s'embarqua pour le Havre.

Mais elle s'était accrue : deux mariages s'étaient conclus pendant les derniers mois de son séjour en Amérique.

Aristide Bonneau, le sceptique Parisien, l'éternel railleur, s'était laissé prendre par les beaux yeux de miss Lavinia Himman. Comprenant que c'en était fait, que son cœur était pris à jamais, malgré ses tirades insensées sur le mariage, il avait bravement capitulé et non moins bravement offert sa main, qui avait été acceptée sur-le-champ.

Le deuxième mariage était tout simplement celui du fidèle Goliath avec miss Mary Griffit, la fille du vieux Phinéas. Lui aussi, il avait compris le vide de l'existence solitaire, senti le besoin de se créer une famille, un intérieur ; et qui pouvait mieux lui convenir que la pauvre abandonnée, l'enfant sans foyer ? Il l'aimait d'ailleurs à cause de son dévouement pour Jane, et quand, tremblant, craignant d'être refusé, il s'était ouvert à Hector, celui-ci lui avait répondu :

— Je vous approuve, Goliath, vous ne pouvez faire un meilleur choix. Miss Mary n'est pas responsable des fautes de son père : que dis-je ? elle a même essayé de les réparer. Epousez-la donc, et, puisque ce fou d'Aristide a enfin trouvé son maître, les deux noces se feront le même jour.

— Mais...

— Ne craignez rien, avait ajouté Hector ; vous ne nous quitterez pas plus marié que célibataire.

Et, comme l'avait dit Hector, les deux noces avaient été célébrées le même jour avec un luxe inouï. Jane avait voulu elle-même se charger du trousseau de la mariée, libéralement dotée déjà par Hector.

— C'est égal, avait dit Aristide, en mettant le pied sur le pont du navire qui devait les ramener en France, nous avons eu de terribles épreuves, nous avons passé des jours et des nuits diablement difficiles, couru du nord au midi, du levant au couchant, et pour prix de tant de peines et de fatigues, nous n'avons gagné qu'une chose : la perte de notre liberté !...

FIN

TABLE

PREMIÈRE PARTIE

La succession d'Ichabod Creikfoorth

I. — Sur le paquebot. 9
II. — Les saltimbanques. 13
III. — Le pays du pétrole. 18
IV. — Comment Ichabod Creikfoorth reçut son neveu. 22
V. — A New-York. 29
VI. — Comment Aristide et Hector, s'endormant à New-York, ne se réveillèrent qu'à Washington. 33
VII. — A Washington. 38
VIII. — Où la situation se complique pour les bandits de la villa Creikfoorth. 42
IX. — Comment Hector et Aristide arrivèrent dix minutes trop tard. 49
X. — Investigations sur investigations. 54
XI. — La nuit de Noël à New-York. 60
XII. — Le Pacific-Rail-Road. 65
XIII. — Ce qui se passa dans la taverne du Grand-Pacifique. 69
XIV. — Duel à l'américaine. 74
XV. — De l'éloquence de Goliath et des remords de Bill Swift. 78
XVI. — Où l'on retrouve deux anciennes connaissances. 83
XVII. — D'Omaha-City à San-Francisco. 88
XVIII. — San-Francisco et ses environs. 93
IX. — Voyage émouvant sur le Mississipi. 100
XX. — Où Nichols Godvolke et Archibald Loyton perdent leur dernière partie. 105

DEUXIÈME PARTIE

WILLIAM CLARKE ET Cⁱᵉ.

I. — Coup d'œil général sur le Canada et ses habitants.   115
II. — Dans lequel on fera connaissance avec William Clarke, l'usurier de la rue
       Casse-Cou.   120
III. — Ce que lut William Clarke dans le journal de Québec.   125
IV. — Les pilleurs d'épaves.   129
V. — Les Montagnes Blanches d'Amérique.   135
VI. — Comment on se marie en Amérique.   140
VII. — Où l'on voit reparaître William Clarke et son digne ami Bob Thorps.   144
VIII. — Où la chance tourne enfin.   149
IX. — De Québec au Niagara.   156
X. — Où Hector retrouve une vieille connaissance.   160
XI. — Où le complot se dessine.   165
XII. — Une nuit terrible.   170
XIII. — Sur le lac Érié.   176
XIV. — Le docteur Himman.   183
XV. — Pittrole Lake.   187
XVI. — Fièvre et délire.   192
XVII. — Où Phinéas Griffit et ses compagnons risquèrent de passer un mauvais quart
        d'heure.   197
XVIII. — A Détroit.   202
XIX. — L'empoisonnement.   209
XX. — Le trésor de Susquehanna.   214

FIN DE LA TABLE.

Limoges. — Imp. E. Ardant et Cⁱᵉ.